一盏春光

林格啾 著

民主与建设出版社

·北京·

图书在版编目（CIP）数据

一盏春光 / 林格啾著 . -- 北京：民主与建设出版社，2022.7

ISBN 978-7-5139-3916-4

Ⅰ . ①—⋯⋯ Ⅱ . ①林⋯ Ⅲ . ①长篇小说 – 中国 – 当代 Ⅳ . ① I247.5

中国版本图书馆 CIP 数据核字（2022）第 137113 号

一盏春光
YI ZHAN CHUN GUANG

著　　者	林格啾	
责任编辑	刘树民	
装帧设计	杨晓顿	
出版发行	民主与建设出版社有限责任公司	
电　　话	（010）59417747　59419778	
社　　址	北京市海淀区西三环中路 10 号望海楼 E 座 7 层	
邮　　编	100142	
印　　刷	湖南天闻新华印务有限公司	
版　　次	2022 年 7 月第 1 版	
印　　次	2022 年 11 月第 1 次印刷	
开　　本	889 毫米 ×1194 毫米　　　1/32	
印　　张	9.5	
字　　数	229 千字	
书　　号	ISBN 978-7-5139-3916-4	
定　　价	45.80 元	

注：如有印、装质量问题，请与出版社联系。

：
。

人间理想
钟同学

×

荒野玫瑰
陈昭

CONTENTS
一盏春光 / 目录篇

钟绍齐　陈昭
YIZHAN CHUNGUANG

CONTENTS
一盏春光 / 目录篇

钟绍齐　陈昭
YIZHAN CHUNGUANG

楔子

HOW AM I SUPPOSED TO LOVE YOU

凌晨五点，陈昭被人从床上叫醒。

电话那头的小姐妹声音雀跃，一个劲地提醒她早点儿起床化妆。

"今天给的可是三倍薪水！"

她叫艾米莉，此刻被冻得牙齿打战，语气依旧藏不住开心情绪。

"老板说员工都发年终奖，我们这么卖力地帮他宣传，自然也要多给点儿看得见的回报啦。总之你快来！昭，算时薪的，七点就开始啦！"

三倍时薪。

陈昭瞬间睡意全无，立刻化了个淡妆出门。到地方她才知道，三倍时薪，可是在大风天穿吊带裙、光腿走秀换来的。

艾米莉早换上商家提供的统一着装，左手搓右手，右手搓左手，冻得鼻涕都快出来了。

"为什么偏要在露天走秀？商场里明明有个舞台，"陈昭眉头紧蹙，将自己身上的羽绒服脱下给她，"欺负我们小模特不是人吗？"

"小声点儿小声点儿……"艾米莉忙一把捂住她的嘴。

"人家凭什么开三倍工资，不就是为了赚钱？他们非说模特在外面为商品站台，可以吸引到客流。旁边那家新商场开张，可是抢走了不少生意！"

"那也不能……"

"别说了，昭，去换衣服吧。"

艾米莉恋恋不舍地将羽绒服还给她。

小姑娘比她还小三岁，两颊被寒风吹得通红，却握住她的手安慰道："要生活的嘛，做模特就是这样啦，又不是个个都能混出头，大家都是吃青春饭。"

出来讨生活，不是人人都有"不为五斗米折腰"的底气。

陈昭默然，接过羽绒服，走进商场，在一层的女卫生间换了衣服。

她出来时撞见带着一个女孩的妈妈，妈妈伸手捂住小女孩的眼睛，让小女孩不要看，说不雅观。

寒风凛冽，陈昭止不住地发抖。在商家的要求下，她不得不和其他姑娘一起站在一旁，等着临时的舞台搭建完成。

没一会儿，工作人员拿着商品过来向她们介绍功能和分到的台词、需要摆的姿势等。

陈昭问这个"商品推介会"的时长，工作人员说上午、下午、晚上各一场，每场大概四个钟头，在商品介绍期间，其他的人不仅需要在台上候场，还需要派发中场礼物等。

"熬不住你可以走，只要还没上台，随时可以走。"男人捧着热水杯，吹一口水面，自上而下地打量着她，"你这样的小模特一抓一大把，活动时薪高，几十几百个人都抢着来。"

陈昭的指甲都快掐进两臂的肉里。

她表情淡淡地点头，还向对方说了一声多谢。

上午的工作结束，下台时，陈昭觉得双腿似乎已不再属于自己，下肢像两根冰棒，高跟鞋挤着脚后跟，每走一步都像走在刀尖上。人被冻麻了，只要不动，原来都没有什么知觉；只要一动，所有的痛苦都一点点地回笼。

她走进商场，裹着羽绒服蹲在不知名的店面门口，却被店家出声驱赶。

陈昭沉默地离开。

中午，她和艾米莉一起吃了半份盒饭。她们都不敢吃太多东西，怕小肚子会现形，闹出笑话。

艾米莉有个男朋友，总说拿了钱能哄男朋友开心，就算被冻得晕倒也值得。中午休息的一个钟头里，她半个多钟头都在和男友甜甜蜜蜜地煲电话粥。

挂了电话，她还打趣陈昭："上次追你的那个周先生，后来有没有下文？"

"没有。"

"才几天，干吗这么快下结论？你都不跟人家多聊一聊，多了解一点儿？人家才三十岁，在中环上班，还是副总经理。你都看不上？"

"不感兴趣。"陈昭摇了摇头。

她缩在羽绒服里，用一大圈的毛领挡住风，原就小巧的瓜子脸被遮得只剩下削尖的下巴。

艾米莉看她这副被冻傻了的样子，不再劝说，只是道："也好！我还想说呢，那个姓周的哪里配得上你？你长得漂亮，人又好又善良，肯定有更好的姻缘等着你！"

陈昭只是笑笑，没再说话。

休息结束，两个人紧接着又迎来下午场、晚间场，一直到夜里十点才收工。

工资是当天结算，只是她们拿了钱，还要将百分之五十的收入给模特经纪公司，再扣去两百元的伙食费，最后真正到手的那点儿钱才是她们自己的。

她和艾米莉是唯二坚持了三场的模特。

两个人各自收拾好东西，一起在路边等小巴。艾米莉遥望着小巴开来的方向，不住搓着手，感慨道："挣钱真难！下次有这样的工作，一定要阿志来接送啦！我这么辛苦，他只知在家打电玩。"

"他还没找到工作？"

"唉，是啊，不过也怪我不忍心催他。"艾米莉小声道，"如今工作压力大嘛，出去少不了被上司指着鼻子骂，他心高气傲，还是个大学生……我怕他想不开。反正我还能吃几年青春饭啦，他……他的事就再说嘛，他能来接我我就很开心了。"

或许是怕又被陈昭念叨，说些让她换个靠谱的男朋友，别再上赶着给人送钱之类的话，艾米莉话锋一转，指向不远处那家抢了生意新开的大商场。

"阿志说了，等他找到工作、赚到钱，第一件事就是带我去那里买个包包！他很有志气的噢！"

只有你会被这种空头支票唬住吧。

陈昭一时无语，循着她指的方向看去，映入眼帘的是数不清的名牌商标，显然那里定位的消费人群，不会是她和艾米莉这样的女孩。

"那是钟氏集团旗下的大商场，开业那天排场好大，来了不知多少只有在电视里才能看到的大人物。我和阿志正好路过，还看到了钟绍齐。话说，钟绍齐你知道吧？"

"……"

"哈哈，昭，你这是什么表情啊？你不会真的连他都没听过吧？都说了让你平时别老是忙着打工，多出来逛逛啦！"

陈昭愣在原地。

女孩手舞足蹈地告诉她钟绍齐是多传奇的人物，年纪轻轻就已经赫赫有名。

"他很好吗？"她问艾米莉。

"当然啊！"艾米莉根本没犹豫，给了她一个超出想象大声且肯定的回答，"他又帅，又年轻，还很有能力，据说脾气也很好。他可不是电视剧里演的那种目中无人的公子哥噢！他待人接物都是风度翩翩的，很有礼貌。"

是吗？

陈昭紧了紧羽绒服外套，有些茫然地看向对面的商场。

这会儿，商场正一层一层地熄灯。

她莫名其妙地想，在今天这十几个小时里，有没有一分钟或一秒，她和他曾经擦肩而过呢？

在她被冻得失去表情的时候，在她腿肚子直发抖、依然勉强站直给观众赔笑脸的时候，在她为了生活不得不咬紧牙关坚持的时候，在她注意不到的地方，他是否曾隔着人群，隔着衣香鬓影、觥筹交错的生活，远远地看她一眼呢？

十年前，她曾问钟绍齐："钟同学，你有没有想过以后会发生的事？"

那时的钟绍齐大概厌烦极了她，因为她的喋喋不休和没话找话，自然没回答。

她却坚持想要一个答案："我的意思是，你有没有想过，未来你会做什么工作？在哪里？会过着什么样的生活？"

见他始终沉默，她就自己回答自己："我想过哦！我觉得，比如说五年或者十年后吧，那时候我应该已经大学毕业了……虽然还没想好，不过，我应该不会留在这里，会去一个很自由的，谁都不认识我，可以从头再来的地方生活。

"我想要买房子，买不起就租一套小房子，一定要有阳台的那种。我要养一些花，安一个藤架一样的秋千，我可以坐在秋千上看书。平时朝九晚五地上班，天气好的周末，我可以在阳台上晒着太阳看书。不过天气不好就糟了！我要把花全搬进来才行，这可是个大工程。"

她不断说着："我一个人可能搬不完，所以，八成还得麻烦你了。"

钟绍齐捻书页的动作顿了顿。

她看在眼里，右手托着下巴笑嘻嘻地看着他。

他反应过来，面露疑惑之色，疑惑又过渡到震惊。

她憋不住笑出声来，整个人笑倒在课桌上，半晌，才慢吞吞地接上一句："因为你是我的邻居嘛，远亲不如近邻，搭把手很正常的呀。"

"陈昭。"

"怎么了？怎么了？"她眨巴着大眼睛，"难道你想到别处去了吗？"

大概是被她的不要脸程度惊到，钟绍齐盯着她看了半天，愣是没憋出半个字来，索性低头继续看书，不说话了。

陈昭自诩忘性大，却数不清自己有多少次梦见了这一幕场景。

醒来后，她一边觉得好笑，一边又忍不住暗自想象，那时的他心里想的到底是什么？她从没想到，时过境迁，她真的成了他的"邻居"。只不过，她是他的邻居请来的工人罢了。

商场的灯彻底灭了。

小巴正好到站，陈昭回过神来，拉着艾米莉上了车。

车上坐了一群同样被工作折磨得无生气的上班族。她与艾米莉分开坐，她坐到最后一排，左边的陌生人睡得东倒西歪，右边的年轻白领捧着手机，一脸欲哭的表情，回复着工作消息。

陈昭沉默了一路。

她回到家，合租房的情侣不知何故喝得烂醉，客厅和厨房也没有收拾。陈昭踩着一地垃圾，勉强回到自己的房间，打开灯，看到的是与想象中无二的一屋狼藉场景。床上的被子都没叠，还残留着早上她匆忙起床的痕迹。

她背靠着门，环顾四周，安静了很久，才脱下沉重的外套往床上扔去，又走到窗边拉开窗帘。

简陋的阳台上，有一盆小小的、顶着花骨朵儿的仙人掌。

怕温度太低会把它冻死，她又费力地把仙人掌搬进来放到床边。简单洗漱过后，她关了灯倒头就睡。

漆黑一片的房间里，深夜手机屏幕闪烁，荧荧幽光映亮她的侧脸。

她睡得并不安稳，整个人蜷成一团，胡乱说着梦话。

床边，那盆被她放养的仙人掌却轻轻地绽放一朵浅粉色的花。

第一章   **密匙**

HOW AM I SUPPOSED TO LOVE YOU

[1]

"呢个年代，做人不如做只猪！追债，揾你果个死鬼老母啦，内地妹！（这个年代，做人不如做只猪！讨债，找你那个早死的老妈啦，内地妹！）"

防盗门猛地被关严，铁链门闩一撞，透过门缝，清晰的摔打声和毫不留情的讽刺声几乎一同传到耳边，陈昭面无表情地听着。

从喋喋不休地清算旧账，到一片死寂地僵持冷漠，她犹如不死心要看到结尾的观众，隔着几乎没有任何隔音效果的墙面，一动不动地停在这扇破落的铁门前，等着结局。

身后传来熟悉的脚步声，她回过头看去。

连躲也来不及躲，恰好放学回家小跑上楼的少女便与她四目相对。两个人表情僵硬地戳在原地。

"家……家姐……你来找阿爸？他应该……嗯，你……这是见过我妈了吗？"

这局面配上这问题，实在说不上她是天真还是在反讽，陈昭索性不理她，全当面前的人不存在，是空气是尘埃是什么都好。

漂亮却透着锐气的面庞，豆沙色的嘴唇冷冷地向下撇，陈昭眯着一双眼直直地向前看去，盯着面前紧闭的屋门，目送那女孩小心翼翼地翻出钥匙开门进屋。

几乎是同时，劈头盖脸的臭骂声又一次传来："你和那个女人说什么？有什么好说的？你还喊她家姐，你哪里来的脸，平时上学怎不见你这么能说会道？！你长嘴就是来气我的！"

……

"一个两个的都是讨债鬼，滚出去！"

十来分钟后，陈昭抱着手臂靠在墙边，眼睁睁地看着那女孩表情无措地被推搡着赶出家门，宛若一只落难的小狗。

陈昭居高临下、冷静地旁观着那与她有四五分相似的女孩，顶着全然不可能属于她的可怜兮兮的表情，滑稽地跌在她脚边。

文具从书包里骨碌碌地滚出来，散落一地。

陈昭弯腰帮忙去捡，把那半块脏兮兮的橡皮放回对方手里时，突然开口，莫名其妙地问："这样就很难过了？"

她用手背擦了擦女孩脸颊上的泪："还好你不是我。"

当夜。

"听说你真找你那个便宜老爸要钱啦？他自己都穷得只能住屋村，昭妹，他哪里有油刮给你？"

嘈杂的化妆间里，化着夸张妆容的女人来来往往，呛人的廉价烟草味和刺鼻的香水味混作一团，争先恐后地钻进鼻腔。陈昭刚挤掉一个占着化妆台半天不动手的人，熟练地往脸上拍了一层粉底。坐在隔壁的熟面孔见她坐定，像是逮着机会般探过头，自顾自地跟她扯起"家常"来，想也知道是在幸灾乐祸。

陈昭余光一瞥，认出对方是谁，似笑非笑地回敬："有什么区别？真穷好过有钱不给。住中环的老男人，算他每个月十几二十万进账好了，芳姐，可有一厘落入你手里的？"

　　她这话说得慢慢悠悠的，手中描摹细眉的动作行云流水。

　　隔壁的女人像被踩中痛脚，动作猛地一停："你……"

　　陈昭对着镜子抿了抿嘴，手指随意地在嘴上一蹭，将艳色的口红抹匀。察觉旁边的人半天没接茬，又扭过头去，冲对方微微一笑："嗯。我的意思是说，系度笑我，仲不如快手啲揾个靠得住嘅男人，同你一齐供楼咯（与其笑我，不如早点儿找个更靠谱的男人跟你一起供楼咯），大姐，我哪里说错了？"

　　对方脸色骤变，眼见一场"恶战"在即。

　　陈昭倒是游刃有余，摸了一支唇膏笔塞进包里，招呼着旁边的姐妹先走一步，离开了化妆间。

　　为什么她不怕人追？

　　答案很简单：这两年经济吃紧，难得接到点儿钱多的兼职，她们这一批没什么资历、全凭好样貌撑场面的野路子模特，私下里讽刺归讽刺，还真不敢随便误事。

　　毕竟她们又要打扮又要租房，在香市这寸土寸金的大城市，十个里有八个是月光族，钱都是紧巴巴地花，哪里敢随便给兼职的地方找麻烦？又不是个个都像她，明天就合约到期，可以拍拍屁股回海市。

　　陈昭闷笑了一声，说不清是觉得解脱，还是对过去的生活无语。她转念一想，至少最后的兼职不过是在酒馆里兜售酒水。当然，她的职位可是"代言人"。这里可不是什么没有规矩的地方，她不会受到骚扰，能轻轻松松地赚钱。她又转忧为笑，撩了撩一头黑直的长发，钻进舞池中去。

　　等到十二点多稍事休息，除掉酒费以外，她还收到了一整沓小费。

如此到了凌晨两点，她自觉已笑得脸颊发僵，店里的气氛总算转为冷清，人群三三两两地散去。她长舒一口气，拖着快要散架的身体蹍回吧台，掏出整晚挣来的"工钱"，认真清点起来。

　　顿了顿，陈昭从另一侧的口袋里掏出一把零钱，问相熟的酒保要了杯威士忌。

　　她抿了一口酒，回过神来，酒馆经理不知何时倚在她身边的空位上。

　　肥肉和媚笑一起堆在男人并不年轻的脸上，他推开陈昭随意丢在吧台上的那沓入不了眼的零钱，放下几张崭新的百元大钞。

　　"莉莉安。"大抵是为了迁就她，他说着一口不怎么流利的普通话，"我听你的经纪人说了你的事……你真打算就这么走了？不考虑一下我上次的建议吗？"

　　陈昭装作回忆了好一会儿所谓的"上次的建议"。

　　许久，她才似笑非笑地举起酒杯："我就只值一杯威士忌？"

　　经理也跟着笑起来，很快比了个"三"的手势："当然不，做我的女朋友，你值这个价。"

　　陈昭摇了摇头。

　　几个还没走的客人在一旁起哄，毫不遮掩的目光落到两个人的身上。

　　经理见状，脸上显然有些挂不住了，眼神在她周身来回转了几圈，这才勉强伸出五根手指，问："那这个价？"

　　陈昭仍摇头。

　　局面开始不受控制，周围人的起哄声、欢呼声越来越高。

　　陈昭一再摇头。

　　"还不够？"经理被她无动于衷的神态激怒，忍不住轻敲桌面，"那你说，多少钱合适？你该不会想狮子大开口吧？像你这样的女人我见得多了……最后都是搬起石头砸自己的脚！所以你觉得自己值多少钱？不要吊胃口了，你开个价！"

陈昭"扑哧"一声笑了。

想了半天，她悠闲十足地端起酒杯，冲他歪了歪头，一张艳色无双的脸，如此一笑，竟笑出些天真不知世故的稚意。

经理看痴了眼，呆住了。

她手指点住下巴，一副认真回忆的模样。半晌，她轻声说道："是这样，我的前任呢，也给我说过一个价。你要是觉得合适，比他多一块钱，我就跟你走。"

她装得这么清高，原来还是有价码的。

经理当即笑了，粗肥的手指覆上桌面，有一下没一下地轻拍着桌面。

"多少钱？"他问，"放心，你这么漂亮，我当然愿意出够本啦。"

陈昭并未应声，只低垂下眼睫，从包里掏出唇膏笔，在经理的手掌心里写下了一串数字。

这是一个长得近乎天价的数字。

她端详着每一处落笔的钩折，有那么一瞬间，恍惚惊觉自己好似仍是许多年前第一次在银行柜台机前，睁大双眼不可思议地看着那金额时的样子。

那种心情她永远无法忘记。

在这样的时刻，在满堂哄笑声里，在所有人都觉得她异想天开不自量力的时候，也只有她，还能面不改色地微笑，温声问道："怎么样？"

"只要比这个数，"她重复道，"再多一块钱都好。"

在这种叫人坐立难安的尴尬境地里想起和提及前任，大概也只有她才能做到这样。

更别提她想到的场景，其实是紧随而来，对方咄咄逼人的一句话：

"陈昭，你为什么非要跟我作对？"

大概是八年前，陈昭想，这幅画面应该出现在八年前。

八年前的学校天台上，站着一男一女，男的是她的初恋，女的是她。

他们面对面站着，即使一句话不说，在外人看来，那画面仍称得上十足般配。

那时的她扎着高高的马尾。无须刘海修饰，亦没有似有若无的鬓发"藏脸"，青春就是天然去雕饰的美。至于对方，她至今还记得他走过校园时无数追随的目光，记得他的校服洗过之后散发的淡淡的皂角清香。和邋遢而不修边幅的同龄人相比，他就是天上的神仙。

是以，自然而然地，好像突然绽了满树心花的喜欢之情，就在那样的年纪悄然地来到。

哪怕两个人不是同一个学校，不在同一个世界，眼界都差了十万八千里，她依旧一往无前。也不知到底着了什么魔，她依然记得自己那时张牙舞爪的样子。

她仰着脖子，故作倨傲地问："什么叫非要和你作对？钟绍齐，钟同学，我又哪里得罪你了？"

不屑与她纠缠的钟同学往往被她气得轻轻蹙眉，而后声音彻底冷了，回她的，是直截了当的质问："你知不知道什么叫适可而止？"

她反问："你很讨厌我来看你？"

"……"

"可是脚长在我身上，我想来所以才来，没有妨碍你。"

"但你让所有人都知道……"

"知道什么？知道我喜欢你？"

她穷得只剩用不完的勇气。

对方又一次对她露出那种无法理解的表情。她无法解读那是理解还是疑惑，只能看着他掏出钱包数出钞票。四周那么安静，静得她甚至能非常清晰地听见新钞摩擦之间发出的"沙沙"声。

她眼睛一眨不眨地盯着他的动作，看他数了又数，像是在估算什么；看他数了又数，就是不走到她面前来。

"给你，拿着。"

那天的最后，她只收到了一张薄薄的银行卡。

两手相触的瞬间，她隐约摸到他手心湿润，似乎满是汗。她有些疑惑地抬起头，对方在她看他之前就别过了脸，过了一会儿，又轻声提醒她："你的校服脏了。"

"啊？"

"去买一套新的吧。我身上的现金不够，你用这张卡，密码输……你的生日。"

陈昭愣了愣："你不是在跟我谈判吗？你给我钱干吗？"

钟同学没有回答。

很多年后，想起这一天，想起这个莫名其妙的傍晚，他叹息着从她身旁走过，已经不再年少轻狂的她，迟来地读懂了他那天那闪烁眼神背后有着某种无可奈何的退让意味。

他总是对她一让再让。

而她，因为这张莫名收获的银行卡，那天傍晚放学后第一次单独去了银行。她不懂装懂地徘徊许久，最终被好心的警卫带到了自动取款机旁。

她学着旁边的人，一五一十地输入自己的生日日期：870126。

她要取多少钱？

她不敢多拿，只试着取了100块钱，打算明天去买一件新的校服裙，穿给钟同学看看。她一边取钱，一年忍不住又想，他干吗突然对她这么好？而且，买校服只要100块钱，他干吗突然拿一张银行卡给她？他要看她的笑话吗？

红色的大钞在隔板里慢慢地显出身形，她像做贼一样探手去取，把钱揣进了兜里。

鬼使神差地，打印完回执后，她点了查询余额。

5201214。

她的心怦怦直跳，不因为手握巨款，而因为微妙的数字。

如果……如果加上自己手里的100呢？

数字就会变成5201314。

她吓得差点儿蹦起来，跑出去，急忙从书包里掏出可怜巴巴的旧手机，一个字一个字地给钟同学发信息，问他是不是给错卡了，要他明天在学校等着，她一定给他把卡送过去……诸如此类云云。

奇怪的是，丢了一张存款是如此天文数字金额的银行卡，他却隔了很久都没有回复消息。

她也不敢打他的电话。

后半夜，手机终于振动了一下。

听到熟悉的信息提示音响起，她马上摸过手机来看。

幽幽发亮的屏幕上，只有简短的两句话。

钟同学：我没有拿错。

钟同学：陈昭，我其实……

他其实……什么？

[2]

5201314。

一个天文数字。

豆沙色的唇膏笔，写在对方浸满汗意的手心上，即便色泽洇开，数字依然扎眼。

"莉莉安，你玩我？"

经理在看见那串数字的瞬间，羞愤得脸涨成了猪肝色，手心向下，在吧台上狠狠揩了数下。

这当然是陈昭意料之中的结果。

她脸上笑意不变，只耸了耸肩膀，起身拎起包："出不起就……"

"我买你咯。"

突然横插进来的话，令她脚步一顿。

陈昭扭过头去，视线越过经理那张冷汗直冒、涨红的肥猪脸，很快看清说话的人。

一个男人打着哈欠，漫不经心地越过舞池，正向陈昭走来。

两个人四目相对，他冲她意味不明地笑了笑，模样毫无疑问，出挑俊美。

然而这种俊美，并非完美得五官全挑不出错。相反，他有一双太招桃花的眼睛，让人能想象到笑时他是如何漫不经心；薄如出鞘刀刃的嘴唇，似乎将"寡情薄义"四个大字毫不遮掩地写在了他的脸上，嘴角扬起微笑时尤其如此。他挺高，只站在那儿，便显出些迫人的威压气场，身材瘦削，也挡不住那种居高临下感。随便将他抛到哪个人群中，他都能一眼被看到，鹤立鸡群便是如此。

陈昭的眼神掠过对方浅灰色的长款男式风衣、笔直的大长腿、脚上踩着的价值不菲的新款牛津鞋——

好了。

她可以确定，自己应该没什么机会和这类精英男来一段缠绵悱恻的浪漫经历。她只能笑笑，为了掩饰紧张，低头抿了一口威士忌。

男人停在她面前。

这时，不远处的包间门忽然敞开一条缝，里头探出一张醉醺醺的脸。那人扯着嗓子冲这头大喊："宋少，早去早回，不能才喝了几杯就走人啊！"

里头传来一阵哄笑声，而眼前被称为宋少的男人头也不回，姿势随意地摆了摆右手。

随即，他兴致盎然地微弯下腰，几乎以鼻尖抵鼻尖的距离打量着她，玩味的目光肆无忌惮地扫过她那白得像鬼一样的面皮和殷红的嘴唇。

"先生，我们经理似乎很怕你。"

陈昭瞄了一眼男人身后冷汗直冒的胖子，感觉有些不妙，试图转开话题。

男人却并不接她的话，只笑着自胸前的口袋里掏出一张卡，紧贴着她的脸，不紧不慢地扇了一下。

卡和脸撞在一起，发出清脆的"啪"的一声响，犹如当面扇了她一个耳光。

"你只要钱的话，不如做我的女朋友。"他笑得温和，淡淡地问道，"小姐，还是你在装听不懂中文？"

片刻过后，宋致宁回到包间，大大咧咧地坐回沙发中心。

里头震耳欲聋的音乐声没有停息片刻，甚至越发聒噪，几个爱看热闹的公子哥儿一起回过头来，见他两手空空，瞬间大笑不止。

"宋少，衰咗？唔系咁你，连个内地妹都搞唔掂？（宋少，栽了？不是吧你，连个内地妹都搞不定？）"

"别火上浇油。"宋致宁闻言，无奈地摊平手，"本来也只是嫌外头起哄声太吵，去找点儿乐子罢了。那人长着那么张脸，妆化得像个鬼，真是扫兴。好不容易请到钟少这样的贵客，外面竟然因为这种人吵个不停。"

他想起方才的情景，忍不住面露嫌弃之色，眉头微蹙。

一群公子哥儿见状，对视一眼，又赶忙一个接一个地开腔，接棒地打起圆场。

"算了，算了，好不容易聚聚，别闹得不愉快！宋少，来，我请客，再开两瓶好酒。"

"正好，这瓶酒就留给你洗手，洗洗晦气。"

"就别想那女的了！放眼看去，如今满大街都是靓女！"

光怪陆离间觥筹交错，人声鼎沸，堆笑的面孔不断迎到宋致宁面前。

仿佛算准了他最爱人家讨好他，特别是对其他本身身家就不低的人对着他低声下气受用。

很快气氛就融洽起来。

宋致宁懒得再摆架子，朗声笑了笑，顺着台阶便下了。

不料他刚把瓶塞起开，打算倒一杯酒时，就见席间一身灰蓝色西服的高个儿青年忽地放下酒杯起身，打断了他好不容易起来的兴致。

青年推了推金边眼镜，向宋致宁微微颔首："太闷了，我出去透透气，你们玩。"

周遭静了静，末了，众人目送着青年头也不回地离开包间，他还不忘有礼貌地带上了门。

留下的公子哥儿们面面相觑，风中凌乱。

"这个钟绍齐……"很快有人愤愤不平地开口帮宋致宁讲话，"知道宋少你这次过来是专门到香市给你家的恒成地产拉线，他居然一点儿面子也不给？"

"他就这么走了……懂不懂什么叫尊重？他还以为现在是几十年前？"

话音刚落，身旁的香市公子哥儿亦不甘示弱地跟着啐了一口："你懂个屁！这钟家从古到今世袭勋爵，一贯自认高人一等，能来已经给足面子了！放尊重点儿，呢度系香市，讲钟绍齐嘅坏话，因住俾人抛到铜锣湾咯，傻仔！（这里是香市，讲钟绍齐的坏话，小心被人抛到铜锣湾咯！傻子！）"

他话里话外带着不屑之意，虽是替人出头，有夸大之嫌，但依旧令旁人两颊烧红。

簇拥在宋致宁身边的几个青年对视一眼，心照不宣地陷入沉默之中。

如此一来，气氛或尴尬或无言，原本热闹无比的包间内一时死寂一片。

最后，宋致宁重新揽过话头，若无其事地摆了摆手："行了，大不了等咯，大家接着玩。"

他脸上的笑容更浓，仿佛一点儿不受主客离席的影响。

几杯酒下肚，众人皆东倒西歪，只他不动声色，视线冰冷地又瞥了一眼门外，望向钟绍齐起身离开的方向。

"但你们猜——"他笑容满面地慢悠悠念叨了一句，"咱们这大主顾、贵客里的贵客，这会儿甩脸走人，是为什么大事？我实在好奇得很哪。"

十二月的香市，夜里冷风直往领口钻。

陈昭缩紧脖子穿过马路，在酒馆对面的二十四小时便利店买下了最后一份便当。

刚才为了摆脱那个脑子被烧坏了的公子哥，她连落在后台的外套都没拿，就匆匆离开，以至于现在身上只穿了一件黑色吊带背心配一条包臀牛仔短裙，冻得全身直打战。

好在开着空调的便利店是她二十四小时的港湾。

她一边扒拉着便当，一边听着店里循环放近来入围劲歌金曲的新歌来练习当地方言。在很长一段时间，对她而言，这样的时光都算是难得平静闲暇的。

她在香市的最后一晚，亦没有什么例外。

便利店的店员撑着下巴昏昏欲睡，陈昭坐在狭窄的长凳上，有一下没一下地挑着便当里大小不一的牛腩吃着。

玻璃隔开店门内外，从她所在的位置抬头一看，就可以看到正对面的"Muse"酒馆。

有人出了酒馆就在街边干呕，有不谙世事的女孩被人搭讪，羞红着脸美目流转。争吵，恋爱分手，撕扯，最终沉寂，这就是香市夜生活的常态，也是许多人虚度年华的方式。

至于马上要离开这种生活的陈昭——当然，她无意停留，只是打算等那个扎眼的宋三少走了以后，再回去把自己的外套拿回来。

哪怕实在要蹲守一晚上她也没办法。

毕竟那件外套花了她五千多块钱，是她唯一一件狠下心来买的名牌货。

她还准备穿那件外套回家去过年，免得被人识破自己混得不好，又要多费口舌粉饰太平。

时钟渐渐走向凌晨两点四十七分。

后来陈昭想，如果她知道五分钟后从酒馆里出来的会是钟绍齐，别说五千，就是五万块钱的外套，她也绝对会头也不回地丢了就走。

但人毕竟是人，哪里有预料悲惨命运的本领？

她就那样毫无防备地看着钟绍齐在自己的视野角落里出现。

他穿着灰蓝色西装、锃亮的皮鞋，从头到脚一丝不苟。他只是随便在街边一站，仿佛随便一拍就能拍出一张香市大街小巷都能看到的金融杂志扉页照片。即便他置身那些来来往往出入酒馆、神志不清的男男女女中间，双方依旧像被隔开成两个世界。

站定的五分钟里，他推了七次眼镜，眉头微蹙，显然并不习惯周遭那种迷乱嘈杂的环境。伴随着他看向街对面的冷漠目光，陈昭猛地手忙脚乱，险些跌个四脚朝天。

她好不容易恢复平衡，慌不择路地跳下长凳，矮身蹲到冰柜旁，抱着头，弓着腰，一副打死不愿意挪窝的窝囊相。

就连柜台边那个小鸡啄米般点着头的店员，也被她那一阵动静吵得瞌睡消失，探头看过去："小姐，你这是在干吗？怎么蹲在冰柜边上，那边……"

突然，她断了下文。

便利店的门被人推开，风声和着脚步声传来。

短暂停顿过后，店员的声音又一次响起："啊，先生欢迎光临，请问……"

[3]

"辛苦，给我一个打火机。"

香市的便利店面积窄小，不过寸土尺地。

陈昭躲在店内唯一能挡住人的大冰柜旁，背后五步远的地方就是柜台。

男人的声音不急不缓地传到耳边，低沉却清透，字正腔圆。

暌违六年，他和她印象中的钟同学似乎也没有多少差别。

陈昭微微侧过头。

从她的角度，她只能看见店员递过去一个打火机，又指了指身后的香烟，追问道："先生，需不需要别的？"

没人回答。

伴着一阵窸窸窣窣的声音，陈昭不知发生了什么，店员忽地低头看了一眼柜台，露出惊诧的表情。停顿片刻后，他又往陈昭的方向看了一眼。

她吓了一跳，匆忙转开视线，把头深深埋进膝盖里。

不一会儿，有人推开店门，脚步声亦远去。

与此同时，慢慢落下的还有她悬在心里的石头。

深呼吸过后，她抬起头来，刚要瞄一眼那头的动静，却先一步感受到肩膀被人拍了拍。

绵密的汗意几乎是一瞬间从后脊梁骨上蹿起。

她愕然回头。幸好，与想象中的场景不同，眼前站着的只不过是刚才那位店员。两个人甚至话都没说过两句，陈昭垂下眼睑，望着那件递到自己面前的灰蓝色西装外套，面露不解之色。

"小姐，冷不冷？"店员露出营业微笑，"刚才那位先生要我拿给你的。"

陈昭愣在原地，缓了好半天才想起伸手去接西装。

染了绯色指甲油的指甲艳丽而斑驳，和那件高档的手工西装一点儿也不相称。外套上残留的木质香萦绕鼻间，与她嗅惯的呛鼻香水味大相径庭。

"不去追啊？"店员见她久久不动，好心拉她起身，"认识一下嘛，他看起来像个阔少，辛苦费都给了足足五百块……唉，他又回那边那家酒馆了？店里人那么多，你到时候可找不到人哪，小姐。"

陈昭没有搭话。

她僵着脖子，怀里抱着那件西装，呆站在原地。

许久，她低下了头。

翌日，时隔六年，陈昭买了最早的一班飞机的票，自香市返回海市。

她来的时候一无所有，走的时候，也只多了只 18 寸的行李箱，里头杂七杂八地堆了些化妆品和衣服。

落地海市后，她走出机场，仿佛来到另一个世界。

路人们说的普通话里偶尔夹杂一句耳熟的吴侬软语，来来去去，并没有一个人注意到她的茫然。

四顾皆陌生的场景，让她不得不承认，海市的变化真的很大。大到她已不认得回家的路。最终她咬了咬牙，拦下路边的一辆的士。

为了防止被宰，上车后报地址时，她不得不挤出半生不熟的乡音："普陀区，那个人民医院边上过去一条街，有个胡同，往那边走，侬晓得伐（你知道不）？"

没承想司机是个外地人，睨她一眼，踩下油门："知道，长得这么漂亮，说话阴阳怪气的，本地人了不起哦？"

陈昭："……"

听了这么一句话，她在车上给她那个本地人妈妈苏慧琴打电话也不再拿腔拿调了。

"喂，妈，我在车上了，你下班了吗？"

电话被接起，那头吵嚷得很。

苏慧琴扯着嗓子同她喊："你出来到转弯角去乘地铁，坐什么的士，贵得要死呀……算了算了，"她似乎在和别人掰扯什么，话音一顿，忽而又说起了地地道道的普通话，"你回家之前，到楼下那个邮政银行取点儿钱啊，最近你叔叔又没给我家用，我穷得很，买菜都没钱了。"

提到钱，陈昭眉心一蹙，有点儿警觉："要多少？"

"有多少给多少啊！"她不问还好，一问苏慧琴就蹬鼻子上脸，"你这么一去六七年，在香市那么寸土寸金的地方，总该攒够钱了吧？！我可是你亲妈，生你养你的，你给点儿钱过不过分哪？！"

"你想得——"

"不跟你说了，说了就来气，总之你记得带钱回来，一定啊！挂了，挂了。"

对面的人说完了自己想说的话，马上毫不留情地挂断了电话。

陈昭压根没来得及争辩，便听得"嘟嘟"声响个不停。

这是什么狗屁人生？她有个不给钱的亲爹也就算了，还有个生了她不想养活，倒时时刻刻在讨钱的亲妈。

然而，这话她到底也不知道跟谁去说。

想了许久，她只能叹了口气，侧过头，装作认真地看向窗外的街景。车子穿过主城区后，城市的繁华仿佛都在一瞬间凋敝殆尽，又出现了她熟悉的那些破落户场景。

隔一条街，那头是人民医院，这头是一群住公房的穷鬼。

她给完钱下车，拖着行李箱，走进不远处的银行。

在自动柜员机前头停了好一会儿后，陈昭迟疑地从自己那为数不多的几万块钱存款里取出了两万块钱，小心翼翼地揣进斜挎的小包里。

她穿过和小时候几乎一成不变的旧弄堂，往里拐，见着一栋危楼似的破房子，顺着感应灯坏了不知道几年的昏暗楼道一路往上，走到三楼。

面前的防盗门上，祝贺春节的对联早已斑驳，倒"福"字更是摇摇欲坠。

她敲了敲门。

奇怪的是，她分明听到里头有人说话，一连敲了三下又三下，还是没人来开门。

周边都是些老邻居，她也不想嚷嚷着喊门，只得等了再等。等到耐心耗尽，她才从兜里掏出手机，打算问问人是不是还没下班，又到哪里去了，刚一低头，面前的防盗门蓦然被人拉开。

一个凶神恶煞的赤膊汉子盯着她，几乎有她大腿粗的胳膊如闪电般一伸，牢牢扣住她拉行李箱的右手手腕。

"你干吗？"陈昭心下警铃大作，当即掰住一边楼梯扶手打算顽抗，"我喊人了啊，你什么人？在我家……在……"

她的声音忽而一抖，不为别的，只因她看见三楼到四楼的楼梯阴影处，紧接着走出两个贼眉鼠眼的高个瘦子。

被一前一后包围，无论算力气还是人数，她都没有反抗的余地。"砰"一声钝响，陈昭的头被按在麻将桌上，额头撞到个"一条"，麻将牌一晃，"呼啦啦"滚落在地。

行李箱侧倒着，几个男人毫不费力地砸开锁，掀开箱子，把她所有的衣服翻了个遍，当然收获不佳。

"就两万块钱？"为首的男人破口大骂，"你连你妈苏慧琴欠老子的钱的尾数都凑不齐！苏慧琴、白钢，你们不是说这个女的有钱吗？！钱呢？啊？！"

话音落地，她那缩在角落的亲生母亲和继父连忙跪着挪到男人脚边，磕头求饶："迪哥，真的，我们真的以为她有钱，不然怎么会愿意让她住回来？哪知道她这么不争气。迪哥，你放过我们，这两万块钱你先拿着，其他的我们再凑，再……"

"我要等你等到猴年马月？！"被叫作"迪哥"的男人翻了个白眼。他懒得理睬这对赌鬼夫妻，踹出一脚。

白钢脸着地，"呜呜啊啊"哀号起来。

迪哥又叉着腰，烦躁地在屋里走来走去，嘴里骂骂咧咧地念叨着："有胆子借老子的钱，输了个精光……都半年了！躲躲藏藏地想逃，这都第几回了？现在还敢跟我说给你们时间？"

"今天拿不出那四百六十万，你知道什么后果？！"

说着，他颇不耐烦地看了一眼地上哭成泪人的苏慧琴。

踱步片刻，他又猛地回头，不甘心地揪住陈昭的头发，把人活生生地从桌上拽起："你！我问你，你到底有钱没钱？"

"……"

一个巴掌扇在脸上，陈昭被打得眼冒金星。

"说话！"

"……"

陈昭像个破布娃娃一样被他抛来甩去，不知被折腾了多久，嘴里满是腥味，耳边如有轰鸣声过境。即便如此，她依旧沉默得像颗石头，只盯着地上坏了的行李箱，默默攥紧了拳头。

"迪哥，"苏慧琴见势不妙，急忙哀叫着爬到男人脚边，紧紧抱住他的腿，"现在你就是把我们逼死了，我们也拿不出钱来呀！这样，你先大发慈悲，给我们一条生路……

"你看我女儿长得漂亮吧？放心，我马上让她找个好人家嫁了，到时候彩礼……不是，收到的钱，所有的钱，我一定都拿来还你！我收彩礼贵的呀！东拼西凑、砸锅卖铁，我一定凑了钱还给你……"

她言辞恳切，说到动情处痛哭流涕。

可惜她本就所剩无几的信用早被耗尽，到这一步，男人哪里还会听她的鬼话？

男人只一脚将她踹开，又冷笑着，掰过陈昭的肩膀："还不够。"

"除了这个女的，我没记错的话，你们应该还有个儿子吧？正好，女儿卖了收彩礼，至于男的……"

"不行，不行！"苏慧琴目眦欲裂，哀号一声，便径直打断了他没说完的话，爬过去越发用力地抱紧他的腿，一副拼死一搏的嘴脸，哭喊着道，"儿子是我的命啊！他不行，别动他！

"迪哥，我儿子才十六岁，生在我们这种家里，有多可怜你不知道。他那么小，还要读书啊……"

她抹了抹鼻涕，不住双手合十地恳求，见他没有反应，像是突然灵机一动，伸手指向陈昭："这样吧！这样吧迪哥，实在不行，我把我女儿交给你，让她给你赚钱！你放心，她在香市也是不干不净的，而且懂行，你招了她，她来钱的法子也多，她……"

她什么？

陈昭看着眼神飘忽、满脸心虚表情、几乎不敢直视自己的母亲，心头的火越烧越旺，也不知哪里来的力气，竟骤然暴喝一声，发了疯似的挣脱钳制，扑到苏慧琴身前。

"苏、慧、琴！"

她咬牙切齿，两眼红得滴血，双手死死地揪住对方的衣襟，怕是得剁了她的手，她才会放开苏慧琴。

"你说的什么话？！你有没有良心？你告诉我你说的什么话？别说那两万块钱，我告诉你，我现在一分钱都不会给你！你到底知不知道我在香市过的什么日子？什么叫不干不净？你说啊！你知不知道那些钱……我没日没夜地做事，没工作的时候给别人刷盘子，当服务生，那些钱是我掰着手指一个子一个子地挣来的，是我要存下来给爷爷治病的！你说那是脏钱？！你是当妈的人啊！你是我妈……你这么想我，你这么咒我……"

"迪哥！"其中一个瘦高的男人忽地喊道，打断了这厢剑拔弩张的气氛。那瘦高个儿男人的脚边，胡乱堆着个破烂的密封袋——那原本是陈昭用来包装那件藏在行李箱夹层里的西装外套的。

至于……至于他现在手里扬着的……

"迪哥！过来看，这边搜出来一件忒高级的西装，看起来不像女的穿的，"对方挥动着手里的银行卡，扬扬得意地高声嚷着，"刚摸出来的，内兜里居然还有张卡。你说，这是不是这女的藏钱用的？"

[4]

八年前。

适逢秋季运动会，耀中停课三天。

校园里气氛热闹沸腾，一直到最后一天的下午，体育场上，拍照呐喊玩疯了的同学这才陆陆续续地回教室，准备集合参加闭幕式。

大家刚一进门，不知道是谁压低声音喊了一句："钟……钟绍齐……"

方才还你打我闹个不停的同学顿时齐齐收声，目光不约而同地都往靠窗第一列、倒数第三排的位置聚焦。

是了，钟绍齐钟同学一如既往地没有参加集体活动，正在睡觉。

虽说右手搁在桌上，额头抵住手臂，脸朝下，大家看不清他睡着了究竟是什么模样，但坐在他左边姿势刻意的女孩悄悄收起手机的动作，已经说明了一切。

众人你看我、我看你，一时之间都消了声音，正踟蹰着要不要把人喊醒，他却不知何时睁开了眼，抬起左手手腕，瞥了一眼手表。

十一月十五日，下午四点三十分。

桌椅靠拢的碰撞声过后，挂在课桌一旁的书包被人单手拎起。

少年捞起窗边的眼镜盒，戴上眼镜，竟一点儿睡意蒙眬的恍惚劲都没有。撂下一声冷冷的"借过"，他越过挤在门前面面相觑的同学，向教室外走去。

没人拦他，只有个胆大的女同学在背后喊："钟同学！你不参加闭幕式方阵吗？"

"钟……钟绍齐！"

当然没人回答。

离开教室，拐下楼梯，他一路逆着人潮前行。

不时有路过的男男女女冲他打招呼，他回以一个简单的颔首动作，直到路过后门拐弯处一片低矮红墙。

有个女孩正灰头土脸地趴在墙头上，见他走过，顿时两眼一亮，冲他喊了一句："钟同学！"

少年脚步一顿，抬起头。

正卡在墙上不上不下的陈昭便咧嘴冲他笑起来。

她高高扬起左手，险些因此没扒拉住墙，又赶忙两手一抱，死死贴在墙上。这样狼狈，她却还有闲心跟他唠嗑："钟同学，你去哪儿？下午不是你们学校的运动会闭幕式吗？"

他不答反问："你趴在那儿干吗？"

平常她翻墙不是挺麻利的，一天能来两三回？

陈昭也不跟他客气："我背着给你的礼物呢，怕将礼物蹭脏了，又不敢直接扔过去，竟然就正好碰见你了。钟同学，你能不能过来一下？"

因为她的一句话，钟绍齐就过去了。

陈昭又说："你能不能伸手接一下？我怕东西掉地上变形了。"

钟绍齐微微蹙眉，还是冲她伸出手。

她见状松了一口气，继而艰难地背过身，从背后的书包里翻出一个用礼品袋扎好的布娃娃，伸直右手递到他手里。

用黑毛线缝起来的黑色短发，金线做眼镜，娃娃身上穿的是他们第一次见面的时候，他那身黑色礼服——连意外被她拽掉第二颗纽扣的细节也没遗漏。而他三天前塞给她的银行卡，正好端端地放在礼品袋里侧，卡在娃娃的大拇指缝隙里。

十一月秋风萧瑟，拂过她额前的碎发。

钟绍齐看看娃娃，又抬头看向她，猛一下才看清，原来她笑到开怀时，嘴角会有两个浅浅的酒窝，连讨人厌的扬扬得意的表情，都叫人觉得有些可爱。

她说："钟同学，你要我买新校服，我就从卡里取了一百块钱，结果差点儿没被爷爷打死。他要我一定给你一个回礼。你不知道，我爷爷以前是做裁缝的，他还想扯两匹好布给你做身中山装呢。我跟他说，你是国际学校的学生，不穿中山装，而且我也不知道你的尺码。还是我聪明，做布娃娃就好啦，也不用再计较什么尺寸不尺寸的。"

"……"

"钟同学，你还没告诉我，你这么急匆匆地要去哪儿？唉，你别走啊！我还挂在这儿呢……喂，钟同学？！钟……钟绍齐？"

他一边把布娃娃放进书包，一边计算着距离，退后了五六步以作缓冲。在嘈杂的背景音和她惊讶的欢呼声里，那天的最后，陈昭竟然第一次被人从墙上实打实地扛了下来。

落地时二人已在耀中后门外。

陈昭还没回过神来，一副心有余悸的表情。

环顾四周，她忍不住连连拍着胸脯轻声说道："钟同学，没看出来，你这天天读书的，力气还这么大，还蛮有翻墙天赋的嘛。"

钟绍齐把玩着那个布娃娃，没搭腔。

两个人并肩，慢慢地走在长街上。

她却有些奇怪。

没走多久，她忍不住侧头追问他："钟同学，你怎么一句话也不说啊？还有，这可是我回家的路，你不去参加闭幕式，也不等司机接你回家啊？"

一语惊醒梦中人。

钟绍齐脸色一僵，扭头看一眼不知何时已走过老远，现在只依稀看得到红顶的学校大门。

陈昭问："往回走？"

钟绍齐瞥了一眼距离，又看看身后不远处的公交车站，迟疑片刻，还是摇了摇头："继续走，送你去公交车站，我等会儿打个电话让司机到那边来接我。"

说完，他像没事发生一样，径自摆弄着手里那个可爱得过分的布娃娃，任她叽叽喳喳地在旁边说个不停，似不觉得烦，默默与她并肩往前走。

"所以，你今天到底为什么逃学呀，钟同学？"

"……"

"我猜猜，该不会是因为我趁着我们学校也开三天运动会，翘课去爷爷家住了几天学做布娃娃，三天都没来找你，所以你……？"

"为什么把银行卡退回来？"

"啊？"

"我说了没有拿错，但，"他手里捻着那薄薄的卡片，怀里抱着娃娃，忽地侧过头来看着她，"你不要，所以退回给我？"

突然被人抢过话茬，又抛来一颗烫手山芋，陈昭顿时把要问的话忘在脑后，有些心虚地连连摆手解释道："你说银行卡啊，那个……银行卡……银行卡，钱很多。我只是觉得如果我收了钱，就会让我们的关系变得很奇怪，那样应该不太好吧？我是觉得那么做不对。

"所以其实我也没有那么坏，是不是？你能不能，呃……别那么讨厌我了？"

钟绍齐默然，突然伸手指了指不远处驶来的 739 路公交车："你不想要就暂时放在我这儿，什么时候你愿意要了再拿去，随时都行。走吧，车来了。"

陈昭有点儿蒙。

临上车时，被簇拥在人群中，她听得某人在她身后淡淡地补了一句："还有，你不是买了新校服吗？"他伸手扶了她一把，"明天穿来看看吧。"

深夜，漆黑一片的房间里，忽然传来一阵接连不绝的微振声。

没有得到回答的叮嘱和她侧过脸来的微笑一起静止、破碎，钟绍齐眉头紧蹙，蓦然睁开眼，伸手胡乱在枕边摸着。

仍然振动不休的手机，似还在提醒着他不断打进来的电话是多么急切。

"出什么事了？"

大抵因着难得梦到的前尘往事这么草率地被惊醒，一贯沉稳冷静如他，接起电话时语气竟难得有些直白，不乏责怪的意味。

而电话那头的声音略显嘈杂。

有人七嘴八舌地抢着说话，他听了好一会儿才反应过来，说话的应是钟家在某银行聘请的基金经理，受人委托致电。

"对……对不住啊，钟少，是这样，海市东亚银行分行让我转告您……"

他名下一张闲置多年、没有资金流动的银行卡，在今天上午九点半，被人取出了四百六十万元人民币，但在某些特殊原因下，最后又重新被存进银行。当事人选择报警，声称自己受到胁迫。

东亚银行因有钟家的注资，行长当即向香市总部汇报，辗转打了几个电话通知到他。

电话那头的银行经理还在忙不迭地致歉："实在对不住，但分行行长那边说可以调出监控让您确认一下是否中间人取款，如果不是，也好协助警方那边立案，您看……"

他听完出问题的卡号，沉默良久。

他戴上眼镜，沉声叮嘱："不用着急，把监控发来我看一下，我助理阿 Ting 稍后会联系你。"事出突然，东亚银行不得不紧急运用上级权限调取监控，效率倒是奇快，录像不多时便传到钟绍齐的私人电脑上。

他摆手示意阿 Ting 先离开，这才滑动鼠标点开了那段音画俱全的监控画面，而后双手成塔抵在唇前，有如对待什么公司的机密文件般神色庄重地观看起来。

他的目光分明只胶着在她的脸上。

录像中，大抵是头一次坐进银行 VIP 接待室里，陈昭坐立不安，时不时地抬眼看一下监控摄像头，脸上带着明眼人一眼能看出的紧张和做贼心虚的表情。

四百六十万元现金，说多不多，说少不少，装进她带来的那个崭新的 24 寸拉杆箱正好。

工作人员待她这个贵客细致体贴，力求让她宾至如归，而她呆呆地看着钱被清点着装好，迟迟没有动弹。良久，她忽然拽住路过的经理问了一句："你一个月的工资有一万块钱吗？"

经理面露尴尬之色，结结巴巴地答她差不太多，几次想要抽回手，又怕惹人不快。

她这才木然地回过神来，松开手，说了一句对不起："能不能麻烦你把门带上？我再点一下钱。"

经理点了点头，关上门，静候在沙发一侧。

可她根本没有去点钱，只蹲下身，就那样看着那一摞摞钱发呆，半晌，忽然喃喃念了一句："870126。"

8，7，0，1，2，6，一个一个数字被她说出口。

她的头亦越埋越低。或许在这一点上，她是真的比任何人都明白，这串数字是她的生日，同样也是他予以她这笔在她看来不可承受的巨款时，从不吝啬表达珍重之意的密匙。

"所以这笔钱，不该被我这样用掉的。"

她生于1987年1月26日，隆冬天，却是他少年时代唯一的暖春。

这钱虽是他给予她的，却也同样是她心里最不容践踏的丁点儿自尊。

而后，监控里，一个女人大喊大叫着从门外闯了进来，扑倒在那一箱子钱面前。

女人死死揪着陈昭的手，生拉硬拽着："还点什么？别耽误时间了！拿了钱快走，你想让你叔叔继续在那里受苦啊？！

"你还有没有良心？！我是你亲妈，我告诉你陈昭，你别想拖延时间，有钱不救我们，你还是人吗？！"

这句话大抵刺痛了陈昭的神经。

她望着女人，视线一低，又看向自己被扣住的手腕，只短暂地思索片刻过后，忽而转身，一脚踹在那行李箱上。她力气之大，硬生生地让沉甸甸的箱子向一旁侧倒了，一时钱币翻飞，乱撒一地。

在众人呆若木鸡、齐齐看向满室狼藉的时刻，她面无表情地掏出那张银行卡，一左一右，两只手一齐用力。

"啪"，清脆的声音响起。

第二章　重逢

How am I supposed to love you

[1]

"然后呢？然后呢？"

时值盛夏的傍晚，夕阳西沉。

近华中学正门外的拐角处，有一家叫"李阿婆锅贴"的老店。

既是老店，通常逃不出年久破败的命运。而进门的夹缝里，竟硬生生挤进来一个一看就不怎么正规的书摊，更显得拥挤。

书摊一旁，穿着近华中学校服的少女坐在小板凳上，期待地看向面前老神在在的书摊主。

"然后呢？昭昭姐，然后女主角就把银行卡掰折了？卡里可有五百多万块钱呢！"

陈昭的膝盖上摊着一份时尚杂志，她漫不经心地翻看着。

原本这故事讲得就不走心，她讲到伤心处，更是潦草敷衍。

陈昭闻言睨了学生一眼，又忍不住发笑："你这么激动干吗？又不是你的钱。"

说话间，杂志又被翻过一页。

精致印刷的彩页上，当红偶像洛一珩身着当季奢侈品牌的新品，绿衣黑发，撑着脸颊，笑盈盈地望向镜头。精修的照片，半点儿皮肤的瑕疵都无。

陈昭简单地瞥了一眼，便兴致缺缺地转向旁边介绍设计理念的文字，看得津津有味。

她一边看，一边淡淡地说："任何时候都别小看赌徒，特别是穷途末路无路可走的赌徒，力气大、反应快，所以，这个故事里呢，其实女主角没来得及掰断卡，就被她那个恶鬼老妈一个巴掌打得眼冒金星了。"

女学生做了个吃痛的表情："那……那后来……钱就真给她妈妈了？那可是男主角的钱，他们后来就没交集了？"

"要听故事先买书，"一只手平摊在少女面前，陈昭嘴角带笑地说，"天天白费口水地给你讲故事，真当我是做慈善的啊？"

她就是如此……厚脸皮。

女学生也不含糊，瞬间扭过头，视线在书摊上那堆辅导书上扫了一圈，手里拿本黄冈试卷的工夫，那二十五块钱叠好的纸币，已齐齐整整地被放进了陈昭的手心里。

想来她是早有准备。

"昭昭姐，别吊我的胃口嘛。"

对上这样一双无辜的眼，再看向双手合十地看着自己的女孩，纵然习惯插科打诨如陈昭，此刻也不由得嘴角抽抽，乖乖地收钱办事。

"我这不是让你好好学习……"

她叹了口气，随手把钱扔进钱箱，如约地慢吞吞说完了故事的后文。

"后来，女主角的妈没拿到卡里的钱，因为英明机智的女主角这么一闹，银行经理报警了。女主角在派出所被保护了一个星期，出来的时候，她听说香市那边有人奉命渡海过来解决这件事，免得打扰到某位'小钟生'的心情。"

她耸了耸肩膀："那个狗屁迪哥和他老板可惹不起那边的人，只得跟女主角的继父达成协议，借的钱按月偿还，不再滚利。以后，大家各走各的路，互不干涉。女主角就此离家，在海市做起了孤魂野鬼。故事到这里，没了。"

"唉……"女学生发出一声失望的叹息，"所以，女主角到最后还是没有见到男主角啊，这个作者也太没良心了。"

"见他干吗？你没听到吗？'不要打扰小钟生的心情'。钟家的老爷子说一不二，女主角又不笨，才不会一而再再而三地挑战大佬们的底线。"

道理是这个道理，但这种解释显然并不符合女学生的设想，是以，她瞥陈昭一眼，不情不愿地"嘁"了一声，又问："那……那张银行卡呢？被收回去了？还是留给了女主角？"

陈昭对此避而不答，把报纸叠好，放回原位，同时扬起手腕上的手表晃了晃，向女孩示意自己这只懒虫的"收摊时间"已到。

见人久久不走，她收拾摊位的动作停了停，扭过头去冲人笑了笑："你问这么清楚干吗？你没听说过故事需要'留白'吗？小丫头，关于那张卡的故事，可是另外的价钱。"

她说着，从兜里掏出颗巧克力，扔到女孩手里："第日揾我买书再话俾你知咯，傻女。（改天找我买书我再说给你听咯，傻孩子。）"

陈昭的小摊，说白了就是个两层的架子，底下的空隙里再摆上两个小板凳。她只需从"李阿婆锅贴"里把书搬出来摆上，收摊时又把书原样搬回。

李阿婆虽与她没有血缘关系，与她爷爷却有几十年的交情。两年前，出了那档子事，她彻底和苏慧琴一家一刀两断，在海市没了依靠。那时候，多亏这位阿婆的照料。阿婆又是给她挤出个小门面，又是把阁楼空出间房留她住下，给她省了一大笔花销。

"李阿婆锅贴"从那时至今，便成了她在海市的新家。

下午七点，一切收拾妥当，陈昭从后厨要了五个热气腾腾的锅贴、一杯白开水，端到最里面的小餐桌边坐下。

她刚抽出两张卫生纸擦擦桌面，身后的后厨窗口便探出个脑袋，慈眉善目的白发阿婆满面笑容，端出盘鸡蛋煎饼到取餐台上："阿昭，再来个鸡蛋饼吧，阿婆还放了玉米，忒香咯！"

陈昭含了一口锅贴在嘴里，闻言忙不迭地向后摆手。

"不了阿婆，别弄了，我今晚还有兼职，到那里有的吃，得省着肚子咧。你自己吃哈，我不吃了，吃不了了。"

老人叹了口气："你这孩子，总跟阿婆讲客气。"知根知底的，老人也不再啰唆，擦了擦手从后厨出来。

趁着用餐的高峰期已过，一老一少，你一盘子锅贴我一盘子煎饼，吃了顿平常的晚饭。

陈昭收拾盘子起身，满腹心事的老人低声把她叫住。

"阿昭呀，"李阿婆斟酌着用词，"你白天摆摊，晚上兼职，挣的钱又要养活自己，每个月还要给你爷爷垫一大笔医药费，是不是太辛苦了？你知道，阿婆家有那个不孝子，现在只当你是亲生的咧，你学学手艺，干脆在这里帮帮手，以后阿婆死了，这家店就留给……"

"阿婆，你说什么不吉利的话呢？"陈昭知道老人是什么想法，忙抢在前头打断了她的话，怕阿婆失望，又连忙亲昵地搂过老人的肩膀，"再说了，您又不是不知道，我手笨得很，哪里学得来您的十分之一哦？"她嘴角憋不住笑，"依我看，还是这么着，您再多活个三十年，等我女儿来了，我一定让她跟您好好学这门手艺，一代一代传下去得了……我看这样就挺好！"

她自幼会哄老人家，这么说下来，约等于把"祝您长寿"和"不给您添麻烦"的意思说了个透。

等老人开心了，又眼见着兼职的时间快到，她这才和阿婆说了一声，转身走到后厨，一拽拉绳，亮起通往上层的壁灯。

顺着堪堪够她一人通行的楼梯往上能窥见的方寸之地，就是她住了两年的小阁楼。

房间面积三十来平方米，除了光线不大好、装潢老派，能塞进去的家具基本都是一应俱全。为了照顾陈昭这年纪的爱美之心，老人家甚至把自己家里的旧梳妆台也给拆了过来。

坐在梳妆镜前，陈昭用十分钟化了个简单的妆。她只画了眉毛、涂了粉底和口红。

至于加持整个妆容明艳程度的腮红，她揣进包里，准备到了地方再补上，以免等会儿下楼吓到阿婆。

最后，套上黑色露肩上衣和同色调的 A 字裙，拉好高筒靴的拉链，陈昭斜挎上装零碎物什的小包，匆匆下楼："走了，阿婆，给我留门哈！"

她坐上了门口公交车站的 105 路车，五站过后转地铁 7 号线。

从地铁站出来的时候，陈昭一看手表，已经晚上九点了。

她出来得有些晚，快迟到了。

陈昭不得不一边补着腮红，一边手忙脚乱地把地铁卡塞回包里，沿着大道一侧小跑起来。

可惜她还没跑出多远，就被一道路障生生拦下。

一旁的工作人员赔着笑脸走到近前："小姐，不好意思哈，前面正在拍广告，暂时要封路一段时间，方便的话，您要不抄那边的小路过去？"

她向前一看，果不其然，入目皆是狂热的粉丝和几乎亮瞎眼的"一珩一珩"灯牌应援。

她这老胳膊老腿的，哪里挤得过这些人？

陈昭只得了点头，扭头往一旁的小巷弄里跑去。

拦路一视同仁，要改走小路的人当然不止她一个。

是故，这巷弄里人来人往。陈昭头也不抬地加快脚步一路往前走，正要走到另一头的大路开阔处，忽听得几声倒抽冷气的感叹，夹杂着几句窃窃私语。

她脚步一顿，冲右边不远处的垃圾堆看去。

酩酊大醉的女人扒拉着路边脏兮兮的绿色垃圾桶，一边干呕，一边号啕大哭。

几个年轻男人向她围拢，笑容间满是不怀好意的试探："小姐，不舒服啊？你家住哪儿？要不要我们……送你回家啊？"

"送个屁！"女人咕咕哝哝地骂，"我家住华洲君庭！你们这群混账进得去吗？滚！"

她说着，扬着手包赶人，可惜话没说两句，又低下头去一阵翻江倒海地干呕。

几个小青年见状，跃跃欲试地对视了一眼，逐渐向她靠近，很快便将人架起。

女人还算清醒，瞬间就察觉危险，奋力挣扎起来。双方骂声连连，引得诸多路人驻足围观。

陈昭站在原地盯着那厢的动静，还被那几个小青年里看似领头的一个人瞪了一眼。

真是好巧不巧，她想，时隔两年，对方都忘了她，但她还记得这个人就是跟在"迪哥"身边的瘦高个儿，也是把她的那张银行卡搜出来的"大功臣"。

冤家路窄，狭路相逢。

陈昭低下头，假装在玩手机，实则悄悄摁下了报警电话，随即加快脚步往小巷出口走去。

她越走越快，越走越……快？

在距离巷口只有一步之遥时，她倏然顿住脚步，垂下视线。她果然没看错，一只手臂堂而皇之地横拦在她面前，准确无误地阻住了她的去路。

对方劈手一夺，就叫她虎口发麻，方才还紧握着的手机登时进了这位"贼人"的手里。

"别把事闹大了，我们家丢不起这个人。"

男人的声音有些耳熟，但显然不是来源于某种美好的回忆。

陈昭搓了搓手臂上冒出来的鸡皮疙瘩，仰起头，便看清对方压低的帽檐下那张有些面熟的脸。

光线昏暗，本应磨平人的棱角，显得人的轮廓都格外秀气，可不知为何，从男人的脸上，她只看到毫不遮掩的狠戾之色。虽然他不是针对她，但也足够唤起她的危机感。

她下意识地想逃。

这时，纷乱的脚步声从小巷口涌入，一群身着保安服的警卫很快就越过陈昭和眼前的男人，将那群小青年制服在地。

为首的老保安喘了口气，一扭头，对着男人露出了畏畏缩缩的表情："实在不好意思，宋先生，是我们的失职。宋小姐喝醉了，我们也不敢对她太……太冒犯，才一不小心让她走开了，多亏您发现得及时，给了我们一个机会弥补……"

"不用解释。"男人心烦意乱地随便一摆手，明显懒得再听，"带她回恒成。至于这群人，报警处理。今天的事，我不想从第三个人嘴里知道细节。"

老保安忙不迭地接话："是，是。"

一行人浩浩荡荡地来，又灰溜溜地离开。

陈昭本想这么跟着人群就势退去，不料才迈出去一只脚，就被身旁的人以不容置喙的力气稳稳地按住了。

男人状似亲昵地掰过她的脑袋，话虽兴味盎然，警告却一览无余："别急着走嘛，手机不要了？"

他说话间，视线上下打量着她，半句"五百万……"才刚说出口，不知怎的，发现她略显惊惶的表情，紧随其后的措辞跟着玩味一变。

"狭路相逢啊，"尾音意有所指地上挑，他看向她的双眼，"五、百、万女士？"

[2]

"五百万"，听到这个词的瞬间，陈昭就回想起了自己和面前这人不算愉快的初遇。

香市，兰桂坊，"Muse"酒馆。

借着酒疯给她开价五百二十万一千三百一十五块，然后被她提醒"我说的是人民币"，因此铁青了脸的那位先生。

那时的她心下虽然慌张，却还是故作风流地抛了个挑衅的眼神，随即拎包走人。

毕竟离了香市他们就不会再见，不想如今好死不死地迎面相撞。怎么说呢？这实在让人有点儿……感到措手不及的尴尬。

男人信手抛玩着她的手机："第二次了，还不自我介绍一下吗？五百万女士？"

"陈昭。"她微微蹙眉，"先生，如果没有别的事，请把手机还给我吧。我还赶着去兼职，已经迟到了。"

早知道，她就不多管闲事了。

"兼职啊，"男人打量她一眼，随即指了指小巷出口正对面的一条热闹的街道，"陈小姐，你这样的身价，不知道现在纡尊降贵地到了哪间销金窟？"

他话中满是毫不遮掩、饶有兴味的嘲讽。

这也是陈昭最讨厌的公子哥样子。

她不怒反笑："当然是出得起五百二十万一千三百一十五块人民币请我的店咯。"

"你家老板有钱没处烧？"

"这个问题，你该去问花钱的人。"陈昭耸了耸肩膀，"毕竟世上的傻子不只是一个，面前就有，虽然，我通常也是搞不懂他们在想什么。"

说完，她飞快地探手想取回手机，不料对方反应及时，迅速低头，在她的手机上按了个号码拨出，又飞快地挂断电话。

陈昭来不及出声阻止，眼睁睁地看着他熟练地删除了通话记录。

没了利用价值的手机，被抛回她怀里。

"时间不早了，不耽误你兼职，"而男人侧开一步，微微弓腰，做了个"请"的手势，"以及忘了自我介绍，我叫宋致宁……这次是不是比上次有礼貌多了？"

他莫名其妙的敌意来得森冷，动作和话语更是颇有猫捉耗子般恶劣的故弄玄虚感觉。

陈昭理也不理他，才走出几步，又听见他在背后笑着同她预告："过不了多久，相信我们还会再见面的，陈昭小姐。"

二十分钟后，昌里路夜市，某青岛啤酒流动小摊前。

陈昭一手扶着膝盖，一手扶在摊位上，喘得上气不接下气。

从巷子里出来，她穿着八厘米的长筒高跟靴一路狂奔，即便如此，一看时间，已经十点过五分。

约定的上班时间是九点半，她无疑是迟到了。

她艰难地直起身子，一边拍着胸脯顺气，一边看向摊位边满面诧异神色的老板娘，连声道歉："对……不起，徐姐，我来的路上封路了，耽搁了，不是故意迟到，你扣我……扣我的工资……"

徐姐却没露怒色，也没开口责骂陈昭。

她一向看不惯陈昭，这次竟然上前帮陈昭拍了拍后背顺气，还温声安慰了两句"不用急"。

陈昭不明所以，盯着对方略显古怪的微笑，有点儿想不通。但她确实得上班了，只能当徐姐今天格外开恩，去摊位后面套上巨大的笨重玩偶服，将一摞啤酒抱在怀里沿街推销。

"先生，啤酒要不要来一瓶？两打八折，在这边买可划算了。"

"先生，要不要看看啤酒？"

……

工作到凌晨三点，眼见路上行人寥寥，陈昭才扒开那闷气的头套，伸手擦了擦满额的汗，隔着玩偶服，给腰酸背痛的自己捶捶肩膀。

徐姐不知何时从背后蹿出来，给了她一瓶矿泉水："辛苦了吧，工资拿着，下次记得过来的时候不要太急了，安全第一。"

陈昭愣了愣，这是因……祸得福？还是好人有好报？

她不再多问，收拾好自己的东西，趁着徐姐没突然变卦之前赶忙下班回家。

在她走后没多久，流动小摊位上走过来一个休闲打扮、吊儿郎当的小青年。他没多说话，从钱包里数出一沓纸币，一把塞进徐姐手里。

徐姐用手蘸了蘸唇边的口水，点着钞票，忍不住开口建议："我说，这位先生，你要是再出手大方点儿，盘下我这个摊位送给那个陈昭，直接让她做老板娘不是更好？"

男人闻言，轻嗤了一声，手揣进兜里。

"要你多嘴。"他冷冷地回了一句，"我老板要的可不是一只金丝雀。"

虽是盛夏，凌晨三四点的天气仍有些阴冷。

时间太早，地铁站还没有开放，封路的路障早已被撤去。几家当地有名的酒馆丝毫不受之前封路的影响，这个点了，依旧欢笑声不息。陈昭不时能看到几对热恋中的情侣当街亲密，也有几个倒在路边不省人事的醉鬼咕哝着说胡话，更不乏胆大的男人凑上前来，笑着问她要不要一起喝一杯再过个夜。

陈昭一个狠厉眼神甩过去，将人吓退。

她沿着马路边慢慢悠悠地走着，打算到就近的网吧里将就两个小时，等地铁开了再回家。

放在包里的手机倏地振动了一下，又一下，接连不断的短信振得人心里发慌。

她不得不拿出手机，摁亮屏幕。

一个陌生的号码给她发来看似言简意赅，实际上量上占优的数条短信。

"陈昭小姐，两年前你搅黄了我一桩重要的生意。"

……

她选择性地略过了中间几条废话，看向最后一条信息。这位叫宋致宁的先生发来一句颇刺痛她的质问。

"你和香市钟氏的钟绍齐是什么关系？"

陈昭并不急着回复，手忙脚乱地把手机塞回包里，转而从钱包里掏出身份证和零钱。她随即扭头，在对街的网吧里买了两个小时的座。

网吧里烟雾缭绕，混着泡面香气和廉价烟草的味道。

原本打算抱着包小睡一会儿，不知道为什么，看着空荡荡的屏幕，陈昭滑了两下鼠标，鬼使神差地点开浏览器，在百度搜索框里输入了"宋致宁"三个字。

她轻按回车，网页跳转。

恒成地产行政总监、宋氏家族排行老三的表少爷，这是百度百科的信息。

她往下拉，是一些坊间的八卦逸事，非常贴合她对此人的印象。

纨绔子弟，不是在澳市一掷千金，就是……两年前，在香市，他和钟氏合作谈判，席间不睦，不仅产生口角，还爆发了冲突。

宋氏的香市之行因此直接泡汤，开拓市场的雄心壮志草草收尾。

传闻最后，在海城江氏集团的牵线和促成下，由宋致宁的表姐、当今恒成的总经理宋笙女士代表他斟茶认错，两方各退一步，"仇怨"才有所消解。

陈昭将这篇八卦文章从头到尾看了三遍。

末了，她轻捏鼻梁，暗暗思忖：宋氏的恒成地产在海市虽堪称龙头老大，但在实力盘根错节的香市，他初来乍到就惹上钟家，确实不像是什么聪明之人。至于钟家为什么反应这么大，以她对钟老爷子为数不多的了解……

沉思良久，她从包里掏出手机，点出那条短信。

"不认识。"她回复宋致宁。

然而，短信刚发出去，她还没来得及将屏幕摁灭，就收到了对方的回复。

"那就算了。"

"不过，陈昭小姐，你回家有没有查一查我的资料？查了的话顺便也查一查钟绍齐吧。"

她回复了一个问号。

对方发来一个笑脸和一句话："查查最近香市钟家的新闻，你会主动联系我的。"

[3]

不得不说，作为一个商人，尤其是一个奸商，宋致宁的预感确实不错。

早晨七点半，转乘两次地铁，循着地图一路找来的陈昭踏进了陆家嘴恒成大厦。

　　而后她顶着两个硕大的黑眼圈，在大厦一楼接待处的沙发雅座上等了两个小时。

　　接近一天没合眼，她险些睡得东倒西歪，朦胧间听到前台工作人员齐声问候"宋少早安"，才猛地一激灵，自沙发上站起。

　　前台接待人也忙不迭地向宋致宁介绍："宋少，这位小姐一大早就过来了，说是跟您有预约，但我们这边查不到，所以让她先……"

　　"知道，你们不用管了。"宋致宁懒散地摆了摆手，几步走近，将手揣在西裤兜里，往接待处的沙发边闲闲一靠，向她仰了仰下巴示意，"陈昭小姐，走吧？你该不会想在这里边睡觉边和我谈吧？"

　　那笑容里满是促狭得意之意。

　　小人得志。陈昭在心里骂，却不得不点头，跟在他身后上了电梯。

　　VIP 电梯只供专人使用，他们一进去，便各自占据电梯里一左一右两个对角位置，端的是不用挑明的貌不合神也离的状态。

　　楼层数字一路往上，在 35 层停住。

　　电梯门打开的瞬间，一众探寻的目光自陈昭的脸上掠过，又在宋致宁身上落定。

　　路过接水、打印资料的男男女女纷纷停下脚步，问候先一步走出电梯的宋致宁。

　　"宋先生好。"

　　"宋少，早安！"

　　"宋少，今天怎么来得这么早？"

　　陈昭闻声，默默抬手看表：九点四十七分了。

　　按照正常上班时间，这位宋少都快迟到一个小时了，可想而知平常他是有多不把正职放在心上。

　　可恶的有钱人！

　　她在心里又给他狠狠记上了一笔。

三分钟后，宋致宁终于慢悠悠地带着她晃荡到自己的行政总监办公室，推门，入目的是蓝白条纹的欧式装潢，简单明了地反映了办公室主人的闲散作风。

　　陈昭在办公桌正对面的白色长沙发上落座，不一会儿，秘书将茶点和饮料摆上桌，而后离开。

　　办公室里只剩下这对也不过才匆匆见过两面的男女。

　　宋三少一副吊儿郎当的模样，打开电脑后，长腿一伸，搭在办公桌上轻晃。

　　好半天，他侧头冲她笑了笑："陈昭小姐，腹稿还没打完？这次你专程过来找我，难道不是要跟我谈谈钟少的事？"

　　陈昭不想回答。

　　因为他昨天的那句话，她连夜用软件登上两年没理睬过的香市社交账号，发现钟家这两年发生的事情，确实远超她的想象。

　　一个半月前，钟老爷子在高尔夫球场狠摔一跤。钟家为了安抚住股价，封锁了钟老爷子的消息。同时，钟氏进行了一番大动作，不仅引入了大批注资，还大刀阔斧地进一步开拓内地及海外市场。

　　根据网上现有的资料，钟氏接下来的大动作，就是和宋家在海市老区的地产开发项目。

　　三十年河东，三十年河西，宋致宁当年在香市受了挫折，如今刻意把她叫来，无外乎是为了炫耀如今钟氏要看他的脸色了。

　　她可以不来，但来了。

　　陈昭久久没有应声。

　　宋致宁拉长尾音，格外不屑又刺人地追问："嗯？"

　　她这才抬头，似笑非笑地说："宋少，如果你觉得我是因为和钟绍齐有关系，才特意过来找你，你就误会了，我和钟绍齐真的不熟。我过来纯粹是因为昨天晚上的事有点儿心不安……顺便也来告诉你一声，不管两年前发生了什么，生意上的事归生意，个人的恩怨算个人，不要把二者混为一谈。当然，你也别再把我和钟绍齐……"

"真的不熟？"对面的宋致宁撑着下巴，忽然开口问道。

她几乎是下意识地否认三连："不熟，不认识，连面也没见过……"

然而，第二次打断她的，是很清楚的、轻而又轻的"嘀"的一声。

办公室的小型投影仪上，"连接中"的字符跳动不止。

她僵住了，慢慢地抬起头。

逐渐清晰的屏幕上，视频的那头，男人正低垂着头，轻轻擦拭着金丝眼镜镜片。

她看不清他的神色，只得盯着他不急不缓地动作着、修长剔透如白玉的十指看。

几乎是一瞬间，从脊柱蹿出的汗意和热度，让她无所适从地攥住裙角，坐立不安起来。

宋致宁老神在在地微笑着说道："忘记跟你说了，我十点和钟少有一场视频会议。对了，钟少，给你介绍一下，这是我的一个新朋友——陈昭。陈小姐。怎么说呢？我想你们很有缘分，虽然不熟、不认识，连面也没见过……不过我做主，现在给个机会让你们认识一下，你应该不会介意吧？"

宋致宁看着小茶几上那杯不过抿了半口、杯壁上尚且残留些许口红印的咖啡。

就在不过一分钟前，某人便连招呼也不打一声，直接落荒而逃，让他精心策划的一场好戏落了空。

他难免兴致缺缺，却还得保持着客套微笑，与视频通话里那位丝毫不受影响的钟家太子爷假意逢迎，又作势道歉："对不起，钟少，她比较害羞，下次有机会再介绍你们认识。"

"没关系，"对面的人波澜不惊地回敬，"以后或许还有机会，但现在是公事时间。我想，还是不要再耽误正事了？对吗，

Richard？"

宋致宁："当然。"

话虽如此，说了两句客套话，他顺势把视频通话转接到隔壁会议室过后，依旧发泄似的把鼠标一扔，面色暗沉。

他耳朵里听着有如天书一般的报告，脑子里盘旋着疑惑，不对啊。

宋致宁转着笔，漫不经心地在文件上写写画画着。

就算他明里暗里各个渠道都查过，那个叫陈昭的女人确实不可能有机会高攀上钟家，但那天晚上发生的事，应该足够证明钟绍齐和这个女人有点儿故事才对。

他还记得一清二楚。

两年前的那天晚上，自己一时兴起惹了那位衣衫单薄、姿容轻佻的"五百万女士"，回到包间不过说笑了两句，钟绍齐就直接甩脸色走人。过了不久回来的钟绍齐，脸色如常，西服外套却不知所终。

他有意缓和气氛，但也有意试探，随口说起自己用银行卡扇了"测试"过，对方确实粉比脸厚。席间大家哄笑不止，钟绍齐脸色沉沉，默然不语。

然后，钟绍齐喝了两杯酒，又开了一瓶酒拎在手里，瓶口朝下，下头是宋致宁的脑袋，几乎是一瞬间，把他浇了个透心凉。

"对不住，喝醉了。"钟绍齐甚至还"贴心"地用普通话向他道歉，却完全让人听不出道歉的意思。

他毕竟年轻气盛，登时挥出一拳，没打中人。他也很快打了个圆场把这事圆过去了。

不承想转天钟家的盛怒便来了。

他那时才意识到自己跳进了人家挖好的坑里，还连累得自家表姐打落牙齿和血吞地斟茶认错、赔礼道歉。

在香市，钟家一天不倒，就是钟绍齐横行霸道的最大靠山。

从浅水湾到深水埗，从香市到海市，他实、在、憋、屈。

"Richard，你是对这份合作案不满意吗？我看你脸色似乎不太好。"钟绍齐忽然问。

宋致宁一口脏话憋在喉咙口，闻言笔尖一顿，回过神来。

众人的目光齐齐看向他，他只能双手成塔，微微抵住下颌，强装无事地微笑："没有，我是觉得责任重大。钟少，您继续。"

钟绍齐眉心一蹙，很快神色如常地说道："如果大家没有别的意见，我们将会派出钟氏地产部的精英，在一周内抵达海市，正式签订普陀区 CBD 新开发计划。到时，我也会亲自和诸位见面，商讨相关事宜。"

他的视线从宋致宁的脸上掠过，继而他一字一顿地说："祝我们的合作一切顺利。辛苦各位，散会吧。"

他依旧是这种语气，带着让人恨不得一口牙咬碎的高高在上的气势，游刃有余，且漫不经心。

[4]

陈昭拉亮壁灯，步履沉重地端着阿婆给她留的一盘锅贴，慢吞吞地上了阁楼。

她打开电风扇，将锅贴放在小茶几上，瘫在两座的短沙发上，好半天才想起拉下拉链，蹬掉脚上的高筒靴。

上衣随着她的动作翘起了下摆。

她是典型的穿衣显瘦脱衣更瘦身材，隐约能看到突出的肋骨。

胡乱套好睡衣，她扭头就缩回了床上。

盛夏天，阁楼闷热，哪怕电风扇呼呼地对着她吹，她依然闷出一身薄汗。

这已经是她第二次窝囊地落荒而逃。

对着那张看不清表情、不知喜怒的脸，她用她此生最习以为常的生存原则推断：自己和钟绍齐一定是离得越远，才越能够相安无事，各自妥帖。

毕竟他不喜欢自己被人发现任何短处和可供突破的弱点。

而她兼顾这二者，不幸见过他所有阴郁、脆弱的一面，还是他的人生弱点。

"钟同学，坏女人喜欢男人都是这样的，你不知道吗？"

陈昭闭上眼，这一觉，这一场梦，总像是已经做了很多年。

快入秋的时节，狭小的公屋里并没有私人空间可言。

是故，苏慧琴一大清早起床的尖叫声、她和白钢的争吵声，就这样毫不费力地从卧室传到相距不过几米的小客厅里。

陈昭翻了个白眼，并不理睬，扭头对着镜子整理自己的校服下摆。那里有一块明显的污渍，大概是块红色的水彩印，怎么也洗不干净。

砰的一声，白钢摔门出来。

透过镜子，陈昭看见他看着自己的眼神，身上瞬间冒起一大片鸡皮疙瘩，猛地回头瞪眼："你看什么看？！"

她很凶。

白钢讪笑一声，耸了耸肩膀，从餐桌上摸走一片她买的早餐面包。

"母女俩一个样，当了婊子还要立牌坊。"他嘟囔，音量不大不小，正好能让陈昭听得一清二楚，"有本事就滚出去啊，赖在这里干吗？去跟你那个老不死的爷爷住嘛……这公屋写的还是老子的名字。"

这话分毫不差地踩中了陈昭的软肋。

见她不再说话，白钢顿时神色暧昧地靠过来，将她从头打量到脚，又不着痕迹地伸手摸了摸她下摆的那个红印："这是来那个了……"语气腻人又恶心。

陈昭猛地拍开他的手，冷冷瞪眼："关你屁事，手放干净点儿。"

说完，她搓了搓自己手臂上蹿起的鸡皮疙瘩，一手拎起书包，一手将剩下的几块面包一把揣进怀里，头也不回地出了门。

穿过昏暗的楼道，快步走出狭窄的弄堂，她斜背着书包挡住校服上的污渍，跟着人群挤上公交车，在一个多小时的车程里，驾轻就熟地完成了吃早餐、补觉、顺带给每天的日记开个头的数道"工序"。

上午七点半她准时到校，坐到教室里第一列倒数第一位，把书包塞进抽屉。她的同桌却忽然扬高声音，故作讶异地指了指她的校服边："啊，好脏啊，你蹭到什么了吗？"

这声音吸引得全班人都往这个角落的位置看来。

陈昭把早读要用的语文课本放上桌，随便找了个理由："我弟学油画，沾的颜料，洗不掉。"

她答得那样漫不经心，依旧引来身旁几个女生悄悄会意的眼神。坐她斜前桌的女孩不经意地闷出一声笑，被她的同桌踢了踢凳子，便刻意地咳嗽两声，继续早读。

一张字条从那女孩的手臂下头递到前座，隐隐约约能看见黑色的笔迹龙飞凤舞，写的是"又穷又贱"。

陈昭瞄到那字条，用笔点了点斜前方那女生的后背。

对方回头，撞上陈昭笑盈盈的眼神。

"李璐，有什么好笑的？你觉得我在骗人？"

"怎么会？陈昭，你别小题大做了，她肯定是想到什么有趣的事了呗。"一旁的同桌一看情况不对，赶忙给人打起圆场，"再说了，大家都知道你们家的情况，你不舍得买新校服，赶紧洗洗就好了，没事的，大家都理解，但是……嗯，你也要注意一下形象……"

"你不说话有人把你当哑巴吗？"陈昭丝毫不领情，扬眉冷笑道，"徐程程，说这么多话，口干不干？"

她最讨厌这种明里和稀泥实则背后挑事的"老好人"。

徐程程是她的同桌，兼被老师派来重点关照她的小组长，被她话里的尖锐语气"吓了一跳"，瞬间两眼通红，如小兔子般怯生生地往一侧避了避，模样实在太可怜。

一群"正义使者"将这排座位团团围住，叽叽喳喳地为徐程程打抱不平。

"陈昭，你不要得寸进尺，徐程程过来跟你做同桌已经够委屈了，你还蹬鼻子上脸？"

"说你几句怎么了？你连学费都交不起，天天无所事事游手好闲的，成绩也不行，长得漂亮难道能当饭吃？谁知道你为了赚钱会不会……那什么的？说句不好听的，你到底是来读书的还是来找……"

砰一声钝响，陈昭懒得听人在自己耳边叽叽喳喳，在家里已经听够了比这厉害一万遍的低声咒骂。

她活动活动有些发麻的腿，看着徐程程堆满教科书和试卷的书桌倾倒在地。

从徐程程的课桌抽屉里，骨碌碌地滚出一管红色颜料。

徐程程的脸僵了。

她几乎是下意识地停止了抽泣，弯腰去捡那管颜料。

陈昭先一步疾眼快地将颜料捞进手里，一上一下地抛着玩："跟我做同桌很委屈吧，徐程程？你特别想挑起矛盾，让宋老师把我俩调开吧？借着收那一百块钱校服钱，你想把我羞死是不是？看我交不出钱，你觉得很是出气，是不是？"

陈昭话里带笑，半蹲下身，把手里的颜料掉了个头递到徐程程手里。

大家鸦雀无声。

而陈昭的笑容越发明艳："怎么样，这招不管用，怎么不接着哭鼻子了啊，乖乖女？"

颜料被对方劈手夺过。

陈昭面无表情地回到座位上，冷眼旁观一群女孩默不作声地帮徐程程扶起书桌。

她当然知道自己很凶，但那又如何？

别人凶是凶，而她既凶且美，像是一株掩不住戾气的人间富贵花。

然后，当天下午放学，这朵"花"就被堵了。

在学校出门左拐的小巷子里，在她去最近的公交车站的必经之路上，她被三男两女围在中间，进退无路。

陈昭看着眼前几张不怀好意的面孔，眼神掠过对方"身经百战"的轻佻表情，手指攥紧书包带，秉持着敌不动我不动的原则，维持着表面上的风平浪静。

"就是这个妞吧……喂，你是不是陈耀祖的姐姐？"

原来，这不是徐程程那种乖乖女请来的人。陈昭松了一口气。

只是，对方居然是陈耀祖那个败家子惹来的。

陈昭感觉一口更重的气噎住了喉口。

她知道陈耀祖惹祸的德行，不点头也没摇头，瞥一眼对面两个男人之间足够她钻出去逃跑的空隙，又飞速转开视线。

"应该是了，哥，陈耀祖说他那个便宜姐没买新校服，长得还贼出挑，这个妞……"

对面的人还在废话连篇，陈昭当机立断地微微弓腰，只一瞬间便钻了出去，冲向巷口！

该出手时要出手，选对时机赶紧跑。

这可是爷爷教她的生存法则！

小巷一路到底，只要她拐出对街，就是宽阔大道。她撒丫子狂奔，把吃奶的劲使出来了。

咚！陈昭感觉头晕眼花，人仰马翻。

痛。

陈昭下意识地伸手攥住了什么想借一下力，结果换来的是谁也好不到哪里去，齐齐跌倒的局面。

回过神来，她翻手一看，自己竟活生生地揪掉了人家的一颗衣扣。

无语半晌，她一手撑住地，一手按着头揉了半天，刚想道歉，被她撞倒在地的人先一步起身，且丝毫没有拉她一把的意思。

待到眩晕感过去，又想起后头有人在追自己，陈昭赶紧挣扎着爬起，一抬头，看清了被她撞倒的人。

对方是个看着和她差不多年纪的男生，一身黑色礼服——大概是他的学校在举办什么大型活动。黑色礼服穿在他身上显得格外正式，西装胸口绘着隔壁耀中的校标。

他轻蹙着眉头，看着手里自己碎了一块镜片的金丝眼镜。

那张脸固然无可挑剔，但陈昭记得最深的居然是那双手。

他的手纤细笔直，白皙剔透，没有一点儿"烟火气"，仿佛天生就该十指不沾阳春水，和这种兵荒马乱的场合一点儿不般配，甚至令人望而却步。

他们靠得很近，以至她能闻到对方身上若有似无的味道，是淡淡的细腻的川贝药香。

没时间在这里犯花痴了，她说了一句"借过"，就要侧身离开，后脖子却忽而一凉，被人拖拽着趔趄几步。

"喂，帮……"

她连求助的惊惶喊叫也被那群人捂在掌心里，消了声息。

是那群后脚追上来的小青年。

一群人剑拔弩张，视线在陈昭身上顿了顿，又移到一身正装的男生身上。

"哥，追到了……啧，那是耀中的有钱少爷吧？你看他脚底下那堆，千把块钱的东西，现在成垃圾了，真有钱……人比人真的会气死人。"

烟的魅力，或许真的能让人不怕死。

陈昭听见一声吆喝。

"喂，那边那个小子！"

事实上，她后来常想，很多事情之所以瞬息万变，或许仅仅是因为一句话。

譬如这时，刚才瞧着还并不打算多管闲事的男生，就因为这句话变了脸色。

躲在暗巷里玩烟，是为人矜贵清高如钟绍齐——这是她后来问了至少一万次才知道的对方的名字——难得有情绪压抑的时候，不需要被任何人知道的、仅剩的发泄方式。

他并不需要任何人发现自己的"劣习"。

男生上前几步。

受过专业击剑和散打训练的人，很明白自己需要怎样的力道去制伏对手，在这个过程中，他平静得面无表情。

这个初次见面、披着一身斯文败类弱不禁风皮囊的少年人，生着一副半点儿不饶人的冷漠心肠。

除了两个先一步逃走的女孩，那群小青年里剩下的三个人，最后都被人现场教学如何"看人脸色再说话"。

陈昭呆坐在原地，书包带子耷拉到手腕上，也没敢发出半点儿惊叹声。等一群小青年屁滚尿流地逃走后，她几步追上前头的男生，想要说句谢谢。

她还没来得及说出口，男生将自己兜里剩下的东西团了团，和残破的金丝眼镜一起扔进了小巷口的垃圾桶里，那副并没有半点儿可惜的神情，让她猛地哽住了。

这时，他扭过头，视线扫过陈昭的脸，落在她手心里那颗黑色纽扣上。

"看够了吗？"一只纤细修长的手平摊在她面前，"可以还给我了。"

或许只是一瞬间鬼使神差，陈昭忽地退后几步。

她将那颗纽扣紧紧地攥在了掌心里。

这，便是她和钟绍齐的初遇了。

[5]

五天后，一个寻常的下午。

"李阿婆锅贴"店内，一男一女隔着一张餐桌对坐。

男人抱着手臂，微微昂起下巴。或许是很少来这种陈年老店，小桌小凳，他连手脚也施展不开，只能竭力不让自己的袖角沾到桌面，因此，一个看着颇显贵气的动作，他做出来倒显出了三分做作。

下午三点，既不是饭点，也不是学校放学的时间，小店里没有其他人，只有头顶的风扇呼呼作响。

在后厨的李阿婆不住地探出头来观望，却没出声打扰，以至这室内的沉默，自男人出现落座至今，已经持续了接近大半个小时。

又过了好半天，男人终于有些坐不住地喊出一句："陈小姐？"

"……"

他蹙眉："陈昭小姐？"

"……"

"五百万小姐？你能听见我说话吗？"他一字一顿，压低声音说的话，终于迎来了反馈。

坐在他对面的陈昭浑身抖了一下，下意识地垂眼，看着餐桌上白纸黑字的一纸方案。

方案的抬头写着《普陀区核心商务区（CBD）核心规划方案》。

甲方是一个洋洋洒洒的签名；乙方有两个名字，还有恒成地产与钟氏集团的公章。

除却这一页，内里则是一片空白。

"只是给你看看，证明我没说谎，至于里面的内容你就别想看了，那可是商业机密。"说话间，宋致宁随手从餐桌的抽纸盒里唰唰拉出几张纸，一边重新擦拭早被擦得锃亮的餐桌，一边再度发问："所以，你考虑得怎么样了？还是那句话，你帮我工作两个月，不仅可以拿高薪，一旦合作案落定，我还会代表恒成地产多付这家店40%的赔偿金。'答应'是两个字，'不好'也是两个字，你有没有必要纠结这么久？"

陈昭："……"

看他这来劲的样子，她用小拇指也能猜到，八成是这位睚眦必报的宋三少又想到了什么用自己来折腾钟……钟绍齐的新法子。

记仇，这人真是太记仇。

叹了口气，陈昭神色复杂地向后厨瞄了一眼，不料正好撞上阿婆惊喜的眼神，堵在喉咙口那句"没兴趣"又一下子全咽回了肚子里。

最终，她只能委婉地提道："宋少，那天赌气先走是我不对，我没见过世面而已，一下有点儿被吓到了。但我和钟绍齐真的没有任何你想的……"

"你有没有发现，你叫我宋少叫得顺口，但从来不叫钟绍齐'钟少'？"

陈昭面色僵住。

"陈昭，我来之前就把你的底细翻得清清楚楚，却没找到关于钟绍齐的蛛丝马迹……既然你把过去藏得这么好，怎么不当面测试一下，面对面是不是也能这么滴水不漏？"

宋致宁说完，忽而朝她笑了笑。

这男人生了一双不安分的桃花眼，刺人时格外刺人，勾人时也毫不逊色。

"而且，你甘心过苦日子，不代表收留你的老奶奶也要放着能白捡的便宜不要，是不是？人除了为自己，有的时候还是要为别人、为家人考虑考虑。我想，你再仔细考虑考虑，或许会有不一样的答案。"

陈昭第一次来恒成大厦时，挂着两个大黑眼圈，步履匆匆，心事重重。

对这座已经成为海市标志性商业建筑之一的宏伟大厦，她也丝毫没有驻足仰望的念头。

时隔一周她正式到此报到，一抬头，一叹气，忽然有了点儿恍惚的错觉。

曾几何时，至少是刚到香市不久的时候，她其实也向往过在写字楼里的生活——朴素而平凡地活着，每月领着稳定的工资，为跑业务拼死拼活。但至少，有一天若和钟绍齐迎面碰见了，她能挺直腰杆地说一句"不好意思，借过"……她曾这样幻想过。

可惜生活总是不遂人愿的多。

阴错阳差，她不过浪费了六年，又回到了原点。

她放低了视线，过了好半天，伸手拽了拽自己脖子上的工作牌，抚平职业套装上的些微褶皱，这才重新迈开步子，状若平常地踏进了恒成大厦。

"你好啊，陈小姐。"

她刚进门，还来不及打量环境细节，正倚在前台边和几个模样靓丽的女同事闲聊的男人猛地直起身子，一面向她走来，一面伸手与她交握。

"来得真早，我是宋总监的助理，吴宇，你叫我……嗯，不介意的话，叫我一声宇哥就行。"

陈昭在一众女同事并不怎么友好的探究目光中保持微笑，颔首回应，一副乖巧伶俐的模样。

吴宇看在眼里，脸上的客套笑容里却莫名地生了点儿促狭之意。

"跟我来吧，总监早就帮你准备好位置了。"

电梯依旧在 35 层停住。

陈昭还记得上次过来的办公室布局，也没注意，出了电梯便埋着头向前走，不料没走几步，肩膀忽而被人掰住。

她一回头，吴宇冲她昂了昂下巴，笑道："还往里头走干吗？"

"……"

一种不祥的预感自心口蹿起，陈昭抬眼，正对着电梯间的位置，茶水间的隔壁，比上次她来时多出来一张办公桌，桌椅、电脑、文件夹一应俱全，但明眼人都能看出来的突兀布局，似乎已经表明自己未来的顶头上司对自己毫不遮掩针对情绪的态度。

吴宇说："怎么了？你不满意吗，还是缺了什么？"

大概是提前打过招呼，"路过"看似要去茶水间，但更多的是刻意来看这份热闹的同事，没忍住闷笑出声。

可以，很好，宋致宁为了拿自己羞辱钟绍齐，还真是下足了功夫。

陈昭低头又抬头，扬眉一笑："很好啊，我很满意，至少还有个坐的地方，接水也方便。我毕竟是新来的嘛，以后大家要冲咖啡记得叫我。"

趁着众人笑容凝固的空当，她走到自己的办公桌前，将单肩挎着的小包挂上座位一侧，一手扶着裙摆，从容落座："宇哥，有什么工作安排吗？我现在就可以开始了。"

吴宇："……"

毕竟久经职场，他很快调整好了表情，随手从陈昭那张老办公桌上挪出一摞文件："三少说了，你以后主要跟会议记录。这是以前我们行政部的会议纪要，你没有什么工作经验，先看看学习一下吧。"

陈昭听了这话，漫不经心地翻动几页文件，末了却又仰头冲他弯了弯眼睛。

今天初次上班，她原本想要安心工作，自知长了张太有"攻击力"的脸，所以只化了个再浅不过的淡妆。

即便如此，那张生来就得上天眷顾的脸，这样一笑依然夺目。

吴宇直接愣了愣。

而后，这张叫人挪不开目光的脸的主人，轻声对他说："宇哥，你听不出我只是说两句客套话吗？"她指了指桌子，又指了指电梯，"你什么时候看过正经员工在茶水间外面摆张桌子看会议记录的？既然宋少都帮我把桌子摆在这儿了，想必是要我天天端正仪表，给出电梯的贵客一个惊喜了。您跟宋少的时间也不短了吧，怎么这点儿小事都不清楚？"

她的言下之意是：你待我不仁，就休怪我不留半分情面了，有本事直接开了我得了。

一群围观的同事面面相觑，一时没人出声。

说完，陈昭施施然地从小包里掏出面化妆镜，摸出支唇膏笔补了补口红。

众目睽睽之下，她打开电脑，开始了自己百无聊赖的工作生活——玩蜘蛛纸牌。

陈昭一向吃软不吃硬。

何况对她来说，只是供人围观又并不是什么出丑的事，因为这种刻意的刁难行为对宋致宁增加点儿恶感，也没什么意义。

她乐得扮演一个无须讨好任何人的角色，甚至省了装一本正经。反正是被迫寄人篱下，她干吗还吃力不讨好地真的给人做事？

但话又说回来，凡是浪费的时间，似乎真的连时钟都会被拨快，等她觉得有些乏味时，一看电脑右下角的时间，已是下午三点。

这一天，她除起身下楼去员工餐厅吃了顿午饭、泡了杯咖啡以外，就没挪过地儿。

她确实感觉有点儿无聊，揉了揉眼睛，伸了个大大的懒腰，余光一瞥，注意到正前方电梯的数字又在一路攀升。

行政部门每天来来往往许多人，仅仅大半天时间，她被不下三五十人行了注目礼。

意识到这一点后，她轻嗤一声，无动于衷地把目光移回电脑屏幕上。

"叮——"电梯意料之中地停住了。

她漫不经心地滑动鼠标，继续玩蜘蛛纸牌，刚把"黑桃10"接在"黑桃J"下头，就发现这局竟然又一次被她玩得卡住了，不由得有些郁闷。

脚步声杂乱，似乎有不少人一齐出来，陈昭依旧没抬头，只皱了皱鼻子，试图重新把眼前的游戏里的黑桃序列拆开。

怎么这么难，她又卡住了……嗯？

办公室里侧的众人齐齐脸上堆笑地起身，连声的"宋总监、钟总"的动静，让她僵住了。

陈昭蓦然抬头，迎上的是铁青着脸色的宋致宁以及就站在她的办公桌前，稍稍顿住脚步的，香市钟氏家族太子爷钟绍齐。

浅灰色单排扣西装上衣，配上剪裁流畅的同色系长裤，如果她没记错，都是杂志扉页顶奢的当季新款。他的手腕上并不夺目的机械腕表，则出自某品牌旗下设计最为精细的款式之一的星月螺旋仪系列。

男人的手指不紧不慢地轻叩她的桌面，金丝眼镜遮掩之下的目光落至某处，他并没有看向她，只是从她的角度看去，对方微微绷紧的下颌线莫名其妙地让她瞧出点儿薄怒的情绪。

"Richard，"他声音冷漠地说，"这就是你们恒成地产的企业文化？茶水间，办公室？"

宋致宁："……"

宋少的脸色，很完美地向人诠释了什么叫"搬起石头砸自己的脚"。

"钟少，你误会了，这是我的新秘书，行政部人多，没有及时安排出空位而已。"他说话间咬牙瞪了吴宇一眼，沉吟片刻，在众目睽睽之下，竟成熟地放低姿态，"只是安排上的失误，等她适应了工作氛围，下次开会之前就会做进一步的调整。"

钟绍齐没说话。

四周静了半晌，陈昭冷汗直冒，不敢抬头，只偷偷摸摸地想先把自己桌面上的蜘蛛纸牌关掉。

"把这边的红桃序列拆开，补到黑桃，把黑桃 9 放出来。"

"啊？"

没人回答。

钟绍齐率先向里间会议室走去，仿佛刚才的剑拔弩张气氛不过是众人的一场幻觉。

一行人跟在他身后，剩余的围观群众也如鸟雀散去，唯独剩下个半天没回过神来的陈昭，一摸脑门，满手的汗。

等缓过劲来，她想起钟绍齐最后抛下的那句话，又看向电脑屏幕上的牌局，按照他所说的一一操作，纸牌逐步归位，成为完整序列的都收到了左下角。

最后一排纸牌序列成对，归位。

下一秒，屏幕顿了顿，游戏里庆祝胜利的烟花弹在屏幕上亮起。

五彩缤纷的画面映在她的眼中，是一句——"你赢了。"

第三章　不喜欢也没关系

HOW AM I SUPPOSED TO LOVE YOU

[1]

"普陀区中环商务区主要的优势，集中在便捷的交通和相对低廉的商业入驻成本上，大家可以看一下这幅图。论交通，有沪宁高速和海市中环线两头接轨；论入驻成本，普陀区本身的消费基础决定了……"

大会议室里，市场营销部、地产部和行政部的相关人员齐聚一堂，手拿翻页笔的地产部经理 Jacky Zhang 正滔滔不绝地介绍着普陀区开发计划的细节。

陈昭睡眼蒙眬，起先还端端正正地记两句"交通""入驻成本"，到后来纯粹在纸上鬼画符，只有一堆"小鸡啄米"式打瞌睡时迷迷糊糊地留下的波浪线。

一旁对着电脑速记会议内容的吴宇侧头看了她一眼："……"

无奈他还没将眼刀子甩出去，一旁的宋致宁宋总监已抢先在桌子底下踹了他一脚。

吴宇回过头来，盯着电脑屏幕咬牙切齿地忍了。

"目前，我们初步计划在和区政府合作收购周边土地的前提下，对内地的大型项目进行吸纳，促成商务集群。基于原有的居民消费调查大数据，尤其注重构建'生活型现代服务业'商务圈，其中，"Jacky话音一顿，向坐在主座两侧的钟绍齐和宋致宁微微颔首，"又包括钟氏企业旗下的长江商务广场、诚通物流、长联购物中心等。具体的细节，大家可以看一下手中的计划草案。"

"哗啦啦"的翻页声霎时充满了整个会议室。

陈昭被那动静吵醒，忙直起身，甩甩头强打起精神，低头细看自己手里的那页笔记。

天书，实打实的天书。

她轻咳一声，装作若无其事地把那一页翻过，聚精会神地看向对面唾沫横飞的 Jacky Zhang。

毕竟宋致宁是真金白银地把自己请了过来，故意刁难的事他前几天也解释清楚是秘书的锅，自己第一次开会，一点儿回馈都没有，未免太说不过去。

可她还是好困，连钟绍齐就坐在旁边的这种紧张感也没能压住她的困意。

陈昭强忍着哈欠，目视前方，挂着两只大黑眼圈的脸上满是疲倦之色。

事实上，她虽然接了宋致宁给的这份工作，但有钱不挣白不挣，昌里路夜市的那份兼职也没辞了，只是时间从晚上七点到十一点，她正好坐最后一班公交车回家。

凌晨一点多收拾完入睡，早上六点半准时爬起来，已经连续四五天睡眠不足的陈昭女士，竭尽自己所有的意志力，顽强地和睡意抗争了十分钟。

十分钟过去，睡意毫无压力地把她打败，她努力瞪大的眼睛又开始上下眼皮打架。

全程目睹了一切的宋致宁："……"

她睡就睡吧，本来他也就是把这尊神请过来气钟绍齐的，好在会议室里的工作氛围丝毫不受影响……个屁咧！

宋致宁一脸黑线地看向对面的人。

数秒之前，兴致正高的Jacky Zhang被人出声打断，一脸愕然地愣在原地。

而钟绍齐不紧不慢地揉了揉太阳穴，刻意放轻的声音里情绪淡淡的，撂下一句奇奇怪怪的要求："Jacky，声音可以稍微小一点儿。你情绪太高昂，语速太快，我听得不太清楚。"

Jacky Zhang："……"

或许是意识到自己突然出声略显唐突，这位钟少略略一顿，又补上了一句："你的方案很详细，但主观感情太浓烈，表述起来不太利于参会者保持冷静地思考细节。所以，我想节奏可以放慢一点儿。"

好一个里子、面子都做齐了的钟少。

如果不是陈昭就在自己的胳膊边上"小鸡啄米"，宋致宁差点儿信了他的鬼话。

Jacky Zhang愣了愣，眼神疑惑地看向宋致宁，得到后者无言点头的默许之后，只得尴尬一笑，微微躬身："明白了，钟总。"

接下来，Jacky高亢激情的声音压低了八度。

这样一来，一贯喜欢自由发挥的Jacky Zhang没了"表达空间"，原定三小时的会议时间大大缩短。

除整个过程静得有点儿不同寻常以外，会议效率意外地提高了。

下午四点，议程全部落实，钟绍齐简单致辞后，全体人员散会。

至于陈昭，最后是被宋致宁一胳膊戳醒的。

宋少弯下腰，恶劣地凑到她面前盯着她。

这几乎鼻尖碰鼻尖的距离，吓得她往后一仰，险些摔个四脚朝天。

好在她反应及时，狠狠扒拉住圆桌稳住了身形。

"睡够了吧？"宋致宁笑眯眯地说，"我看你这工资挣得也太容易了，你的顶头上司我开会比你还认真，辛勤地为公司做奉献，但看看你，我这是请你来享福了？"

瞧这话说得好像他不是请她来吃闲饭的似的。公司其他的事他从来不带她，只有钟绍齐在的场合，才把她拉出来遛一遛。

但老话说得好，吃人的嘴软、拿人的手短。

陈昭在心里叹了口气，规规矩矩地起身，把笔一盖，低头道歉："对不……"

"宋总监，总经理刚才打电话来找您。"她话没说完便被人打断，吴宇自办公室门口探进半边身子，晃了晃自己的手机。

他又冲着宋致宁赔了个笑脸说道："说是会议结果还要再跟您商量一下，打您的电话没有接通，所以她打到我这里来了……总经理说，要您马上上楼跟她面谈。"

下午五点，陈昭把会议室的圆桌擦得光滑锃亮，确认室内摆设无误、茶杯齐全以后，这才将自己的笔记本和笔揣回怀里，扭头出门。

电梯数字一路攀升，到了她所在的 40 层大会议室，她一边翻着自己手里那堆天书笔记长吁短叹，一边低头进去，靠边站，顺手摁了个"35"。

她刚撒开手，余光却瞥见身旁的人突然伸出了一根白净纤长的手指。

对方久久摁在数字"35"上，直至按键灯光熄灭，重新摁了个数字"-2"，直达最底层的地下停车场。

陈昭从电梯门反光的缝隙里，看到自己身后那西装革履的男人抱着手臂，轻而又轻地推了推鼻梁上的金丝眼镜。

甚至无暇感叹为什么对方会在一个小时后出现在下楼的电梯里，

她只是茫然不知所措地维持着低头翻页的动作，打算装作因为没有回头而没认出对方是谁。

沉默里，电梯一路向下，她听见男人轻声说："陈昭，电梯的监控录不到声音，所以，就那么站着，不要回头。"

他们有心照不宣、无须挑明的回避理由。

她只能沉默，一下又一下地点头。

可突如其来的酸涩泪意，让她不得不一直赶在落泪之前滑稽地仰起脸，像个拒不服从的倔强小孩，咬紧牙关来抵挡唇齿的颤抖。

不是十七岁那年的故作倨傲，不是十九岁那年的笑意盈盈，二十七岁的陈昭，永远无畏笑谈人生的陈昭，只不过是背过身，拒绝和她早已谢幕的青春泪眼相对。

如果无法逃避，至少她要留存最后一点儿尊严。

陈昭深呼吸，腾出手抹了抹眼睛，又往上看，眨了眨眼。

一黑，一亮，一黑。

脚下猛地传来一阵震颤，电梯里霎时漆黑一片。

应急灯蓦然亮起，警报长鸣，惊得她赶忙紧握住右侧扶手。

人生之巧合无处不在，但这份"巧合"或许只是人为。

只是她一无所知。

"钟绍齐！"大骇之下，她只会本能地失声尖叫，一边去按电梯的所有楼层按键，一边哭着向后方伸出手，"你过来，扶手在……"

她任由一只沁满汗的手紧紧攥住她的手，哭声便这样戛然而止。

他淡淡地回了一句："只是停电了，马上会有人来维修。"

在这连监控都尽数失效的漆黑环境里，沉默在狭窄空间里弥漫。数秒后，他深呼吸，嗓子低哑，不复平常一贯的冷淡平静。

"陈昭同学，"他说，"只是我很想你，死不了人的。"

[2]

大厦电梯突然断电到恢复供电，前前后后花了不过十来分钟。

维修人员用钥匙打开箱门的瞬间，钟家的随行保镖便一拥而上，随后赶来的大厦负责人只得高声喊着"借过"，才艰难地挤进来，一边擦汗一边不住地向钟绍齐道歉。

"没事。"钟绍齐摆手，视线掠过默然不语、站在角落的陈昭。

停顿数秒后，他沉声吩咐："帮这位小姐……"

"不用了，我没事。"抢在他说完前，陈昭忽然抬头，冲着负责人笑了笑，撂下一句"我还有工作"便匆匆离开。

她甚至也不再回 35 层收拾东西，径自穿过旋转门，逃也似的离开了恒成大厦。

她的步子很快，让过路人纷纷侧目观望。

一直走到最近的公交车站，又跟着人流挤上公交车，直至在靠窗的座位上坐下，弯腰揉了揉发麻的小腿，她才松了心头那口气，又后知后觉地伸出自己的左手，翻来覆去地盯了好半晌。

她攥拳，又松开，感官里的触觉却还停留在不久前，对方沁满汗意的手紧紧、紧紧地扣着自己的掌心。

永远骄傲自持、仿佛不屑为任何人放缓步调的钟绍齐，或者说，宋致宁口中的钟绍齐，在幽闭的空间、凝重的黑暗环境里，嘶哑着声音说他想念她。

而她下意识的反应，是猛地把对方的手甩开，随即抬头看向已经尽数暗淡的监控器。

她喉口发涩，所有的情绪到最后不过是一句话："钟先生……我们没有那么熟，你忘了吗？"

她看不清对方的表情，只能隐约分辨清楚他顿在原地良久，继而默默收回了手。

是了，她有选择，但他从来都没有。这场见面也好，伸手的错觉也罢，都是他屈指可数的任性使然，她的话，是劝他适可而止的忠告和提醒。

接下来短暂的数分钟时间，他们沉默地占据着电梯的两头，不再靠近一步。

电梯门被打开，光线倾泻入眼底。

在世人的眼中，他们又得以继续扮演那么一对生来就有着云泥之别的男女。

他在人群的簇拥之中光芒万丈，而她从无须被人注意的角落落荒而逃。

陈昭想，自己或许还是有一点儿难过的，难过于骄傲自矜如钟绍齐，在黑暗里无处遮掩的不知所措令她感同身受，却触碰不得。

她连仅仅说一句"钟同学，你不要难过"都做不到啊。

好在这恍神并未持续太久，兜里的手机振动着，一连十来条信息打得她措手不及，一时间，伤情的情绪都被"嗡嗡嗡"的振动声搅和成一团废纸。

陈昭嘴角一抽，低头摁亮屏幕，备注为"冤大头"的微信好友那一只翻着白眼的哈士奇的头像右上角，鲜红的一个圆圈里头写着数字"11"。

数字还有不断增加的趋势。

"喂，你在哪儿？"

"你今天怎么跟钟绍齐被关在一起的？"

"你是不是偷偷背着我跟钟绍齐做什么手脚了？"

……

"你别忘了你还拿着我发的工资！"

"现在马上回公司一趟给我解释……你该不会还发展副业做商业间谍去了吧？"

陈昭："……"

幼稚。

她忍不住叹了口气，对着手机敲敲打打半天，删了又改，最终回了一句："什么都没有，而且现在是下班时间，我有别的事。"

那头的人秒回："什么别的事？你该不会和钟绍齐约会去了吧？"

无聊。

陈昭把手机摁灭，扭头看向窗外，打定主意不再理睬宋致宁的胡言乱语。

随着她的沉默，手机静默了半天。

她刚松了一口气，结果放在膝盖上的手机又一次响个不停。

这次对方连微信都不发了，直接打了电话过来。

陈昭眼见着就快要到打工的地方，这会儿不理他，不知道他还要闹出什么大动静。

迟疑片刻，她还是翻过手机，打算接听电话。

盯着手机屏幕上跳动的"陈耀祖"三个字，她的眼神蓦地一滞。

"姐！你在哪儿？你赶快过来救我！……你不救我可以，不能不要爷爷吧？"

"姐，我知道错了。我现在躲在医院这边，他们就在门口堵我，你帮我解决这次的事，就这一次，这是最后一次了，求你了。真的，我会死的，真的会死的！我以后再也不会烦你了。"

陈昭漠然地听着电话那头对方刻意压低声音的哀求话语。

下了公交车，她拦下一辆出租车，直奔闸北区中心医院。

大门口不远处的停车场里，一群小青年正坐在鼓鼓囊囊的几个背包上，围坐着打牌。他们时不时往医院门口探头看一眼，对个眼色，继续高声谈天。

陈昭在医院门口的小卖部里买了一个果篮，强装无事地从停车场那一群面色不善的青年身旁走过。

几个小青年的口哨声在她背后响起，她目不斜视，头也没回，只循着熟悉的路线进门右拐，坐上电梯。

　　而后她在医院三层靠右边的第一个四人间病房里，在满脸茫然的爷爷身边，找到了正低头玩手机的陈耀祖。

　　她满面寒霜，将手中的果篮往床头柜上一放，深呼吸数次，调整好笑容，对流着口水呆呆看向自己的爷爷温言细语道："我找他有事，我们出去一下，马上就回来，"说话间，她把老人的手放回被子里掖好，"你乖啊，等会儿给你剥橘子吃好不好？"

　　七十多岁的老人涎水直流，迟钝地点了点头。

　　陈昭又笑了笑，随即侧过头瞪了陈耀祖一眼，仰了仰下巴："走，出去说。"

　　高跟鞋踩在地板上"嗒嗒"作响，人来人往的医院走廊上，陈耀祖靠着墙，一副站不直身子的邋遢样，哪怕生着一张遗传了父亲的俊俏脸，也挡不住一脸的萎靡瑟缩劲。

　　陈昭直视对方躲躲闪闪的目光，单刀直入地问："又欠钱了？谁给你的胆子闹到我这儿的？"

　　陈耀祖摸了摸鼻子，不答反问："李阿婆跟我说，你找到好工作了？"

　　"跟你有什么关系？"陈昭声音冰冷地说，"你已经耽误我晚上上班了，你要是不想惹火我，现在马上从这里滚出去，要死给我死在外面。你要是敢把那群人闹到病房里来，我告诉你陈耀祖，我第一个找的就是你。"

　　她一点儿情面也不打算给，直接下了逐客令。

　　来来往往路过的几个病人和家属似乎被她的语气吓到，低声细语地讨论了两句，怜悯的眼神落在了陈耀祖身上。

　　陈昭在心里冷笑。

　　"姐，你别这个态度嘛，我还听说有个阔少专程上门来找你，是不是？"陈耀祖死死扒着门，给陈昭赔着笑脸，"你要是攀上高枝，哪还在意这点儿钱？就五万，真的，就五万，你一次性给我，我一定不来烦你了……我答应你，这是最后一次了……"

"我也是说最后一次，就现在，一个字：滚。"

气氛一瞬间有些凝滞。

沉默良久，陈耀祖默默直起身子，刚刚十八岁的男孩已比她高出一个头。

陈耀祖问："你是不是真这么绝情？"

陈昭冷笑："你应该问一问，两年前你是不是也一句话没有为我说过，你的亲爸亲妈是不是把我逼得没地方住、把我的家底掏了个一干二净？"

她有那么多无处可说的愤懑、痛恨、委屈情绪，到最后只求这家人永远不要再出现在自己面前，大家各过各的，难道这个要求很过分？

陈昭死盯着他，牙关紧咬，右手平举，指着楼梯口说："我没钱，也不会帮你。现在你马上滚，否则我打电话报警告你敲诈勒索。"

陈耀祖顺着那手指的方向看过去，没动。

过了一会儿他脸色一变，嘴唇颤抖起来。

几个眼熟的小青年从楼梯口冒出头，左右四顾，最后看向这边对峙的一男一女。

两个护士鼓起勇气围上前，问了一句："请问你们是来找……"

为首的青年吹着口哨，手指指向陈昭的方向："那儿呢，我的好兄弟陈耀祖和他亲姐姐，我等你们这么久了，该说的话说完了吧？怎么还不出来？"

下一秒，陈昭的手臂被人攥紧，她脚下一个趔趄，被人拽到身后。

陈耀祖打着哆嗦说道："我……我没说让他们进来，我只是要钱，没打算……打算害爷爷的。"

现在他说什么都迟了。

陈昭扭过头，看着走廊里那些眼神里写满"送客"二字的过路病患，又看看那几个来者不善的小青年，最后垂下眼睛，看着自己被攥住的手臂。

她没有退路，前有虎狼，而一门之隔的背后躺着她最重要的亲人。

哪怕他只会流着口水等着人喂橘子，但还是会害怕，会难过，甚至或许会因为这群人闹得鸡犬不宁而失禁、号啕大哭。

末了，陈昭抬起头直视对方，放在兜里的手悄悄摁下快捷通话键，拇指往下拨向第二个的联系人。

她声音艰涩，一字一顿地说："走，出去说。"

医院楼下停车场的僻静处，有几丛灌木丛。

陈昭看着眼前的几个小青年从不知何时又拎在手里的鼓鼓囊囊的背包中掏出几根保安棍，假意挥舞了两下。

陈耀祖抖得像筛糠，看看陈昭，又看看那几个小青年："辉哥，这是我……我姐，我……"

"轮到你说话了？"叫辉哥的男人似笑非笑地睨了陈耀祖一眼。后者顿时噤声，手在背后小心翼翼地扯了扯陈昭的衣袖。

辉哥坐在花坛上，转过头，撑着下巴看着陈昭，说的话还相当平和："说吧，五万块钱的事，这位姐，陈耀祖来找你，那你肯定有钱了？只要你有钱，什么都好说，没钱的话……"他笑了笑，"刚才跟着你，哪个病房我也看见了，你也不想家里人每天都被我们这种人骚扰吧，是不是？"

陈昭沉默许久，才清了清嗓子，低声说道："他一个高中生，怎么可能欠五万块钱？辉哥，大家都是成年人了，要不还是把话摊开说明白……"

话音一顿，她余光只瞥见旁边伸出来高高扬起又落下的手，怕是来不及闪避了。

她没听错的话，身后还传来一阵匆匆的脚步声。

一只戴满花哨戒指的手，死死地攥住了陈昭身旁那来意不善的青年向下挥去的手臂。

预想中的疼痛并未到来，陈昭滞了数秒，蓦然扭过头："你……"

后面的话没能说出口，因为她看清楚了，身后站着的是那位现在脸比锅底还黑的宋·冤大头·致宁。

喀，被她扰了兴致的宋少似乎心情不怎么好。

宋致宁偏过视线，扫向那一群脸色霍然大变的小青年，微微仰起下巴，表情似笑非笑，掩不住满眼阴郁之色："五万块钱是吧？人民币还是冥币？"

[3]

"喂，嗯，莎莲，你说话注意点儿。你就不能大方点儿？我说过了，我不喜欢小气的女人……啊？我都说了我是被公司叫走的，行，你去查，查就分手，拜。"

"云青，我今天不过去了，嗯，有点儿事，你自己吃饭。"

"卓瑶姐，不是，我还没过去，今天可能有点儿急事，大概会晚点儿去，你们先玩吧。"

……

陈昭满脸黑线地听着宋少在电话里和他的女伴解释，顺带安排延迟的约会行程。

周围一群人高马大的保镖，后头一个絮絮叨叨的金主，这场面发生在医院附近，实在怎么看怎么别扭。

据宋少说，她暗中把电话摁过去的时候，他正在和他的第十五任未婚妻试订婚戒指。虽然只是一场毫无感情的联姻，而且八成会在合作终止以后取消婚约，但"绅士如他"还是很愿意走这个过场的。

不料一个电话直接乱了他的节奏，他只能带着一堆保镖过来给她擦屁股。

总结起来就是一句话：我现在这么惨都是你害的。

这话好像是有点儿道理。

自觉有些理亏的陈昭默默收回腹诽的话，看向面前蔫头耷脑、一脸不知所措的陈耀祖。

她抱住手臂，眉心微蹙，半晌问了一句："陈耀祖，你能不能有点儿出息？"

刚才那群小青年被宋致宁和宋致宁带来的十几个保镖吓得屁滚尿流，什么话都往外倒。

被养成了个窝囊废的陈耀祖只是被当成了别人的替罪羊，却不敢辩解，更不敢和亲妈摊牌，只能来找他这个从小给他收惯了烂摊子的姐姐救场，一起被人薅羊毛。

所谓五万块钱，当然只是空穴来风。

陈耀祖又是那副直不起腰的畏缩样。

他低着头，轻声道："知道，姐，我……我知道。"

看这样子，他可就是在说：我知道，下次还犯。

陈昭控制住自己不去翻白眼，不想多谈，只指了指那头通往医院大门的小路："滚吧，以后别再来找我，我已经和那个家断干净了。下次你再来，就不会有这么幸运了。"

她也不管陈耀祖究竟听明白这话没有，转身就走。

挪了几步，想起宋致宁还在打电话，她又回头："宋少，谢谢你今天专门过来。"

宋致宁冲她做了个杀头的动作："专门个屁，你的账我还没跟你算，正好找你有事……算了，明天再说，我还要去跟卓瑶她们聚一下。我一个朋友刚从 M 国回来。"

陈昭点了点头，扭头离去。

倒是陈耀祖，呆站在原地，怯怯地瞄了宋致宁好几眼，见人不

一盏春光

搭理他，踟蹰片刻，只好也低着头走开，但没走多远。

不知何时盯上他的背影的宋致宁，忽然开腔："喂，你叫什么，陈耀祖是吧？"他挥了挥手机，似乎想到什么有趣的事，饶有兴致地向陈耀祖招了招手，"过来，问你个事。"

宋致宁摁掉电话，打开相册，调出一张相片递到走过来的陈耀祖眼前。

那是一张有点儿模糊的抓拍照片。

"你看看，这个人你认不认识？"

图上的人西装革履，戴着金丝眼镜，高挺鼻梁，薄唇微抿，一副斯文模样。被拍下照片时，他手指抵住眉尾，似乎仍正专心致志地翻阅着面前白纸黑字的成沓资料。

陈耀祖盯着照片，默然许久。

他看了一眼陈昭离去的方向，又瞄了一眼宋致宁身边那几个壮硕的保镖，末了瑟瑟缩缩地点了点头。

宋致宁登时笑容满面，手指往后滑，翻出几张另外的新闻图，不忘追问："你再仔细看看。对了，他是不是跟你姐姐很熟？你记不记得名字？好吧，我再提醒你一下，他叫钟邵奇，邵氏电影那个邵，奇怪的……"

"不……不是吧？"陈耀祖摇了摇头，面露疑惑之色。

宋致宁愣了愣，手里的动作也顿住，抬头看向他："嗯？"

陈耀祖被他看得心里发怵，说起话来也打着结巴，满是不确定的试探："我……我记得，是绍兴的绍，齐家治国的齐……不是吗？"

宋致宁好半天没回过神来。

末了，他眉心一蹙，偏了脑袋，看向陈耀祖背后不远处从医院大门口开进来的一辆黑色轿车。

一个休闲打扮、白 T 恤配上牛仔裤的吊儿郎当的小青年俯身，轻叩车窗。

车窗降下，车里坐着的人微微低头，从眼镜盒里取出那副金丝眼镜戴上。

陈昭并不知道，自己转身一走，给宋致宁留下了怎样的空隙去"打探消息"。

事实上，今天发生的事实在让她有些心力交瘁，她无暇顾及其他，只想快点儿回病房里好好跟爷爷说两句话。

医院三楼，右边第一间病房。

她停在病房门口，深呼吸，直至维持住面带微笑的表情才推门进去。

不顾同病房几个病患犹疑的打量目光，她从病床底下扒拉出一张塑料凳坐下，伸手从带来的果篮里掏出个橘子。

只听得窸窸窣窣几声响，是旁边几张病床的病人不约而同地拉上了帘子。

她全当无事发生，只低下头，一边专心致志地剥橘子，一边轻声和老人唠叨几句："爷爷，没事了，昭昭来陪你说说话。

"最近的事情好多，我一下子都不知道从哪里讲起。"

在病房的电视声音的掩盖下，这几句话说得近乎呢喃。

老人听不懂她没头没尾的咕哝，眼神呆愣愣的，只盯着她手里那几瓣橘子。

陈昭笑了笑，从一旁的床头柜上的抽纸盒里拽了几张纸，帮老人擦了擦嘴边的口水，小心翼翼递过去一瓣橘子。

"住院费又涨了，好在兼职的地方给我涨了工资，还有一个……嗯，冤大头，主动找上门，让我给他当秘书，"她说着，右手撑住脸颊，趴在床边，时不时又喂过去一瓣新的橘子，或是再帮老人擦擦口水，"只是有一件事不太好，爷爷，我本来不打算跟你说，因为说出来，你一定会骂我的。"

老人只顾着咀嚼，压根没再瞧向她。

她笑了笑，深深垂下头："但今天恰好过来了，爷爷，不跟你说的话，我……有时候觉得快喘不过气了。"

那小橘子在她手里停留了良久。

她伸手摸了摸老人因消瘦而凹陷下去的脸颊，许多莫名其妙的情绪仿佛都在这时一齐挤到喉咙口。

她从来不会对任何人哭诉自己的遭遇，没有扎在自己身上的针，永远只是无关痛痒，所以她也不愿去说这些。

但爷爷不一样，爷爷和她血脉相连，爷爷把她养大，把她放在心尖尖上，总会跟在她身后，殷殷切切地喊她"昭昭""昭昭"。

她想到这里，嘴角猛地向下一撇，急忙调整表情，才憋住几颗不争气的眼泪，可说出来的话依旧像是哽咽："我知道我这是没骨气，不讲诚信……可是爷爷，钟同学回来了。"

钟同学，这短短的三个字，她许久未提及。

病床上呆呆地看着地板的老人却着急地拍了拍她的手背，连嘴里没咽下去的橘子也跟着口水一起淌在嘴边。

陈昭不明所以，又怕他被呛到，连忙起身帮他拍背顺气。

老人嘴里咕哝着什么，不住拽着她的衣角。

她只得一边俯身去听，一边安慰他："没事，没事，你慢慢说，怎么了？呛到了？"

一个并不怎么连贯的词语从老人的嘴里蹦出来，断断续续，说的是"中山装"，然后是，"小钟"，最后，是"结婚"。

她听清那几个词，动作也跟着僵住。

是了。

很多年前，在爷爷还没生病的时候，在那个破旧的老屋里，她说请钟同学到家里吃饭，爷爷到菜市场买了鸡鸭鱼肉，做了丰富的一桌菜。

最疼爱她的爷爷，在饭桌上笑眯眯地拍了拍钟绍齐的肩膀，又指了指陈昭，眼角全是慈爱的笑纹。

"小钟啊，以后穿着爷爷做的中山装，来娶我家昭昭回家吧？"

那时钟绍齐说什么了呢？

那个如松竹般挺拔，微微抿着嘴角的少年，庄重地在爷爷面前点了点头。

一晃十年，她的爷爷已经什么都记不得了，有时候甚至记不得她是他养大的小孙女，也记不得她的名字，却记得很多年前的那个傍晚，有个臭小子答应他，要接过他的掌上明珠，好好地、好好地把她护在手心里。

爷爷那样急切地拍着她的手，呜呜咽咽地说着"小小钟"，说着"结婚"。

可是，她又该怎么告诉最疼爱她的爷爷，钟绍齐和她早已经不可能再回头？

他们已经不再是十七八岁，也不再年少轻狂。

陈昭静静地直起身，僵硬着身体许久，才重新在病床边的塑料凳上落座。

她一下又一下地轻抚着老人的脸颊，试图安抚他的情绪，却连自己的情绪都无法平复下来。

恰在这时，敲门声一重两轻，恰好打断了陈昭短暂的失态。

她慌乱地擦了擦脸，刚要起身让开位置方便护士查房，却在这过分的安静里意识到了什么，扭过头去，就这样与推门而入的男人撞上视线。

一个橘子自她的掌心里落下，骨碌碌地滚到地上，滚到男人脚边。

[4]

陈昭看着钟绍齐弯下腰，纤细修长的手指抵住那个橘子，将其攥进手里。他抬起头，那张经年不改持重冷淡的脸上没有多余的表情，他只向她微微颔首。

而后，他走近几步，轻轻拉过陈昭的手，将橘子放回她的手心里，相触的指尖是冰冷的，一碰即离。

钟绍齐对她说："我来看看爷爷。"

这是个她没办法拒绝的借口。短暂愣怔过后，陈昭退开两步，点了点头。

她没有问他来这里的因由和立场，以她对他的了解，他既然过来，一定是有了万全的说法，而那些说法，只需要讲给外人听。不过她，应当不算在这个范畴之内。

于是，陈昭把橘子放回果篮里。

病床边，钟绍齐也在她方才的位置坐下，抽几张纸巾给老人擦了擦口水，用吸管喂老人喝水，不时拍拍胸膛给老人顺气。

他像一个普普通通的晚辈，侍奉在老人的床前，没有半点儿不耐烦的样子，也没有半点儿嫌弃。

好一会儿，等老人的眼神逐渐聚焦，痴痴望向他，他低声而恳切地说了一句："我是小钟，"他指了指自己，"爷爷，你不认识我了？"

老人眼神呆滞地看着他，又看看陈昭。

他会意地用手轻拍老人的手背，哄小孩一样轻声细语道："没关系，不记得也没关系。慢慢……"

钟绍齐眉心紧蹙，停了话。

有细碎的脚步声由远及近，很快不速之客出现在门前。

"钟少，这么凑巧，你也在这里啊？"

陈昭扭过头去，看向满面得意之色的宋三少："……"

宋致宁没有敲门，径自走进来，手里还捧着一束康乃馨。眼神扫过坐在床边的钟绍齐，他故作惊讶地"啊"了一声，看向陈昭，明知故问："陈秘书，你什么时候和钟少这么熟了？他还过来探望你的家人？"

陈昭紧咬牙关，踟蹰半天，还没来得及开口，头也没回的钟绍齐先一步抢去她解释的话音。

"Richard，我想你又误会了，我来这里是公事，不是私事。"

宋致宁的笑僵在脸上。

仿佛是计算好的一样，几个西装革履、一个赛一个壮硕的钟家保镖从半敞开的病房门前齐整入内，手里捧着果篮、花束、牛奶和保健品等东西。

几人压低声音向钟绍齐问好过后，将手里的物什摆放在墙角，又躬身离开。

钟绍齐依旧一只手轻拍着老人的手背，另一只手有一下没一下地给老人顺气，语气波澜不惊："一小时前，我们钟氏集团收购了'海市宝林高级成衣定制公司'，现在躺在病床上的这位老人，曾经是宝林的一位老裁缝。"

那冷漠话音里，一点儿都不吝啬地将嘲讽原数奉还："Richard，新官上任三把火，我的第一把火是来看望看望身体不适的退休老员工，准备一些慰问品，有什么问题吗？"

陈昭呆了，宋致宁也呆了。

他是为了光明正大地来看看爷爷……还是有别的理由？

但是，他就这么把宝林给收购了？

她两眼发黑，一时之间竟不知该先骂宋致宁没事找事，还是腹诽钟绍齐小题大做。

很显然，宋致宁毫不犹豫地选了后者，没接钟绍齐的话，沉着脸几步上前，把康乃馨往陈昭怀里一塞。

"我晚上还有事，陈秘书，祝你的家人早日康复……还有，"他额角青筋猛跳，"今天拿我当冤大头帮你解围的账，我们明天上班再算。"

来去匆匆一场空，说的大概就是他。

陈昭目送着来了不到两分钟的宋致宁离开，嘴角一抽，把那束康乃馨也放到床头柜上，靠着自己带来的果篮。

她一回头，发现哪怕刚才这么吵吵嚷嚷，床上的老人却被哄睡了，此刻更是打起了细微的鼾声，似乎和钟绍齐一样，丝毫不受宋致宁这段小插曲的影响。

短暂沉默后，钟绍齐回头看向她，推了推金丝眼镜，迟疑着，似乎在字斟句酌。

过了一会儿，他把自己的提议用尽量温和的方式说出口："我打算把爷爷转进楼上的 VIP 病房，请两个专业的陪护来照顾他。你可以当作这是钟氏收购宝林以后的宣传措施之一，并不是刻意……照顾你。这么做，你觉得可不可以？"

这个提议对囊中羞涩的陈昭而言，有着不言自明的诱惑。

有那么一瞬间，她想要昂首挺胸、故作矜持地顽抗一句"这和我们当年约好的不一样"。

但她看看老人的睡脸，看看附近病友从帘子后探出来的半是疑惑半是轻蔑的脸，还是选择了点头："谢谢你，钟先生，如果有什么需要我们这边提供的资料，病历也好，或者照片，可以让你的下属直接跟我联系，我会尽力配合。"

有来有往，她礼貌到生分。

钟绍齐没有接话，只站起身来："转病房的事，我会让人安排，医院会有人通知你，还有……"

他话音一顿。

陈昭原本便低垂着视线，刻意避开可能与他的对视，只是这突如其来的停顿，难免引起她的疑惑。

好半晌，等不到接下来的话，她不得不抬起眼问了一句："还有什么？"

事实证明，她这眼实在抬得不是时候。

钟绍齐放在她的头顶、欲落而未落的手掌倏地一抖，继而他强装无事地将手收回身后。

"没什么，我的意思是不用说谢谢。还有，以后如果有事，打我的电话。"他放在背后的手不自在地攥紧又松开，"虽然这里不是香市，但是……毕竟也是我们……我长大的城市。我会比宋致宁靠得住。"

陈昭闻言，皱了皱鼻子，对这个提议不置可否。

她沉默着，就站在原地看着钟绍齐离开。

关门的声音在许久之后才传到耳边。

她从站着到坐下，到伏在爷爷的病床边，听着他离开的脚步声，在心里暗暗数着，一步、两步，愈走愈远。

她紧闭双唇，唯恐自己不能自持情绪时，泄露哪怕一星半点儿自己的惶恐、茫然和可悲的窃喜情绪。

十年了，命运犹如车轮，把她的人生轧来碾去，也曾让她狼狈得像丧家犬，落魄到人尽可欺。

可她从没有哪一瞬间，像现在这样可悲地庆幸着，自己曾死咬牙关撑过这一段苦难人生。

她攥紧爷爷爬满老年斑和针孔的右手，将其贴到脸颊边，像是呢喃，又像是无处倾诉，轻声说了一句："爷爷，一切都会过去的，我们都会好好活下去，对不对？"

陈昭在医院陪护了爷爷一夜。

第二天离开医院去上班之前，她顺路打算缴一下这个月的住院费，不想，打印缴费单的机器一次又一次确认显示，所需费用已经全数缴纳完毕。

她抿了抿唇，呆立良久，直到身后排队的病人家属低声抱怨，才回过神来，匆匆扭头离去。

她死攥在手中的缴费卡，悄没声息地被塞进包里。

早上八点半，恒成大厦 35 层，恒成地产行政部，陈昭刚刚刷卡进门，就被吴宇叫去给宋致宁送文件。

她抱着一摞文件敲开宋三少的行政总监办公室门，被对方顶着两个硕大黑眼圈的苍白脸色吓了一跳，下意识地嘴角一抽。

宋致宁眼神阴恻恻的，不怀好意地看过来。

好在她已经习惯了这位宋三少的阴晴不定，一边把手里刚刚打印好的吴宇做的会议记录放到宋致宁的办公桌上，一边不着痕迹地倒退几步，和对方保持安全距离。

最后，她还不忘状似正经地补充了一句："这是昨天的会议摘要，宋少，如果没有别的事，我先出去了。"

"慢着。"

果不其然，宋致宁一手揉着太阳穴，另一只手"咚咚"两下轻叩桌面。

"陈秘书，别急着走。我昨天约会失败的精神损失费、劳务费、被嘲讽的心灵受挫费、买花的赔偿费……请保镖的钱我就给你打个折，不算在里头了，以上那些钱，你什么时候给我结一下？"

得，这是记仇的人，上门讨债来了。

陈昭假笑了两声："宋少，说哪儿的话？你一向乐于助人又不拘小节，我看不如……"

她把能用的成语一股脑地往外倒，企图蒙混过去。

而宋致宁一脸"早料到你这个女狐狸会来这招"的神情。

确认过眼神，是有后招的人，陈昭霎时没了说下去的欲望，只露出个疑惑表情，歪了歪头。

不出所料，下一秒，宋致宁往后一倒，身子陷在老板椅里，两条长腿交叠，搭在办公桌上。

"不如这样吧，你也知道，我不是个爱钱的人。钱呢，你可以不给，但有件事你必须私下里帮我搞定，报个恩总没问题吧？"

说话间，宋致宁拉开办公桌右边的抽屉，从里头扒拉出一份崭新的文件，拿在手里端详片刻，末了，丢到办公桌另一端陈昭的眼皮子底下："过两天呢，我们家有个私人酒会，到时候海市的各界名流都会出席，这份名单上我还要补个新名字，麻烦你去帮我联系一下对方。"

这听起来似乎不是什么大事，陈昭心口的大石落地，低下头，把那份名单扒拉到手中。

顶上第一列，除宋家家眷以外，就是钟邵奇以及几个钟家元老级人物的名字，再往下，江氏集团、江南乡饮食集团、大宇娱乐……一个个都是响当当的名号。

她大约有了盘算，略微扫过那名单排列，问了一句："宋少，还要邀请谁？"

等这一问等了老半天的宋致宁嘴角带笑。

他盯着她，像是突然来了兴致，连轻叩桌面的手指节奏都蓦地欢快起来。

宋家三少，一字一顿地说："我打算增补，海市耀中国际学校的杰出代表，钟、绍、齐。"

耀中、钟绍齐，两个名词暌违许多年，再一次被并列到一处。

陈昭翻动文件的指尖抖了抖。

许久，她才抬起头，在冗长的沉默里反问了一句："宋少，你知不知道你在说什么？"

宋致宁神色不改，笑容里除了促狭得意，隐约还有些"大仇得报"的快意。

他无辜地摊了摊手："绍兴的绍，齐家治国的齐。听你弟弟说，陈秘书，你跟这位钟同学可是很有交情的，请他过来，没问题吧？"

[5]

　"喂，你叫什么名字？

　"你为什么不理我？

　"你怎么这么没礼貌？我都告诉你我叫陈昭了，你只是说个名字，有这么难吗？"

　初遇的那个傍晚，那一年的初秋，昏暗的小巷里，没有要到纽扣、转身离开的少年身后，是一路跟随而来的叽叽喳喳的陈昭。

　她倒不是不觉得丢脸。

　可是看他沉着脸、几度微抿嘴角又不怎么好还嘴的样子，总忍不住想逗他一下，不把他折腾得给个回应就不罢休。

　或许是被她吵得不堪其扰，少年沉默了一路，在小巷拐角处突然顿住步子，微微侧脸看向她。

　他分明生了一副冷漠眉眼，可这日霞光将尽，将他的脸部轮廓衬得温柔，从她的视线望去，他垂眼时长睫微颤，不再那么拒人于千里之外一般高不可攀。

　"钟绍齐，"他说，"克绍箕裘的绍，齐家治国的齐。"

　克……克什么来着？

　陈昭没听懂。

　可至少她问到了名字。

　她心满意足，并适可而止地停住脚步，冲人挥了挥手："行，那我就送到这里好了。今天的事谢谢你咯，钟同学——"

　她将尾音拉得绵长，依旧不改话语间有意无意显露的趣味。

　但十七岁的钟同学并没有因此回头。

　他穿过小巷拐角，走到大道上。

　一辆轿车在路边停稳，司机匆匆下车为他打开车门。

　和这恭敬的动作一起来的是十年如一日的"夫人说"。

"少爷，夫人说今天晚些时候会回来一趟。请您把近期的校内成绩单准备好，顺带把语言训练、时事政论以及马术、击剑、高尔夫球各方面的相关理论知识都温习一遍，她会有选择性地进行抽查。"

他疲惫地点了点头，弯腰坐进后座，又脱下不知何时沾了些许灰尘的礼服搭在手肘上，随即抱住手臂，以一个极度防御的姿态倚着靠背，闭目假寐。

幽闭的车内空间里，除了音响随机切换到的肖邦《离别曲》和司机的几声叹息，再没了旁的动静。

那天晚上回家以后，陈昭从自己为数不多的几本"藏书"里翻出一本破破烂烂的成语字典，在床上翻来覆去地查。

在昏昏欲睡之际，她总算凭借着模糊的读音记忆，找出了那个堪称比生僻更生僻的四字成语——克绍箕裘。

成语出自西汉戴圣所著《礼记·学记》，原文写道："良冶之子，必学为裘，良弓之子，必学为箕。"意为能够继承父、祖的事业。

这真是个好名字，但也是个沉得能把人的肩膀压弯的名字。

陈昭叹了一口气，把书一盖，翻了个身，从校服口袋里掏出那颗漂亮精致的黑曜石纽扣。

因着电压不稳，她房间里的灯老是忽闪个不停，那纽扣也在忽明忽暗的光线下光影流转，莹亮剔透。

她抬起头，看着电灯，忽然蹦出一句话："闪三下的话，就代表你以后会对我有意思哦。"

话音刚落，那白炽灯似有感应，"噌噌噌"闪了三下，才恢复微弱的亮光。

陈昭眨巴眨巴眼，突地笑了笑，把头埋进被子里，两只白净纤长的手臂伸出被子，像对小翅膀一般活蹦乱跳地挥舞。

那天之后，她开始在各种地方"巧遇"钟同学。

临安女中和耀中相隔不过一条街，并且两所学校的校服都是一个色系，学校的围墙也不算太高，所以，只要提前踩好时间点，陈昭总能在吃午饭或放学的时候和他打个照面。

　　"钟同学，又见面了！"

　　"钟同学，你今天午餐吃什么？我知道校门口那边有一家超好吃的麻辣……喂，别走呀，你上次帮了我，这回换我请你吃饭！"

　　"钟同学，你……你今天怎……怎么提前走……走了？呼……我……我差点儿……不是！我是路过……路过。"

　　她满腔热切，不顾旁人的眼光，偶尔还会把自己兼职打工的时候老板娘送的小零食拿来跟他分享。

　　她也有因对方过分冷淡而气急败坏的时候，就说两句气话，几天瞧不着人影。

　　只是钟同学只会拒绝，只会沉默，只会目不斜视地走开。

　　至于陈昭，咬咬牙关生几天气，又觉得自己生气的理由实在有些莫名其妙，自我开解完了，第二天又会在下午放学的当口拍拍校服上的灰，装作巧遇地等在耀中的校门口。

　　她这一"巧遇"，就是整整一个学期，风雨无阻。

　　高二下学期，在很多人记忆里都无关痛痒的一个周末，一切才有了微妙的转变。

　　虽然后来陈昭才知道，对于许多香市的民众而言，那是一个变局的大阴天。

　　那一天，香市钟氏集团年届四十的太子爷钟礼扬及其膝下长子钟邵坤，在一场恶性车祸中双双殒命。

　　钟老爷子白发人送黑发人，听到这个消息后在香市商会年度会议上当场陷入昏迷状态，整个香市股市骇然大动，风起云涌。

　　尚且对这一切一无所知的陈昭，只是与往常一般无二，放学以后一路跑来耀中，等着和走出校门的钟同学迎面遇见。

可她足足等了大半个小时，早已经到了他往日离校的时间，钟同学却迟迟没有出现。

路边那辆经常开来接他回家的车上，司机频频看表，比她更着急。

陈昭默然半晌，忽而转身往来时的方向小跑而去。

在昏暗的小巷角落，果不其然，她闻到了一股夹杂着川贝药香的味道。

钟绍齐倚靠着墙壁，踩碎了落在地上的灰，面无表情地向她看来："你来干什么？"

陈昭在他面前一向"没大没小"，咋咋呼呼惯了，他虽然并不怎么回应，至少从不会对她这样冷言厉色。

故而这一下，实在叫她有些不知所措。

她呆站在原地，好半天才挤出一句颇不合时宜的话："是……是不是快要错过晚饭时间了？我……我请你吃饭吧？"

他盯着她，整了整衣摆。

沉默许久后，就在她以为要又一次被无声拒绝的当口，钟绍齐直起身来，仪态依旧稳重，声音嘶哑，说的不过一句："走吧。"

他们从小巷出去。

陈昭带着他绕过三两个拐角，刻意避开了通往耀中校门口的那条路。甚至无须他提借口，她明白他突如其来的逃避情绪。

然后，两个人就这么拐到了一家叫"陈记麻辣烫"的小店前。门口是灶，里头是桌，里头坐着上到吹啤酒的四五十岁大汉，下到才七八岁吃一串、两串的小孩，总之是人满为患。

钟同学抬头看了看牌匾，默然。

"这就是我跟你说的超好吃的那家麻辣烫！"陈昭闻着香味，一瞬间把恼人的心情抛诸脑后，顺手拽过他的衣袖就往人声鼎沸的小店里走，"我跟你说，你一定要试试这里的麻辣辣汤底，超级好吃还醒脑！"

钟绍齐："嗯。"

他任由她拽着，没躲开。

两个人在最里面的一张小桌边落座，陈昭自告奋勇地到那头选菜付钱。钟绍齐侧过头，确定她的视线不曾往这边瞄，才拿起桌上的卷纸筒，接连扯下几格粗纸，将桌面上没擦干净的油污细细抹净。

等到陈昭回头，他已经将废纸扔进一旁的垃圾篓里，而后手肘抵住桌面，摆手示意她随便点就好。

或许是为了照顾她的情绪，他并没有显露分毫对这家店的排斥和不适应，甚至起身帮陈昭将冒着热气的瓷碗端到桌上，用开水烫了碗筷，才有些笨拙地挑着碗里的青菜，尝试性地吃了一口。

老实说，东西并不好吃，劣质的食材在入口的一瞬间让他忍不住蹙眉，香辛料味道太重，太油腻。

一旁的陈昭似乎半点儿也没察觉，对她而言，偶尔来吃有荤有素的麻辣烫，是难得的改善生活的时候。见钟绍齐吃得慢条斯理的，她满面疑惑地问了一句："不好吃吗？"

他摇了摇头，低头继续吃。

突然他若有所思地余光一瞥，他的碗里，肉尤其多。

而陈昭的碗里都是些青叶菜，偶尔夹杂那么几颗可怜兮兮的红色肉丸子。

他微微蹙眉，没再说别的话，只埋着头将一整碗麻辣烫吃了个干净。当然，等到一贯细嚼慢咽的钟同学吃完，陈昭已经眼巴巴地看了他很久。

那时，时针已经指向七点，他校服口袋里的手机也从振动不停到没了半点儿动静。

他莫名其妙地松了一口气。

陈昭看在眼里，问了一句："好……好吃吗？"

好吃到他都叹气了？

钟绍齐并没有接话，过了好一会儿，突然笑了。

虽然他低垂着视线，但嘴角的弧度隐隐可见，连带着整张冷漠的脸都变得生动。

他轻声说："很好吃。"他用格外温柔的语气对她说，"谢谢你，陈昭……同学。"

在那个月朗星稀的夜里，吃完饭，钟绍齐送她到公交车站。

等车的间隙，他突如其来地问了她一句："你觉得钟绍齐这个名字怎么样？"

没头没尾的一个问题，令她如临大敌，她唯恐自己一不小心说错话，强撑着自信地回："好！蛮好的，我觉得很有担当，又……又很好听，"她瞥了一眼钟绍齐的脸色，急忙又补上一句，"不像我，其实我原本叫招弟，可难听、可俗了，还好我爷爷做主帮我改了，叫陈昭，昭昭。"

悠悠乾坤共老，昭昭日月争光的昭昭。

难得记住人名字的钟绍齐，默默在心里把她的名字描摹了一遍。

而后，他问："要是我不叫这个名字了，你还觉不觉得这个名字好？"

陈昭愣了愣，有点儿不明所以。

好半天，她挠了挠头发："那……你叫什么名字？名字是无辜的嘛，就像……嗯，大家喜欢你，也不是喜欢名字，是喜欢你这个人啊。退一万步说，我……我也是，只是因为喜欢……你，才这么说。"

她说得前言不搭后语的。

远处的公交车驶来，很快停在眼前。

几个同样搭车的路人争先恐后地往上挤，而她攥紧兜里的公交卡，看一眼车，又看一眼钟绍齐。

某一个瞬间，她突然像是吃了熊心豹子胆，侧过头，踮起脚，摸了十七岁的钟同学……的头顶。

"其实一直不是偶遇，我是故意去蹲你的，而且我每天都翻墙过来真的只是希望能看你一眼，你要是问我为什么喜欢你，我就说喜欢你的脸，但是其实也不只是这样，我还喜欢你很多很多很多的地方……总之我……我觉得……我觉得我特别喜欢你！"她像倒豆子一样闭着眼睛把话说完，飞也似的转身蹿上了公交车。

天不怕地不怕的陈昭，在他面前像个鹌鹑一样。同时她又像个不怕死的麻雀，每一天都能用新的话题叽叽喳喳地吵个没完。

虽然她之后对他说过无数次喜欢，但这是最开始也最紧张的第一次。是故，在偶尔褪色的青春回忆里，这一幕画面总是明艳如初。

上车后她没敢去看钟绍齐的反应，默默深呼吸，在公交车上找了个后排的空座坐下。

一坐下，她把公交卡塞进另一边的兜里，忽地摸到了什么，愕然低头。她摊开手，不知道什么时候塞进她的口袋的，是又一颗漂亮的黑曜石纽扣。

那天晚上，钟绍齐感冒了，久久站在公交车站，被风吹的。

司机匆匆赶来接他时，他默然不语，钻进车里，忽视了对方的絮絮叨叨，径自看着窗外风景出神。

良久，他突然问了一句："女孩子是都会喜欢亮晶晶的东西吗？"

前视镜里，司机满脸愕然，都没唠叨了。

"算了，"又过了一会儿，他收回视线，闭目养神，"不喜欢也没关系。"这次她不喜欢，下次他可以换成别的东西。

反正，或许、应该，他们之间……会有很多很多下次。

如果是她的话，他想，如果是和陈昭，那么应该会的。

第四章　　　　我去找你
How am I supposed to love you

[1]

钟绍齐，钟邵奇。

"绍兴的绍，齐家治国的齐。听你弟弟说，陈秘书，你跟这位钟同学可是很有交情的，请他过来，没问题吧？"

陈昭很清醒地意识到宋致宁这段似笑非笑的话背后有怎样的威胁之意。

哪怕她竭力控制自己不要露出过于慌张的表情，依旧在抬头的瞬间没能压抑住眼神闪烁、冷汗直冒。

陈耀祖，这个成事不足败事有余的窝囊废。

宋致宁双手交叠，表情意味深长地望着她，与其说是等着她点头，不如说他看起来更像在期待陈昭慌乱地道歉和接下来的掩饰行为。

她偏不。

陈昭深呼吸一口气，将手里那份名单原样推回宋致宁面前："对不起，宋少，我跟那位很早以前就没有联系了，如果你想要联系他，

094

倒是可以找找校方做工作。你也知道，我是临安女中的，和耀中除离得近以外，实际上八竿子打不着。这事我怕做不好，实在不行，我帮你把吴宇叫进来？"

宋致宁晃了晃腿。

陈昭别过脸去，不再看他。

死寂的静默里，良久，他"扑哧"一下笑出声来。

"吓到了？"

宋致宁把那份文件攥进手里，捏成个纸团，信手扔进了就近的垃圾桶里。

陈昭看看那垃圾桶，又抬头看向他，一时之间疑惑和怒意一起堵在喉咙口，竟说不出半句话来。

他打了个哈欠，又无所谓地冲陈昭耸了耸肩膀："你放心，我们现在还在和钟氏做生意，我不会随随便便做一些影响他们公司名声的事，吃力不讨好，还惹一身腥。"

话虽如此，他吹了声口哨，心情仍然显而易见地——好到让人牙痒痒。

"我只是稍微提醒你一下，就算有人把学籍资料删了个干净，但别忘了，这几十年我们宋家才是海市商会的龙头，只要我想查，总能弄出点儿什么来。同样，如果有别的人有心想查什么，指不定也能查到。"

比如，钟家这位太子爷是否来历不正，从谁的肚子里生下来的，又在哪里长大的。

最关键的是，他确实是钟家官方宣称的近亲过继，还是钟家把原本连族谱都进不去的人带回来"救场"？

陈昭背在身后的手指死死攥起。

她不再多话，扭头便走，手还没来得及握上门把，又听到宋三少刻意拉长尾音的"委婉制止"言语。

她背对着他，看不到宋致宁双眼深沉，若有所思，只听得到他在说："别急着走，酒会又不是骗你的，准备一件好看点儿的裙子，下周这个时候，跟我一起去参加酒会，嗯？"

陈昭想不明白宋致宁这是在发什么疯。

作为宋致宁并不称职的私人秘书，她对他本人的私生活了解不多，但也知道他从来不缺女伴。

他让自己去当他的女伴，除了"别有居心"，实在想不出其他的解释。

更何况……

陈昭盯着电脑屏幕上红红绿绿的网购页面。

没有补贴，他就丢下一句让她自己准备好衣服，结果她稍微一查，过得去眼的礼服价格都在四五千以上。

对每个月入不敷出的陈昭而言，这是笔完全不必要的高额支出。

她叹了口气，在众女同事围观的视线里，把页面一一点叉关掉。

当天一下班，连晚饭都没吃，陈昭直奔昌里路夜市不远处的服饰街，开始了自己的"扫货行动"。

她的视线掠过一个又一个店面，衣服不能太贵，也不能看起来太廉价，最好不要太暴露，但太保守似乎也不太适合酒会这种场合。

"小姑娘，看这件，你穿着就挺好看，还有这件、这件，干脆这几件你都买了，阿姨给你拿货价，你觉得怎么样？"服装店里的老板娘对她异常热情，"我看你这身板哦，穿什么不好看？买完了你再帮阿姨拍个宣传照多好！你多买几件，男朋友肯定爱死你了！"

陈昭把衣服挂回原位，又回试衣间把自己身上这件正红色的贴身露背小礼服脱下，换回自己的衬衫和牛仔裤。

自从去恒成大厦上班，太久没穿过这样的衣服，她实在是浑身不自在。

"怎么了？不满意？"老板娘等在试衣间门口，递过去一件黑色的深 V 露肩晚礼服，"再试试这件吧，你穿肯定好看！这件就 400 卖给你好不啦？"

陈昭连连摆手，逃也似的离开了。

就这么八九家店看下来，不是价格不合适，就是设计实在不合口味，她包里那两千多块钱愣是一毛钱没花出去。

眼见着晚上啤酒摊兼职的上班时间快到了，她只能就此打住。

她走了没多远，一个趿拉着凉鞋的男人端着杯奶茶，从隔壁奶茶店里踱出来，走进服装店。

将几张红色大钞放在柜台上，他同老板娘耳语几句，又从运动裤口袋里掏出个小本子，在上头写写画画几下，下笔如飞地记录着什么。

半晌，他离开服装店，慢悠悠地晃上主街道，拿起手机拨通电话：

"喂，老板，是我。"

"对，但她今天在买礼服，我跟着看了，嗯，没有买，但我……喀，我把尺码问来了。"

"春夏款吗？好的，我现在……啊？您不是在和钟老爷子……好……好的，不直接送吗？是，我会去联系洛先生。"

晚上十一点，陈昭取下头上厚实的玩偶头套，甩了甩头，汗湿的头发依旧贴在脸颊边。

她只得先放下手里的一摞啤酒，走到摊位后头的角落，把玩偶套装全脱下来，才腾出手把两颊的鬓发扒拉开，松了一口气。

摊位前头，老板娘徐姐正在接电话，时不时往后瞥一眼，一脸沉色。

陈昭听到她不时应声，注意到她的视线，一时间不明所以。换好衣服出来，迎面撞到来给工资的徐姐，她接过那一张红色的百元大钞，低头道了声谢。

"客气什么？对了，小陈啊，"徐姐亲热地揽过她的肩膀，"你在我们这里也工作这么久了，徐姐没给过你什么福利，不说别的，这两天隔壁那个商场有个抽奖活动，你知道不啦？"

陈昭把钱塞进包里，头也没抬地说："应该要经常在他们那里买东西才行吧？我肯定参加不了。"

她平常对自己可是非常吝啬的。

徐姐"咯咯"一笑，往她的手心里塞进一张白底黑字的超市小票。

"所以说，这可不巧了嘛，我正好有两张抽奖小票，给你一张吧，你也去试试。看你最近这么辛苦，也该抽奖转个运了。"

陈昭不好拒绝，就这么迷迷糊糊地被指了路，带到商场前头那大广场上。

到了十一点，领奖处已经接近收摊，负责抽奖的礼仪小姐哈欠连天，倒是一旁她的同行，也算是陈昭的同行，一个穿着粉色恐龙玩偶服的工作人员热情地拿着抽奖箱走到陈昭面前来。

陈昭摸了摸鼻子，有些尴尬地掏出那张皱巴巴的小票："那我抽了？就一个球是吧。"

恐龙点了点头，把抽奖箱递得更近一些，递到她的眼皮底下。

一旁的礼仪小姐也被惊醒，几步走上前收下小票，摆手示意她可以抽奖了。

陈昭把手伸进箱子里，象征性地搅和了两下，随意拿出一个抽奖球，低头一看，球上印着序号"26"。

"啊，恭喜你，小姐！26号的话，是安慰奖呢……一块德芙巧克力！"

固定的套路，礼仪小姐似乎早就料到这个结果，把刚才起身顺带摸到手里的那一块巧克力递给陈昭，笑靥如花地说："感谢您对我们商场的支持，祝您生活愉快。"

陈昭点了点头，接过巧克力，收到包里："谢谢。"

反正也没抱太大希望，她也不觉得有多失望，只想着趁还没耽误回家的最后一班公交车，赶紧回家睡觉。

那只粉色的大恐龙不知何时走到她身边，憨态可掬的胖身子摇摇摆摆，拍了拍她的肩膀。

陈昭回过头，见玩偶手里抱着一只大盒子，肥墩墩的爪子指指盒子，又指指她，晃晃盒子，又指指她。

这人的意思大概是给她的抽奖礼物？

陈昭探头看了一眼礼仪小姐，后者似乎也有些不明所以，僵笑了一声："这是我们请的临时工作人员……"

恐龙把盒子往陈昭面前递近。

陈昭将信将疑地接过那盒子，掀起一个角瞅了瞅，白底烫金的包装袋上头隐隐约约印着英文字 S、a、i……盒子盖子被越掀越大，末了，她索性一把揭开——

圣罗兰的……高定礼服？

她捧着盒子，有点儿不知所措。

陈昭还没反应过来，那恐龙又"噔噔噔"地跑到抽奖摊位后头，抱出另外几个新盒子，在她面前一一掀开。

以她多年来闲着没事就翻看时尚杂志的经验来看，盒子里的东西包括但不限于——

路易斯当季春夏新品，限量发售的水桶包手袋；

斯图尔特·韦茨曼在好莱坞风靡一时的新款浅金色绑带高跟鞋；

伯爵珠宝的棕榈叶玫瑰金项链及耳坠。

陈昭沉默了十秒，转身就逃。

开什么玩笑，遇到这种强制消费的情况还不跑，真当她有钱没地方花要当冤大头啊？

那恐龙玩偶及时掰住了她的肩膀。

"咔嚓"一声，陈昭猛地回头，还没反应过来，镁光灯闪烁，快门声响起，扛着长枪短炮地从四面八方的角落围拥而上的媒体记者和站姐，一瞬间挡住了她和那只恐龙玩偶的去路。

她没能走成，最后只能对着镜头露出"我是谁，我在哪儿，你们在干吗"的表情。

那只恐龙玩偶闷笑一声，两手抱头，拽下了厚实的头套，甩甩头发，在镁光灯下从容微笑。

那是一张男生女相般艳绝的脸，轮廓立体却不过分硬朗，满头金发，眸色幽蓝，唇红齿白。

这张脸对大多数人来说，都应该不算陌生。

偶像组合"C-U-K"的队长，Karol Luo，洛一珩。

对方抱着盒子，冲她展颜微笑："超级大惊喜！隐藏摄像机Event（活动），献给我最亲爱的粉丝朋友，顺带一提……"

陈昭在他的示意下，不情不愿又颇不好意思，却不得不附耳过去。世界仿佛瞬间安静了，她屏气凝神，便听到他在她耳边轻声喃喃，补上了一句："算是惊喜吧？希望不是惊吓。总之，有位先生让我转告你，祝你从此只走康庄大道，一生顺遂圆满，所求都有所得。"

陈昭怔然。

她不记得多少年前，自己确实有过这样愚蠢奢侈的愿望：所求都有所得，所得都能圆满。

"钟同学，那你呢？你的愿望是什么？我看看，我看看！"

那个烟花绚烂的跨年夜，借着昏暗的灯光，她看清了那纸页上字迹如飞，力透纸背。

God, please let me be the one who can always fulfill this girl's wishes.

（神啊，请让我成为这个女孩身边的及时雨。）

钟同学。

所以，是你……没有食言吗？

[2]

夜里十二点半，钟绍齐接到来自某位看热闹不嫌事大的当红偶像打来的八卦电话。

他随手抽出桌上另一份等待签字录入的文件，一边将电话接起，一边取下眼镜揉了揉眉心，只问了一句："事情办得怎么样了？她开不开心？"

"听听，听听这语气，陷入恋爱的人就是不一样，完全不关心我这个因为你的一个电话，就累死累活地推掉行程来帮你的小表弟。"洛一珩的声音里满是打趣之意，"我出马，里子面子都做足了，没露马脚，她也没有不开心。钟少，钟总，我的大表哥——你就放心吧。"

"那就好。"

"不过你别说，你的眼光还真不错，派人送过来的那套行头，我瞧着……啧啧啧，不愧是我的亲表哥，这真是不追则已，一追惊人。"

钟绍齐知道他那人来疯的脾气，索性一声不吭，视线飞快地看着手肘压着的全英文地产责任书，片刻过后，下笔行云流水，熟练地签下自己的名字。

未挂断的电话里，对方的八卦兴致照旧高涨，好不容易绕到大明星真正感兴趣的话题，连语调都高昂了三分："话又说回来，表哥，我听说宋家那边不是想把那个二小姐，还是三小姐？叫什么？呃……宋静姝的，要跟你拉红线吗？马上就是宋家酒会了，你怎么这当口开始……"

"Karol，今天的事辛苦你了。"

合上文件放到一边，钟绍齐径自阻断了对方有意探听的无穷好奇心。

"我还有公司的事要处理，你也早点儿休息。活动的劳务费明天阿Ting会划款给你，多吃点儿，就不会乱说话了。对了，Good

night.（晚安。）"

洛一珩："哎，你……"

他话未说完，电话已在下一秒被挂断了。

钟绍齐将手机反扣到桌面另一侧，又一份文件被他从堆成山的报表资料里随手择出。

满眼的红血丝昭示着他超时工作的结果，而他轻捏眉心，尝试着保持清醒，手中钢笔不轻不重地轻点纸页，接着一顿，一条墨迹长线画过名单第三排。

果不其然，宋氏的内部酒会，宋致宁带的女伴是陈昭。

他在"陈昭"这个名字上画了个大大的圆圈，一次又一次地重复，力道大得近乎划破纸面。

在"宋致宁先生，陈昭小姐"这两个并排的名字上方，端端正正地印着的是"宋静姝小姐，钟邵奇先生"。

他眉心紧蹙，将钢笔猛地一盖，压住文件上那一排名字。

过了一会儿，不知想到什么，他把横放的钢笔摆成竖放的直线，堪堪挡住那两个姓宋的局外人。

名单上，一上一下只剩"陈昭小姐，钟邵奇先生"。

幼稚，他心中轻嗤，却不再动那钢笔，起身准备去泡一杯咖啡。

"洛一珩隐藏摄像机 Event"话题在次日微博中，被顶上热搜榜第一。

陈昭的脸虽然被打上了马赛克，但是眼熟的身材、发型、装扮，还是让她的顶头上司一眼就瞧出来了。

于是，第二天一上班，被叫进办公室里的陈昭就享受了一下和宋少面面相觑的"礼遇"。

理由无他，宋致宁给她买的礼服摊在面前——圣罗兰的黑色流苏抹胸长礼服，跟她在视频里获得的一模一样，此刻却没了用武之地。

宋少撇了撇嘴，将那礼服折回盒子里盖上盖子，别过脸，假装看向电脑屏幕上红红绿绿的曲线，连语气都带着刻意的漫不经心："别误会啊，我姐让我买的。"

陈昭感觉尴尬，只能说了句轻飘飘的"谢谢"。

两个人又是一阵无话。

她不擅长面对这样的静默和"各怀鬼胎"，眼神往门那头瞄了好几回，还没来得及开口，宋致宁先一步打断她的幻想——

"别着急，你怎么总这么怕我？我还有点儿重要的事告诉你。"

他说着，轻佻的笑容一寸寸隐去，又有些迟疑，撑住下巴，最终正正经经地问了一句："陈昭，你就不好奇我为什么放着那么多身份更合适的女伴不要，偏偏选了你陪我参加家里的酒会？"

陈昭察觉他话里有话，下意识地站直身体，定定地看向他，紧抿着唇，并未答话。

低垂的视线里，她看见对方伸手，将装有礼服的衣盒微微推向她。

"那天晚上喝醉酒的人是我的二姐宋静姝。如果不出意外，我们宋家和钟家应该会用一场稳固的婚姻来确保合作能够顺利推进。我现在跟你说这些话，还有昨天那个不知所谓的'Event'，你知道我是什么意思吧？"

他的目光里有探究、打量，甚至隐隐约约包含警告意味。

陈昭默然良久，还是伸手将那盒子接到手中。

"我还以为是什么大事，"她说着，挤出个笑容，"先谢谢你了，宋少，谁会嫌弃便宜占太多啊？而且你真的多虑了，我说过很多次，钟家那种人家，我根本不可能高攀得上，都是你多想了。"

是吗？

宋致宁沉默不语地打量着她的神色。

最终，他拿手盖住眼睛，向后一倒，靠着椅背，晃晃悠悠起来。

"不用说这么多假话。你弟弟除了跟我说了钟邵奇的事，还说了关于你的事。”

他继续说：“陈昭，我很理解像你这样的出身，能遇到钟家人确实很难忘。但都十年了，就算我不提醒，难道你还不了解，人和人之间本来就有从一出生就无法逾越的壁垒吗？”

如此尖锐的问题，这次换陈昭不回答，或者说是回避回答。

无言许久，她耸了耸肩膀，又一次礼貌性地道谢。

宋致宁没有再拦她，她若无其事地抱着盒子，转身出门。

回到座位上后，她还颇有闲心地给自己泡了杯浓茶醒神，然后安安分分地上班做事，仿佛什么也没有发生。

辛苦一天过后，她回到家，抱着那个礼服盒子瘫在自己的小床上，在那样难得的清醒思考的时刻，百般滋味、万种情绪涌上心头。

阁楼的灯明暗不定。

她背过身，把脸埋进被子里。

不是没有人这样提醒过她。

至少十七岁那年，她第一次见真正的钟家人时，就曾被这样看似温柔却无比伤人的劝慰话语刺伤过。暌违多年，那份怀揣在心里因重逢而小心翼翼的庆幸，又这样被当头一棒打醒……

果然，她还是会觉得很痛。

十七岁那年的圣诞节，她正准备洗澡，忽然发现白钢在浴室墙壁一侧凿出了一个小洞，大怒之下，和那个不要脸的男人动了手，被对方一巴掌扇得头晕眼花，脸颊高高肿起。

苏慧琴总是偏帮，从不拉架，窝囊废的弟弟只会躲在房间里，看起来比她还惨，整个家对她而言，就像是个永远也挣脱不了的泥泞牢笼。

她气不过，打不过，满腔的委屈无处诉说，只能疯也似的往外跑。

被白钢拿着扫帚追着，被苏慧琴痛骂着，她穿着一件单薄的睡衣，从那个快要让人窒息的家跑出来，一路飞奔下楼，跑到了大街上。

那天的天气是雨夹雪，寒风从领口灌进去，她整个人从头抖到脚，冷到大脑都无比清醒。

不过八点多，正是街上热闹的时候，大街小巷的音响放着节奏欢快的圣诞歌，戴着红帽子的圣诞老人和装扮精致的圣诞树被一起摆在橱柜里，不时引人驻足。

只有她和路边两条打架的野狗无家可归，仿佛是被社会遗弃的、不屑于注视的那一堆渣滓。

十七岁的她紧咬着牙关，又冷又饿，也很害怕。

而后，在摸到睡衣兜里那几个硬币的瞬间，她突然回头，不顾路人怪异的目光，沿着马路，抱着手臂一边瑟瑟发抖，一边不住四处张望，寻找着公共电话亭。

她不记得找了多久，只记得找到的时候，整个脑子已经被冻得有些麻木。

陈昭站在电话亭里，被冻得红肿的手指颤巍巍地按下号码。

"嘟"声响了几下，那头的人接起电话。

陌生的女声礼貌地问了一句："你好，请问找哪位？"

嘈杂的人声，夹杂着欢快的圣诞歌，昭示着那头的热闹非凡。

他们就像处在两个世界。

"我……我找钟……钟同学。"

"抱歉，少爷他……啊，少爷，似乎是您的同学，还是不要耽误您今晚的……"

"给我吧。"

被身旁的人打断，女声戛然而止。

电话那头很快换了人，对方问了没头没尾的一句："是不是陈昭？"

说话的时间，街道上的圣诞歌慢慢侵入她所在的狭窄的公共电话亭里。

她张了好几次嘴，想要说些无关痛痒的小事分散注意力，但听到他的声音的瞬间，泛红的眼圈里涌满了快要盛不住的眼泪。

等了半晌，没得到她的回答，少年顿了顿，片刻后又竭力放柔了语气补了一句："怎么了？"

她深呼吸，揉着眼睛说道："没什么，钟同学，祝你……祝你圣诞快乐。"

她说完一撇嘴，一颗豆大的眼泪从她的眼眶里落了下来。

她说："钟同学，我想听圣诞歌，大街上好热闹，可我们家不过圣诞。"

电话那头传来催促声，似乎有人在劝他放下电话。

背景音越发喧闹，几乎让人大脑嗡嗡作响，也让她有些不知所措。

"你在哪儿？"在这样的嘈杂声里，沉默片刻，少年只是平静地问了她一句，接着说，"我去找你。"

[3]

那天晚上，到了九点多，街上热闹的气氛已经散去大半。

陈昭依旧缩在那个公共电话亭里，从站着到蹲着，从扒拉开半点儿门缝张望外面的情景，到紧闭门扉不让丁点儿冷风进来，最后恍恍惚惚地抱着手臂，有了些许困意。

不知道多久过后，公共电话亭外一步之遥的地方，有个少年蹲下身来，在她倚靠的位置轻轻叩门。她霎时惊醒，迷迷糊糊地睁开眼。

十七岁的钟绍齐，一手撑着黑色的弯柄伞，一手提着纸袋，隔着公共电话亭的玻璃窗静静地看着她，长睫微垂，莫名显得视线温柔。

他身穿浅灰色的双排扣呢子大衣、同色系的高领毛衣、牛仔裤、马丁靴，那天晚上有关他的细枝末节，都在她慌乱的打量里被她尽数记在心里。

她当即仓皇地站起。

感觉小腿发麻，在原地蹬了好一会儿，又低头深呼吸过后，陈昭扬起笑脸，一把拉开门。

一阵冷风呼啦啦地灌进来，冻得她打了一个哆嗦。

她勉力按住自己的刘海，仰起头，一句"对不起麻烦你"的惯性客套话还没说完，钟绍齐就从手上拎着的纸袋里掏出了一个盒子递到她面前。

"圣诞礼物，"他说着，不着痕迹地挪过几步挡在风口，"拆开看看。"

包装精致的礼盒入手，绒布触感，上面扎着礼花和缎带。

陈昭小心翼翼地将外包装盒掀开，里头是粉色的羊绒手套和同款的针织围巾。

"谢谢，我……我很喜欢，"她把盒子搂在怀里，"我也给你准备礼物了，但出来得太急，把它落在家里了……"

她在心里默默补充：虽然只是并不值钱的手工，但好歹自己准备了整整一个月。好吧，她确实做得不好看，但是至少应该也还看得过去……

肩膀上倏地一重，打断了她的神思不属。

他从纸袋里拿出一件崭新到连牌子都还没剪掉的黑色开襟毛衣外套，和随即脱下的浅灰色呢子大衣一起，一并盖上了她的肩膀。

大衣尚带着他未退的体温以及隐隐约约的檀香。

他什么多余的话也没说，只是帮她拢了拢外套衣领，仰了仰下巴，示意她把手套和围巾都戴起来，将礼盒装回袋子里，让他来提。

弯柄伞被重新撑开，他站在靠马路那一头，放慢步子与她并肩前行。

很久以后，陈昭曾无数次回想起这场面。

十七岁时她想到的只有钟同学的安静沉默、自己的小心翼翼，二十七岁时她想到的，却是他那时微微泛红的耳根以及流露些许慌张、似乎有些担忧自己不喜欢礼物的难得飘忽的眼神，还有刻意避开注视时，右脸微微泛红的巴掌印。

那时年少，她看到的只有眼前的画面，以至忽略了他所做的一切事情背后，不善于表达的冷漠以外，曾为她做出过怎样艰难的选择。

那一晚，她问他："你冷不冷？"

然后她隔着外套的袖角，轻轻拉住他的手指。

钟绍齐不曾侧头看她，却用不轻不重的力气回握住了她的手。

他们就那样沿着那条路，在夹着雪末的雨点里，在潮湿的空气中，慢慢往前走着。

路灯亮着，街道两侧的店面灯光慢慢暗了，嘈杂的音响声逐渐静默，路过的行人脚步匆匆，没有停留片刻。

他的伞向她倾斜。

在安静的凄清夜里，那个如松竹般挺拔，也比孤月清冷的少年，轻声哼起故意放慢节奏的圣诞歌，一字一顿，吐字清晰温柔："We wish you a merry Christmas, we wish you a merry Christmas.（祝你圣诞快乐，祝你圣诞快乐。）"

陈昭抬起眼看他。

那个少年，在风雪之中衣衫单薄，撑着伞的五指关节通红。

她晃了晃他的手臂，闷声说了一句："钟同学，你抱抱我吧。"

他步子一顿。

她侧过头冲他笑，微微踮起脚，做出拥抱的姿势，没掩饰住蓦地鼻酸的哭音。

她插科打诨，假装无所谓地说："你看起来比我还冷，抱抱我，就不冷了。"

那是个行人逐渐寥落、冷风呼啸的夜，在陈昭远去的青春回忆里，唯一温暖的，只有轻轻哼唱的圣诞歌，还有心爱的少年微微弯下腰拥抱她时收紧的手臂和微微发烫的脸颊。

她看不清他的表情，只听见他一遍又一遍，耐心、温柔地为她唱："We wish you a merry Christmas, and a happy new year.（祝你圣诞快乐，新年快乐。）"

在那样的拥抱里，陈昭恍恍惚惚地想着，好像一直以来，所有她会的东西他都会，所有她不会的东西他也会，所以她从前总觉得这个人从来不会为任何人驻足，永远目不斜视，高不可攀。

可在这一刻，她说不上来，但是清楚知道，在他并不一一细述的关心里，他们之间有很多东西在慢慢地改变。

"是不是不冷了？钟同学，我没有骗你吧？"

唱完又一遍圣诞歌之后，她在他怀里牵着大衣的下摆，用回拥他的姿势，试图把他也裹在里头。

两个人像两个笨拙地依靠在一起取暖的小可怜。

他五指深陷她的发间，揉了揉她的头发，有点儿鼻音的回应在她的耳边轻轻地响起："嗯。"

那时的陈昭不知道，自己的这一通电话以及钟绍齐在圣诞夜这天出现在自己面前的"抉择"，怎样撼动了钟家的大局。

她甚至没有觉察，之所以耗去那么久的时间等待，是因为钟绍齐并没有用司机接送，而是自己冒着雪、撑着伞，一个一个电话亭地找来。

没过几天，临安女中的小会议室。

助理老师带着陈昭叩开了房门。

助理老师让陈昭称里面等着她的人为"洛夫人"，也告诉对方"这便是陈昭"后，体贴地离开，为她们留下谈话的空间。

陈昭惴惴不安地入座，坐在对面的洛家夫人面容温婉，毫不避讳的眼神从上到下把陈昭打量得浑身不自在。

陈昭低垂着视线，手指放在膝上，不断摩挲着衣服上洗到有些发白的折痕。

如果是别的人，她尚且能自在坦然，可是，在看到这位洛夫人的瞬间，她就知道了。这张脸，除了钟绍齐的母亲，理应别无他人。

洛夫人吹了吹茶面，冲她勾唇一笑，淡淡地说道："小陈同学，你长得很漂亮，阿齐的眼光很不错。"

她平易近人，语气真挚，提到"阿齐"这两个字时，更是连音调都温柔了几分，脸上都是作为母亲的骄傲和宽厚神色。

陈昭将头埋低，说了一句："谢谢。"

尽管紧张，但她也没必要否认事实。

洛夫人似乎被她哽了哽，过了好半天，抿了口茶，直入正题："但我这次来可不是为了专程来夸你一句漂亮的。小陈啊，你知不知道，前两天圣诞节晚上，你把阿齐叫走，让他错过了一个多重要的机会？"

陈昭听说过耀中子弟们的"西式传统"，一下子就想到了。对他们而言，圣诞节远不仅仅是一个娱乐节日。

"是……你们过的新年？"她看了看对方的脸色，谨慎地说，"对不起，阿……洛夫人，我当时太冲动了，打扰你们过节了，对不起。"

洛夫人淡淡一笑，摇了摇头，放下茶杯："只是过年？小陈同学，那看来阿齐确实不想给你那么大的压力，所以很多事没有跟你说清楚。也没关系，你就听我说好了。"

陈昭不安地揪住校服的袖角。

那天下午，她就迷茫又不安地呆坐在沙发上，听洛夫人讲了个很长、很长的故事——有关洛夫人与"钟绍齐"的人生。

十七年前，洛夫人与钟家继承人钟礼扬相恋，未成正果，倒是未婚先孕。

钟家老爷子一力主张钟礼扬与英裔结婚，压根看不上洛夫人。是以，她在医院几乎难产而死时，钟礼扬却锣鼓喧天地迎接自己的

110

世纪婚礼。最终她熬过来了，有了钟绍齐，钟家的嫡长孙。

她与钟家少爷爱恨纠葛十数年，一直没有把钟绍齐送回钟家，而是静待时机。

终于，她等到了这一天。

那个教她伤心大半生的男人和他跟另外的女人生下的那个钟家唯一一个名正言顺的继承人，一齐死在车祸中。

昔日趾高气扬、对他们母子不管不顾的钟家，只剩下一个选择：让流落在外的"钟绍齐"回到钟家。

洛夫人的要求只有一个。

她要钟绍齐以钟家光明正大的继承人身份堂堂正正地回钟家，绝不让任何人说半句闲话。

讲到这里，洛夫人垂下眼睫，纤细手指轻叩沙发，语气淡淡地说："所以，钟老爷子给阿齐想了个好法子——"

这个所谓的好法子，就是把钟绍齐迁入钟家长女钟灵户下，名义上以钟灵在国外生下的独子，也是当下钟家从血缘而言最毋庸置喙的继承人的身份，回到钟家。

而几天前的圣诞夜，正是钟老爷子被授勋男爵四十周年纪念日，也是原定向公众宣布钟绍齐的身份的日子。

可钟绍齐因为一个在旁人看来完全无足轻重的理由，放了钟老爷子的鸽子。

洛夫人并没有半点儿欺瞒、半点儿逼迫，只是笑笑地问她："如果你是阿齐，是想做一个表面风光，却永远徒劳的碌碌无为的人，还是回香市做钟氏集团的继承人？"

陈昭默然，不敢抬眼看人，攥紧的手心被指甲刺得生痛。

"我花了十七年，把他培养成这样的好孩子，而走进钟家那样的门户的机会，一辈子可能只有一次，但他逃走了。哪怕被我扇了一巴掌，在众目睽睽之下跟我作对，让老爷子难堪，他还是头也不回地走了。"

洛夫人看了看自己的右手，若有所思地微抿嘴角，紧蹙起眉心。

"其实，不管他以后能回到钟家也好，还是做我们洛家的孩子也好，不管是任何事情，我没有任何立场拦他，这也是为什么一直以来，我明明知道却默许了你来找他，也默许了他对你的例外，但是……他竟然在那样的场合做出那么丢脸的事。"

她叹息了一声："那是我第一次打阿齐，也是阿齐十七年来第一次反抗我。我知道，是时候来见见你了。"

陈昭无法解释，更没答话。

回忆如电影画面在脑海里频频闪回，她却寻不出半点儿与洛夫人所说的话对应的蛛丝马迹。

有关钟同学的身世，他没有因此有过半点儿委屈和难堪的表现，她不知道。

钟同学被打了一巴掌？她更是一点儿也没觉察出来。

因为他什么都没有说，甚至一点儿也没有表现出来，没有一点儿难过的样子。

他甚至把这世界对他的刁难和种种羞辱都藏了起来，回馈给她最深切的温柔。

那温柔笨拙又真挚，难以用语言尽述。

洛夫人看着她陷入呆滞的样子，柔和的笑容里带了三分慨然。

最终她伸手摸了摸陈昭的头发，像一个宽厚的长辈，也像一个劝慰学生不要犯错的老师："不用太觉得难过，这都是阿齐的选择。说到底，他只是个十七岁的孩子，会大失分寸，也会不分轻重，作为母亲，我真不知道这是好事还是坏事。"

陈昭抬眼，与女人慈悲又怜悯的目光对视。

沉默良久，她问："夫人，你和我说了这么多，到底想要我做什么？"

洛夫人笑了笑，似乎觉得自己的目的达到了，手撑住下巴，优雅温柔地反问："我并没要求你做任何事……好吧，听你的语气，难道你觉得我是电视上演的那种顽固家长？ Take it easy（放轻松），小陈同学，那种把戏早就过时了。"

　　她摊了摊手："我来只是想要看看你，看看你是一个怎样的女孩子，也想来提醒你，阿齐为你做的事已经够多了，你能做的就是珍惜这些时间。"

　　陈昭愣怔了一下，咬紧了牙关。

　　早慧如她，隐隐约约听出了对方的弦外之音，不知道怎么反驳，才能让毫无筹码的自己显得有半点儿底气。

　　她只能让自己拼命想那个在寒夜里拥抱过她的少年，想那个无数次为她哼唱圣诞歌的少年，甚至那个在陌巷里神色不善地看向她、永远沉默、无声中耐心包容着她的钟同学。

　　可洛夫人的话，有如闪电般劈断了她最后一丝侥幸心理。

　　"你以后会理解的，人，从一出生，出身、眼界、能够接触的世界，就在潜移默化中决定了接下来他要走的路。和一些人能在某段时间遇到，一起走一段路，哪怕最后注定分道扬镳，你们也会觉得幸运吧？我不会做那个强行让你们分开的恶人。"

　　她微微笑了笑："真正的恶人，是时间，是渐行渐远的现实，选择权都在你们手里。"

[4]

　　陈昭记得，那天的洛夫人始终微笑着，始终从容，直到最后离开前，也未曾对自己有半句恶语，仿佛永远只有一张温柔笑脸，然后说出那些胸有成竹、计算好的劝慰的话。

　　"你还不了解吗？小陈同学，阿齐哪怕再软弱、再难过，都知道自己想要什么。你可以庆幸，十七岁的阿齐选择了你，但也要想清楚，这个选择绝对不会是永远有效的。"

陈昭别过脸去。

她不想再看着洛夫人连半点儿怒意和怨恨神色都没有，甚至带着满满体谅情绪的脸。

果然，她与那个世界还差得太远太远。

在他们的世界，没有泼妇骂街，也没有任何绝望挣扎的场景。

一切都在最开始注定，他们要做的就是静静看着一个又一个人服从和认命。

可她偏不。

在洛夫人离开之时，在数次深呼吸过后，她蓦然起身，拦在了洛夫人面前。

初生牛犊不怕虎的陈昭，看着洛夫人高高在上的悲悯眼神，一字一顿地说："我不知道他会不会永远选择我，但是如果他还愿意选择我，我凭什么因为自己害怕就放弃他？"

忍着自卑和怯意，忍着心里那无处安放的恐慌感，她唇齿打战地说完这句话，而后微微鞠躬，抢先离开。

这是她，至少是成年后的她不可能再做到的事。

因为二十七岁的她，真真正正见识过钟家温柔背后的刀刃，也亲身体会过这世间人与人的道路是怎样天壤之别。

所以她只是笑笑，摊平宋致宁给的礼服，把前一天收到的那些礼服和珠宝深深地塞进衣柜的最角落，就像把自己许多年来的固执、不舍、挣扎情绪，都悄悄掩埋进暗无天日的心底。

"砰"的一声，衣柜门被合上。

她深呼吸一口气，冲着衣柜旁的镜子微笑。

只有这样，她才能继续成为遗忘过去的、二十七岁的、无坚不摧的陈昭。

三日后，海市华洲君庭别墅区，宋宅。

这大抵是一年一度，宋家上下最热闹的日子。

小型的交响乐团在别墅花园里列座演奏，红毯铺陈，客来客往，不时有侍者仪态翩翩地从人群中穿过，不失风度地引路添酒。

不乏强装无事徘徊在别墅外围的媒体记者，手里掩着的摄像头隐隐发光，对准那些个携伴前来的贵宾，恨不得从他们的微表情里，挖出点儿耸人听闻的八卦新闻。

虽然今天这场酒会名义上是宋家内部的家宴，实则是海市商会盛事。受邀出席的名流大鳄，哪怕是有一丁点儿捕风捉影的新闻，爆出来也绝对是头条、热点。

酒会中的觥筹交错、推杯换盏，丝毫不受此影响。

下午六点整，一辆白色轿车在宋宅门前停稳。

先推门下车的宋致宁一身雪白西装，搭配同色系的衬里，唯独左胸口袋里点缀着一条黑色的手帕，与其女伴——身着一袭黑色流苏抹胸裙的陈昭搭配。

他随手将车钥匙甩给泊车门童，绕到车辆另一侧，微微弯腰，让陈昭挽住自己的手臂。

陈昭踩着八厘米的高跟鞋挽住人站稳，与对方虚假地笑着对视，和谐地往里走去。

一个肩宽腿长，一个婀娜多姿，看起来十分般配。虽然女方面孔陌生，不免获得了几道怀疑的眼神。

好在此等场合，众人的关注点绝不在宋家这位纨绔子弟的感情上，只打量陈昭一眼，便移开了视线。

陈昭松了一口气，走过别墅前的花园自助茶会，踏进别墅内侧大门。

她还没来得及把宴会厅内部装修看个完全，宋致宁就轻轻撞了撞她的肩膀，低声提醒道："你可看清楚了啊，前面九点钟方向，那个棕色波浪卷头发、穿着蓝色露肩礼服的，是卓家的二小姐卓瑶，喀，是我的下一任未婚妻。还有，右边，那里有个……"

话没说完，似乎长了对顺风耳的卓瑶小姐直接回过头来，眼神在陈、宋二人身上一扫，随手从侍者手中的托盘上拿过一杯鸡尾酒，径自向他们走来。

她举杯，微笑着说道："Richard，几天不见，这又是你的哪位新女伴？"

宋致宁笑了笑，一手举杯回敬，不忘向人示意陈昭挽住自己的手臂："是我的新秘书，卓瑶姐，是不是长得很好看？我带出来不丢份吧？"

陈昭学着宋致宁的样子，也捞过一杯酒，朝这位卓小姐举杯，先喝为敬。

酒有点儿呛，她在心里吐舌头，忍住没把情绪表现在脸上。

卓瑶似笑非笑的目光从她脸上掠过，道："当然，你的眼光确实不错。"

说完，她耸了耸肩，说起正事："对了，顺便问问你，和钟家的合作怎么样了？你们那个普陀区 CBD 的计划，我爸也很看好，手上有两个项目也想跟你们合作，趁着今天帮我找个时间，跟你姐，或者钟家那位，面对面谈一下？"

宋致宁没立刻答话，偏过头冲她身后努了努嘴："还要我介绍什么？那可不就来了？"

陈昭挽着宋致宁的手臂僵了僵。

正前方不远处，从二楼通往一楼的旋转楼梯上，恒成地产的现任总经理、宋二小姐宋笙，挽着自己的未婚夫江氏集团主理人江瑜侃缓缓走了下来。

在他们二人身后，便是身着粉白相间长款礼服的宋静姝和一身浅灰色西装的钟绍齐。

宋致宁不着痕迹地按住陈昭的手背，在旁人看来亲昵的动作，实际上包含着诸多无须言明的警告意味。

　　陈昭无声地翻了个白眼，悄悄地一巴掌把他那不安分的手拍开。

　　"宋少，注意形象，"她面色不改，压低声音说道，"注意分寸，少动手动脚的。"

　　宋致宁悻悻地收回了手，轻咳两声："你大可放心。"

　　那厢宋笙上台致辞，先欢迎钟家一众家眷和集团高层，这厢也有几个对陈昭而言面孔陌生的人手持酒杯，围住了宋致宁。

　　众人一口一个"宋少"，也不问陈昭的身份，就一口一个"未来嫂子"地奉承。陈昭用手指头想也知道，这必然是宋致宁的狐朋狗友。

　　几个人口没遮拦地开始展望什么时候喝喜酒，陈昭可待不住了，四处瞧了瞧，看见宴会厅里侧的小用餐室，侧头小声问了宋致宁一句："宋……总监，不打扰您和朋友叙旧，我去那边的餐厅里坐坐，您看没问题吧？"

　　这一下，几个狗腿子脸色一僵，显然明白自己马屁拍到了马腿上。

　　只是不知道为什么，宋致宁竟然也神色不佳。

　　顿了一下，他自暴自弃似的摆了摆手："去吧，我等会儿过去。"

　　说完，他把手一撤，揣进裤兜里，阴沉着脸，不再看她。

　　孩子气。陈昭腹诽，这个监工说是听了姐姐的话，要防止自己抢了宋静姝的风头，又怕自己和钟绍齐拉拉扯扯，结果来了一点儿情绪直接罢工，实在是不称职。

　　但她乐得他消极怠工。

　　没了"任务"，她连脚步也轻快几分。

　　很快，她穿过谈论着商务要事的各色人群，并不顾忌他们打量的目光，走到了人影寥寥的小用餐室里，端起一杯蓝色饮料，又随手挑了几块做工精致的小蛋糕。

她随便找了个座位坐下，一口蛋糕一口气泡水，虽说这味道一点儿也不搭配，但垫一垫肚子还是行的。

小用餐室并不能屏蔽外界的声音，人们不时打趣钟家的太子爷与尚未婚嫁的那个宋二小姐，还讨论宋家三少带来的女伴是什么身份，怎么像是没有受过礼仪教导似的。

陈昭偶尔抬头，从半掩的门缝里总能遇上一两个好奇的眼神，让人芒刺在背，浑身不自在。

她在香市六年，兼职卖酒，基本上都得喝上一点儿，回来后坚持戒酒快两年了，今天却想喝上那么一回。

只是，陈昭喝酒从不上头，因此侍者暗暗佩服，也没劝阻。直到一阵阵恶心感不断地翻涌，陈昭才感觉不妙。

她反应及时，用手死死捂住嘴，跌跌撞撞地冲向了隔壁洗手间。

不知道过了多久，她缓过来，摁下冲水按钮，抹了抹汗，抵住卫生间的门扉站稳，拽过一截卫生纸。

她一只手擦着嘴，另一只手按住门把，刚要推门出去，隔壁的门先一步被推开，几道脚步声过后，伴着一阵"哗啦啦"的水声，一并传过来语焉不详的几句对话。

"钟家是不是不行了？今天那样，宋家这是要把领养的那人和钟家的太子爷……嗯？"

有人轻嗤了一声："宋静姝一没钱二没权，我若是钟家人，肯定不会答应。但据说钟老爷子都点头了，这就……"

"啧，宋静姝真是狗屎运捡了个大便宜，钟家的长子嫡孙，啧，她一个被抱过来养的、名不正言不顺的，真是好运气，攀上这么个高枝……"

[5]

陈昭按在门把上的手微微发抖，一直等到外头没了动静，她才摇摇晃晃地出去，俯身在洗手池边泼水洗脸。

她的脸生得太明艳，因此她一直化很淡的妆容，这么一泼，基本上把她脸上的妆都洗没了。

好在嘴唇虽然没什么血色，脸颊却很是红艳，双眼迷蒙着，她看着都觉得自己挺美的。

她拍了拍自己的脸，冲镜子里的自己傻笑，说了一句："不丢份吧？"接着她又自问自答："不丢份，这么好看怎么会丢份？"

她趔趔趄趄地回到座位上，呆坐半晌。从她的位置，她隐隐约约能看见门外人群里的宋致宁，他一会儿跟这个女生碰杯说笑几句，一会儿又在几个明艳女生的包围中从容地微笑，活生生的"万花丛中走，片叶不沾身"。

她嗤笑了一声，宋致宁怕是没心思关注她了。

她撑着右脸看了人群一会儿，默默地伏在桌面上。这么个名利场，没人认识她，她也没有什么可以让人图谋的资源利益，自然没人会来关心两句，连侍者也没多看她两眼，可能还会在心里轻鄙，毕竟她喝了那么多贵得吓死人的酒，现在这样也算对得起酒的价格……

可是这样多不舒服啊，高脚凳坐着不舒服，桌子也不好趴，她肯定会把脸压红。

陈昭漫无边际地想到这儿，又撑起半边身子，醉眼蒙眬地张望，忽然注意到餐厅到宴会厅中间，有一截空出来的小楼梯间，从楼梯间往上，是客房吧？

客房，意味着房间里有床。

陈昭酒意上头了，伸直腿从高脚凳上下来，踩着八厘米的高跟鞋，走猫步似的往那头走去。

旁人以为她要回宴会厅，看了两眼，便转开视线不再关注。哪知道她一拐，进了黑黢黢的楼梯间。

楼梯上堆了些可供替换的餐桌用具，她扒拉着楼梯扶手，小心翼翼地尽可能避开它们，一步一步往上挪。

高跟鞋不舒服，她就把高跟鞋扔了。

有人在她身后关上楼梯间的门，躬身把她弃掷在地、歪斜的高跟鞋扶正。她听到脚步声，回过头去。

男人站在离她两三步远的地方，昏暗的灯光下，她只能隐约看见他扶了扶眼镜。他叹息一声，对她毫无办法。

她往下蹦了两步，离人更近，纤细的手指在空中点来点去，却怎么也点不到男人的脸上。

她笑得傻傻的，说："哎呀，是钟同学，你……"她看了看鞋，又看了看人，委屈兮兮地皱起了脸，"你捡我的鞋干吗？你要穿吗？"

她没等到回答，又不依不饶起来："你为什么凶巴巴地看着我？你又觉得我坏是吧？我都十八岁了，可以穿高跟鞋了，不信你试试，一点儿都不累的，女孩子爱美有错吗？我又没有你那么高。"

钟绍齐揉了揉眉心，开始觉得头痛起来。

见他还不出声，她开始生气，咕咕哝哝地说："你别理我好了，我知道你最爱生气，你就是不说。我不跟你说了，要去睡觉。"

说完，她扭头要往上走，脚是动了，人却没移动，低下头一瞧，他不知何时扣住了她。

"往上是别人家。陈昭，你别胡闹，"他伸出另一只手，按住她胡乱挣扎的肩膀，"别扑腾了，我带你回家。"

她若睡在宋家，那还了得？

"家？"陈昭歪了歪头，"钟同学，你跟我什么时候有家了？"

她指了指自己的脸，分明笑着，眼泪却扑簌扑簌地往下掉："你带着我出去，可丢份了，你知不知道？我好讨厌高尔夫球、保龄球、排球，也不喜欢马术，更不会德语和法语。我还一点儿也不喜欢宴会。这里的人很吵，他们只会问我到底怎么搭上钟家的，他们看我的眼神，就像我是那种街边上站着揽客的人……他们都看不起我，不管我怎么解释，他们只认定我对你不怀好意。"

她的记忆似乎有了小小的偏差，仿佛现在站在自己面前的，不是二十七岁改成了钟邵奇的那个人，而是十七岁时牵着自己的手，第一次带着她回钟家的钟绍齐。

她是那么想要向他坦承自己的心情啊，哪怕暌违十年，依然迫切。

"可我不觊觎钟家，钟家有什么好的？钟同学，我只想要一个小小的房子，不需要高尔夫球场，也不需要花园和游泳池。我可以每天跟你说很多话，会每天期待睁开眼睛就能看到你。我们不会吵架，也不会像我爸妈那样。我会给你买很多很多书，我们会有一个书房……我会对你很好很好，就像你对我很好很好那样。"

她说得颠三倒四，哭得狼狈不堪。

十七岁那年她没说出口的话，到了二十七岁，尽管在心里排演过几千几万次，依旧难以说清楚。

钟绍齐看着她，她像个孩子一样抽抽搭搭。

他只能伸手，一点点地帮她揩去两颊的眼泪。

"不丢份，"他说，"像昭昭这么好的女孩子，怎么会丢份？"

她愣了愣，迟疑地说："昭……昭？"

已经很久没有人这样叫过她了。

夜色太浓，她看不清他的神色。

下一秒，她一个趔趄，被人抱进怀里。

一个恍神间，她甚至分不清是十七岁的少年，还是二十七岁的青年，在自己的耳边轻声喃喃："你不用成为像我一样的人，你可以做所有你认为对的选择。"

你要离开我也好，留下来也好，想成为普通人也好……当然，愿意做钟太太，最好。

"而我对你，昭昭，"他的声音平静而温柔，"我对你，永远有无尽的耐心。"

第五章　真生气了

HOW AM I SUPPOSED TO LOVE YOU

[1]

"站住，谁让你进去了？"

宋致宁一手拎开正要进楼梯间清理杂物的服务员。

任由那服务员愣在原地站也不是走也不是，宋致宁扶住门框，冷着张脸深呼吸数次，先一步推门进去，而后狠狠地将门摔上。

世人皆知他桀骜不驯和不服管教，他这么乖张，旁人不会生疑。

于是，他就用这样笨拙却不乏精明的掩饰方式，给自己的"敌人"做了嫁衣。

宋致宁背靠着门，伸手摸索着墙壁上的开灯按钮，摁了下去。

白炽灯亮起，整个楼梯间霎时灯火通明。他抬起眼，看见陈昭醉眼蒙眬地望向自己。她咕哝着说"怎么这么亮"，沉默半晌，他又伸手把灯摁灭。

钟绍齐没理睬他，一边揽住陈昭纤细的腰肢，一边弯下腰为她穿鞋。

好不容易让这不安分的醉鬼乖乖穿好鞋，因为她穿的那条抹胸礼服长裙的款式并不适合公主抱，他只能轻手轻脚地将人搂在怀里，一手扶住她的肩膀，勉强带着人往楼梯下走去。

几步远处就是楼梯间出口，而抱着手臂的宋三少就这样拦在门前。宋致宁仰起脸，看向眼前比自己高半个头的男人，挤出一声冷笑："你这是打算在我们宋家的酒会上，当众拂我们宋家人的面子吗？"

他一副绝不让路的架势。

"Richard，我不知道你得出这个结论的理由，"钟绍齐淡淡地说，艰难地做了个借过的手势，"但你拦住我的路了。"

他全然不把宋致宁的警告放在心里，也好像门外那个四处找他的宋二小姐是个透明人一样无足轻重。

分明对方平静而礼貌，宋致宁却依然觉得自己平白无故被呛声了，脸色一变，直接上前几步拽住陈昭垂落在一侧的右手手臂。

"可以，我让路，你现在自己出去，把她留下。她是我的女伴，不跟在我身边，反而跟你这个未来的宋家女婿抱在一起，你让别人怎么看我们宋家？！"

再说了，自己可是受了宋笙的叮嘱要看住这两个人，别让他们有任何接触的。他捅出这么大个娄子，以后自己的面子往哪儿放？

喀，虽然确实是自己忙着左右逢源，忽视了这个家伙。

他想着自己至少和陈昭有约在先，这时也不管动作唐不唐突，只想先把人拽到身边。

这时，迷糊着的陈昭呜咽一声，扑腾了两下，没能挣开，委委屈屈地抬起头，指了指自己的右手，又指了指宋致宁："钟同学，他非礼我。"

钟绍齐摸了摸她的头："嗯。"说完，他侧过脸看向宋致宁，金丝眼镜后的眼神不复方才的冷静疏离，带上了三分警告。

宋致宁飞速缩回手。

这和原本说好的剧情可不一样，陈昭不是最怕和姓钟的人扯上关系吗？看样子她是醉了，不然怎么就原形毕露，像个小孩一样傻兮兮的？

宋致宁有些走神。

想到这儿，他晃了晃头，把这念头甩开，继续拦住他们："钟少，就算你不接受这场联姻，但钟老爷子已经答应了。你不给我们宋家面子，你爷爷的面子你也不给了？！这里虽然不是香市，但是你们钟家的人可都盯着你呢！"

这句话直踩中心，钟绍齐眉心微蹙。

昏昏欲睡的陈昭也猛地激灵了一下。

宋致宁看出这微妙的变化，略一思忖，索性松开门把，压低声音说："之前不是还配合着她遮遮掩掩的，现在你又是在和谁作对？把人交给我，你自己出去，一切都——"

话没说完，陈昭甩了甩头站定，伸出一只手扶住了宋致宁的肩膀，另外一只手专心致志地用力掰开钟邵齐扣在自己腰肢上的纤细手指。

宋致宁怔了怔，试探性地趁此机会扶住陈昭，悄悄抬眼，借着昏暗的灯光，看清了钟绍齐瞬间沉下的脸色。

这样的钟绍齐让人心里发慌。

宋致宁一咬牙，伸手拽紧陈昭探过来的手臂，准备开口。

钟绍齐先一步出声，说了一句："扶住她。"

他把陈昭交给宋致宁，确认她站稳了，沉默地扯了扯领带，随后步履匆匆地推门离开了。

宋致宁松了一口气。

分不清如今靠着自己的肩膀勉力站着的陈昭到底是不是清醒着，确认人走了，他推了推她，轻声喊了两声："喂，喂？"

陈昭脚下一晃，险些摔倒在地。

宋致宁钳住她的手腕，及时将人拉住，结果没控制好力度，依着惯性，后背猛一下撞到门。

被门把硌到腰，他痛呼一声，龇牙咧嘴起来。

而摔进他怀里的陈昭女士忽地伸手，扇……不，动作力道更像是拍，给了他的左脸两个巴掌。

恃醉行凶，他莫名其妙地想到这四个字，心里恨得牙痒痒，想着再等五分钟出去了，把人往车里一放，下次绝对不要再把这醉鬼放出来。

突地，他又挨了两巴掌，这次受伤的是右脸。

"什么买不买的，"陈昭咕咕哝哝地说道，"还拿银行卡打我的脸。银行卡谁没有？你知不知道，你打我，有谁会给我撑腰？"

"……"

还不就是刚才被你掰了手指的那个人？

陈昭傻笑，栽倒在他的肩膀上："做梦真好，"她轻声说，"冤大头，我梦见钟同学抱我了。"

宋·冤大头·致宁："死醉鬼，住嘴，手拿开。"

宋致宁揽着陈昭从楼梯间出来，除了被行了几轮注目礼，没引起多少骚动。毕竟大家熟悉这位宋少的作风，看一眼就一笑而过。

宋致宁随手拉过一个服务员，指点着他和自家姐姐说声先走一步，又对四周几个面熟的女伴笑了笑，笑完一低头，脸色变得凝重。

他拉着脚步摇晃的醉鬼，往车库走去。

泊车门童送来钥匙，摁下解锁键，又不着痕迹地挡在副驾驶座前，体贴地为他拉开后车门。

"行了，"宋致宁避开他帮忙搀扶陈昭的手，探手拿过车钥匙，仰了仰下巴，示意他别拦路，"这边不用你帮忙了。"

门童微微躬身，转身离开。

等人走了，宋致宁这才抵住车门，咬紧牙关，艰难地扛着陈昭往里一推，将人放上座位。

他擦了擦自己满额头的汗，搭着敞开的车门咕哝了一句："看起来瘦不拉几的，居然像个秤砣……"

话音未落，陈昭翻了个身，脚一翘，高跟鞋狠狠踹上他的小腿。

宋致宁"嗞"了一声，又是一阵龇牙咧嘴。

他想起眼前这女人说自己是冤大头，头一次觉得这个恶意的昵称竟是如此合适。他黑着脸，弯下腰，把人往里推了推，把后门一摔，气呼呼地去了前座。

他还没来得及坐稳，西服口袋里的手机忽然振动。他掏出手机一看，来电显示"二姐"，也就是宋氏恒成地产的现任经理，能收拾他的女魔王之一的宋笙。

他揉了揉太阳穴，接起电话，听了两句，不外乎是问他为什么这么早就离席，以及心细如她，当然也注意到了楼梯间的动静。

"不要和钟绍齐发生正面冲突，"宋笙在电话里警告，"要适度，保持风度，致宁，不然我会觉得这里头掺杂太多你的私人情绪了。"

宋致宁瞄了一眼后车厢里枕着手臂睡着的女人。

"没有，"他轻轻说，"姐，我送个人回家，马上就回来，你——"

他猛地蹙眉："姐，这边有点儿事，先不跟你说了，挂了。"

将手机收回兜里，他深呼吸一口气，拉开副驾驶座的车门。

车库里光线昏暗，他甚至没发现，原来车里竟有一个不速之客。

"宋静妹？！你缩在这儿干吗？你什么时候来的？你还嫌你惹的麻烦不够多吗？"

比陈昭好不到哪里去的宋静妹，晃悠悠地抬起酡红的脸看向他："哦，是你的车啊，我还以为是我未婚夫的……嗝，我找不到他，就喝了两口……哕……"

"停！"宋致宁把手里的钥匙往车顶一放，赶紧先将人从副驾驶座上拽出来扶到一边。

他拍着她的背帮她顺气。

这厢她是吐也吐不出来，非得死拽着他；那厢陈昭睡得香甜，一点儿也不受打扰。

他觉得自己今天真的是和酒有仇，刚想叹气，车库后门被人从里面推开。

后脚赶到的钟绍齐顺手捞过他前脚放在车顶的钥匙，拉开车门，在车里落座。这一系列操作行云流水，让他直接呛咳得惊天动地。

"你们——"宋致宁脸色青了，看了看半天没呕出来东西的宋静姝，又看看钟绍齐，"合伙的还是凑巧？"

"宋静姝，给我站起来！你还装？"

至于钟绍齐，虽没被点名，但仍"颇有礼貌"地摁下半边窗户，微微向宋致宁颔首："Richard，你喝酒了，还是不要勉强开车。安全起见，静姝就麻烦你照顾了，送她回房间，至于陈昭，我会把她安全送回家。"

宋致宁：话都让你说了，我说什么？

好一个钟绍齐，好一个"以退为进"，竟然连宋静姝都做了他的同盟。

不待他腹诽完，钟绍齐忽然扔了个黑黢黢的东西过来。

宋致宁不情不愿地伸出手堪堪接住那东西，低头一看，标志是两侧羽翼，中间一个"B"。这是隔壁那辆车的车钥匙。

可以，这人甚至周全到拐了他的一辆车，就还他一辆车。

宋致宁气极反笑，索性别过脸去，不想再看他们。

车从车库里开出，绝尘而去。

宋致宁低头，宋静姝演完戏了，正在收拾自己。她一抬眼，对上了他似笑非笑的眼。

宋静姝拽住宋致宁的手臂，晃晃悠悠地站起，手一搭，把伪装酒醉的夸张腮红擦掉了大半。

他冷着声音说道："宋静姝，你胳膊肘往外拐，是想把我们宋家的脸都丢干净？"

"你这说的什么话，"宋静姝咧嘴一笑，"你们都不把我当人地交易出去了，我的未婚夫还一点儿都不喜欢我，我现在不这么跟他联络联络感情，以后日子怎么过？"

"弟弟，"她喊，"你什么时候变得这么有家族荣誉感了？明眼人都看得出来，你不过是看中人家女孩那张脸了。"

"……"

"不说话？是承认还是否认啊？"宋静姝慢慢敛去嘴角的笑意，伸出手，挑衅地拍了拍他的脸，"别告诉我你是真的喜欢人家。宋致宁，像你这样的人，哪有资格说喜欢啊？"

"宋静姝，你给我适可而止。"

"适可而止？"她微微一笑，"作为你的二姐，我只是适当地提醒你：游戏人生，浪荡花丛，这才是姑姑的好儿子、宋家的好工具。还是你以为，你和我本质上有什么区别吗？"

深夜一点，"李阿婆锅贴"门外的狭窄小巷里，一辆和周围环境格格不入的轿车停稳，后门敞开，车灯亮起。

看起来，车主像是遇到了点儿麻烦。

钟绍齐看着眼前睡得蜷缩成小团子的陈昭："……"

他往哪里下手都不是，抱也不是，拉扯更不行。

他右膝抵住后座，探进去半边身子，试探性地捏了捏她的脸："陈昭？"虽然车内空间容纳两个人绰绰有余，但他这番动作略显……不雅，他蹙眉，转而环住她的肩膀，试图先把人带起来。

不料他还没动作，就招来她一句"冤大头，你干吗"的痛骂，领带也被她揪着直直地往下拉。

她眨巴眨巴眼睛，打量了他半晌，忽地又一脸恍然大悟的表情：

128

"我说呢，冤……冤大头，果然是幻觉，一喝醉，我就……就见到钟同学了，"她蹙着眉，有点儿委屈，"吓死我了，还……还有人跟我说钟老爷子……多吓人哪，还是做梦好，梦里有……嗝……有钟同学。"

刚才她会那么掰开自己的手指，果然是因为听到了老爷子的名号吧。

钟绍齐不着痕迹地微蹙起眉头。

她轻叹一声，舒展了身子，松开紧握着的领带，伸长手臂搂住他的脖子，醉眼惺忪，两颊生霞。

钟绍齐及时把住前座车椅，才没被她醉酒时格外大的力气一把拽下去。

"别闹，"他伸手把她凌乱汗湿的刘海抚平，"走了，乖，起来了，送你回家。"

陈昭柳眉倒竖："我才不回家！你又赶……赶我走！"

说着，她挥手，做出一个要扇巴掌的姿势。

手掌都已经逼近他的脸侧，她又急刹车般顿住，然后变成摸他的脸。

哼，皮肤真好，梦里的人都这样吗？

"好不容易见到钟同学，我才不回家，我要和钟……钟同学多待一会儿，"她咕哝着，"梦里不是……不是我说了算吗？你别说话。"

她说着，手上又用了力气，他不想跟她"顽抗"，只得顺着她，往下俯身半寸。

陈昭盯着她，眼睛里盈满笑意，像是想到了什么坏主意，整张脸一下子生动起来，让人移不开目光。

果不其然，她两手掌心向内，揉了揉他的脸，说的话更是孩子气得很："钟同学，你得亲亲我。"

见他不答，她顿时有点儿兴师问罪地补上了一句："你很多……

很多年没有亲我了。"

有她这么说话的吗？

他失笑地摇头，屈起撑在她身侧的手，拍了拍她的后脑勺，力道很轻。虽是如此，他还是俯下身去，贴近她的耳边，温声地说："醉鬼，明天醒了你就该哭了。"

[2]

凌晨四点，海市陆家嘴某别墅区内。

豪华双人床的床头柜上，摆着一张双人合影。难得满面羞涩的某大明星，被高他半个头的青年温柔地揉着头发。

而正埋头呼呼大睡的这位大明星，早没了当年的青涩样子，咕哝着抱怨几句，终究被催命般的手机铃声吵醒。

一只手从被窝里探出来，他摸到手机，勉强拿到面前看了一眼备注："……"

洛一珩认命地叹了口气："喂？我的钟大表哥，我求你了，我可不是你，天生工作狂，好不容易休息，很难得的好不好？现在才四点，你就把我吵醒……"

"Karol，你是不是接了普陀区 CBD 计划的先导宣传片？"

对方开门见山的一句话，直接让洛一珩的脑子清醒了大半。

洛一珩苦着张脸，望天想了片刻，挠了挠自己的鸟窝头："是接了没错，我今天还得去和宋笙开会，烦死了。"

对面的人沉默了一会儿。

洛一珩竭力保持清醒，隔着电话，隐约听到那头传来几声不依不饶又娇声娇气的哼哼，和钟绍齐低声哄着的话语。

洛一珩一个激灵，没心思再细听，蓦然睁眼。

钟家太子爷，这个百八十年传不出一次绯闻，每每让众多女神心碎神伤的钻石王老五竟然在哄人？

130

听听他这说的是什么："好了，好了……听你的。""别蹬了，不怕着凉？""好，别拽了，别乱动，我帮你。"

竟然还有"啾"的声音传来。

噫！这就让人一边起鸡皮疙瘩一边有点儿嫉妒了！

心情复杂的洛一珩对着黑黝黝的手机屏幕，一边脑补对面的场景，一边露出傻笑。

他刚要开口调侃两句，那头掐准时间般安静片刻，接着，钟绍齐瞬间冷了语气地说："这个项目，有点儿事需要你帮忙，劳务费我让阿 Ting 打到你的账上。"

现在跟他说话的和刚刚哄人的，是同一个人吗？

果然刚才是他产生幻觉了吧？

"等一下！先说好，帮什么忙？不会又是帮你的陈小姐——"

他没说完，又一次，他的电话被钟绍齐残忍地挂断了，耳边仅余的"嘟嘟"声似乎在不断提醒他，自己这个时候多嘴说一句话，就是在坏人家的好事。

洛一珩把手机一放，打开抽屉，摸出一颗水蜜桃味糖果，剥开糖纸扔进嘴里。

话说，前两天三姨妈还对自己这位表哥的婚事很不满意，准备和钟老爷子反映两句，坚决要换成卓家那位世交的爱女，现在看来，表哥是已经心有所属了？

估计不管是钟家还是洛家，给他安排的婚事都不会让他满意。

话又说回来，三姨妈知不知道这位陈昭小姐？

他突地笑了笑，伸手揉了揉眉心，一下子清醒了，不由得翻身坐起。

寂静的夜色里，一句呢喃响起："算啦，我又不想当挑起钟、洛两家战争的罪人。他们自己玩才有趣呢，等闹起来再收网吧。"

陈昭在熟悉的被窝里醒了过来。

睡梦里隐隐约约听到了脚步声，她睁开眼，却发现小阁楼里并没有旁人，只是茶几上还冒着热气的姜汤，提醒她确实有人来过。

大概是阿婆吧。

视线从茶几上掠过，陈昭在床上翻了个身。

头很痛，她揉揉着太阳穴，脑子依旧糊糊一片。

很显然，她完全断片了，记忆只停留在自己吐得昏天暗地时的画面，之后发生了什么、她怎么回的家、怎么换的衣服……

陈昭愣了愣，扒开空调被往里瞅，确认再三，没错，自己穿的是睡衣。

至于昨晚穿的礼服，她扭头一看，礼服叠得整整齐齐地被放在短沙发上。

陈昭激灵了一下，翻身坐起，趿拉着拖鞋跑下楼，正好撞见从后厨端着白粥出来准备给她送上去的阿婆。

"阿昭，醒啦？"阿婆问，"头还痛不痛？那个……那个姜汤喝了没有？"

"好多了，汤我等会儿喝，"怕阿婆担心，她挤出个笑容，接过粥碗才问，"对了阿婆，昨天晚上……谁送我回来的？还有我的衣服，你帮我换的？"

阿婆摸了摸鼻子："昨天太晚啦，都……都没看清人，是个不认识的男孩，跟你差不多年纪吧。"结结巴巴地说完，她补了一句："至于衣服，当然是阿婆帮你换的，难不成我还让别人碰你啊？"

说得也对，陈昭很信任阿婆，阿婆这么说，她就放下心来，不经意一瞥，发现墙壁上的时针已经指向八点，脸色一变。

端着白粥，她扭头往阁楼上跑去："阿婆，不说啦，我还得上班，要迟到了。"

"好，好，你慢点儿，别摔着了。"

阿婆松了口气，不知想到什么，笑了笑，摇摇头，哼着歌儿回了后厨。

阁楼上，陈昭一口姜汤一口白粥，味道虽然怪了点儿，好歹两边都不耽误。她一边喝，一边往自己脸上拍上一层薄薄的粉底，快速地描眉，再补个日常的奶茶色口红，就这么糊弄地化了一个妆。

她正用指腹抹匀口红余色，突然蹙眉吃痛地闷哼一声。

某些断片的记忆好巧不巧，隐隐约约地浮现，她心下觉得荒唐，凑近镜子仔细观察，还真发现下唇边不知何时多了个小小的伤口，难怪这么擦口红有点儿痛。

她摩挲着那小小的痕迹，有些出神。

手机八点半的闹钟又一次振动着响起，她这才回过神，心不在焉地换了衣服，拎包下楼。

紧赶慢赶，她好不容易搭上公交车，一边在拥挤的车上被人左推右搡，一边被自己的各种脑补画面折腾得死去活来。

没想出个究竟，她只确确实实地迟到了大半个小时。

杀千刀的，可千万别是宋致宁，如果是宋致宁干的，她不仅辞职滚蛋，还要他好看。

陈昭深呼吸一口气，匆匆上楼，屏气凝神、小心翼翼地猫着腰进了行政部。

在众人的注目下，她坐上工位，正准备接受自己顶头上司无孔不入且必定准时到来的刁难，余光一瞥，发现一旁的行政总监办公室里竟然空无一人。

她翻了翻手机，也没有收到预想中的责问，宋致宁的对话框前所未有地安静。

不过这人在昨天半夜发了条朋友圈，一句"不如意事常八九，可与人言无二三"，配图是一杯"深海之蓝"鸡尾酒。

和他平常各类动态比，这条动态显得尤为突兀和伤感，有如浪子没来由地抽风，没良心地突然良心发现了……

她打了个寒噤，飞也似的把这条动态滑了过去。为了压惊，她起身给自己泡了杯茶。

宋致宁不在，她打算上午就随手翻翻资料悠闲度过了。

不想她刚坐下，便有人停在她的办公桌前，屈起手指重重地连叩三下。

她抬头看去，是宋致宁的助理，常年对她黑着张脸的吴宇。

"56层，公关部临时开小会，总经理找你，赶快上去一趟。"

公关部？总经理找她？

她来了大半个月，从没去过这个传说中肥得流油的部门，更别说面见尊贵的总经理了。

对方可不负责解答她的疑惑，只催促着她起身，赶紧出发。

陈昭只得拿了个笔记本揣在怀里，乘着电梯往上赶。

楼层数在"56"的数字上停住，电梯门打开，她和围在公关部小会议室门口的一群人面面相觑。

好在陈昭见惯了这种场面。

她露出礼貌的微笑，抬手示意自己手里的笔记本和工作牌，做着"借过"的手势，就这样给自己开了条路。

她按住门把手，推门进去、关门，动作一气呵成。

回过身，她抱着笔记本先微微鞠躬，再抬起眼时却僵了僵。

这个格外空荡荡的小会议室里，只有一男一女，恒成地产的总经理、宋致宁的二姐宋笙，以及撑着下巴，笑嘻嘻地看向她，碧色眼眸流光溢彩的洛一珩。

"陈小姐，又见面了，今天也是这么漂亮啊。"

陈昭一时之间不知道这个大明星出现在这里的用意，只能含蓄地点点头表示对他赞美的认同，继而看向宋笙问："总经理，叫我来这边是……"

这可不像正经开会的架势。

宋笙笑了笑，伸手指了指自己旁边的位置，示意她先落座，转向洛一珩："这就是你说的陈昭小姐，现在人我给你找来了，你是不是能收心好好开会了？"

"瞧你说的，宋笙姐，你这么一说像我要挟你一样，"洛一珩靠向椅背，不知从哪里找出一颗朱古力味的老式糖果，耐心细致地低头剥开糖纸，将之含进嘴里，囫囵道："我提的可是非常中肯的建议。我觉得陈小姐的眼光和造型能力都可圈可点，既然是给你们恒成的项目拍宣传片，我愿意选一个你们内部的人来做造型设计，这还不够给你面子吗？"

陈昭听着他们唇枪舌剑，犹自云里雾里。

宋笙平复了心情，侧头向她解释。

恒成地产和钟氏集团合作的普陀区 CBD 项目宣发在即，特意邀请洛一珩来拍摄先行宣传片，原定的公关部会议正是为此召开。但会议进行到一半，洛一珩就否定了所有的拍摄方案。

说着，宋笙从会议圆桌上扒拉出一本杂志。杂志的头版图片正是陈昭挽着宋致宁的手走进宋家大宅的画面，令人眼花缭乱的白底红字写的是：只闻新人笑不听旧人哭？宋三少欢喜美艳摄人！

宋笙的眼神掠过陈昭像吃了苍蝇的不适神情，她双手成塔抵住下巴，微微一笑："Karol 不满意公关部所有的提议，说你既是他的粉丝，又是我们恒成的员工，而且昨天出席我们宋家酒会的造型搭配又很得他的心，因此他坚持要从来没有过类似经历的你，以造型师的身份参与我们的项目。"

否则他就要罢工。

这个言下之意就很明确了。

陈昭轻敛眼睫。

是个人都听得出宋笙话里的不满之意。

陈昭对这个难得的机会暗暗有了想法，毕竟当过几年模特，也曾靠着点儿造型的手艺吃了两年饭，这会儿默然片刻，看了一眼杂志，又瞥了一眼洛一珩。

　　但人在屋檐下，不得不低头。

　　她心里叹息，打算顺了宋笙的意，以自己没有经验为由推掉这个差事。

　　洛一珩抢在她前头说："陈小姐，我听人说你一直对服装设计和时尚行业感兴趣，有这么好的机会，又有我这么一个人形广告牌，你不尝试一下，真的不会后悔？"

　　他笑眼弯弯，不忘给她扣上一顶高帽子："我对我的忠实粉丝一向很好，上次我还受人所托送你衣服了呢，你不会这么快就把我给忘了吧？"

　　这话明里暗里地提醒她，今天他做的事，背后有人指点。

　　宋笙也意识到了什么。

　　"怎么？"她看向陈昭，"是哪位朋友这么热心，还跟洛一珩这么有交情？"

　　陈昭谨慎地保持沉默，装作羞赧地笑了笑，并不直面问题。

　　洛一珩直接一锤定音："问这么多干吗？宋笙姐，这只是件小事，你一向最大方，以我们的交情，不至于这么一点儿小事我都做不了主吧？要我说，人也来了，事就这么定了吧。"

　　说着，他晃了晃自己手里的手机："陈小姐，你要是没问题的话，留个联系方式？"

　　陈昭悄悄用余光瞄了宋笙一眼。

　　宋笙既不点头，也没有出声制止，陈昭便不再拘谨，从兜里掏出手机。

　　她滑出微信一看，某位冤大头在一分钟前发来消息。

　　四个大字加上明晃晃的感叹号，看起来吓人得很，不仅如此，他还发了四五遍。

"不要答应！"

她眼神掠过消息，淡定地将其删掉了。

这是一条后路，更是一个难得的机会，她选择相信自己，而不是自始至终对自己上演百般戏码的宋致宁。

洛一珩在恒成待了一个小时。

这一个小时里，他先否定了公关部的方案，又自行做主地安排了新人。因为下一个行程即将到来，这个眼下在娱乐圈如日中天的偶像歌手，在众人的簇拥中来，又在簇拥中离去。

送走这尊大神后，陈昭准备离开，又被叫住。

宋笙递过来一沓广告设计草案。

陌生而厚实的一摞白纸黑字，是以前的她无法想象也接触不到的东西。

"好好加油，"宋笙脸上带着笑，声音不辨喜怒，"方案是公司内部的机密，你既然加入了，当然也可以共享，有任何问题，随时找公关部的同事沟通。当然，你也可以……通过致宁来找我。"

陈昭选择性地忽视了后半句话，低头道谢，转身出门。

在一群女同事羡慕嫉妒恨的目光中，她埋着头，一边整理今天仿若坐云霄飞车般七上八下的心情，一边艰难地穿过小会议室门口围观的人群。

她好不容易走到电梯间时，一道女声忽地响起。

"陈昭，真的是你？"

她摁电梯的手指一顿，回过头去，一个面熟的女人热情地走到了她面前。她感觉手心一热，是这女人热络地握住了她的手，连连摇晃。

陈昭蹙眉，匆忙扫过女人。

来人一身西装裙，瘦得像根竹竿，及腰的长发，端正的脸上戴一副黑框眼镜，看着就像个乖巧的邻家女孩。

陈昭愣是没能想起来，这位看似和自己这么热情重逢的人物是谁。

"你不记得我了？我们高中做了两年同桌的，我是徐程程啊，"女人笑靥如花，似乎刻意在一众围观的同事面前表现得和陈昭亲昵，"之前我看到杂志还不确定是不是你，现在可算确定了，这么漂亮，肯定是我的老同桌没错了。"

徐程程这个名字，可没跟什么美好回忆挂钩。

除了明里暗里挤对自己，这个上学时出了名的乖乖女还曾在自己最后的中学时光，留下一个相当显眼的烙印。

想到这里，陈昭不着痕迹地抽出了自己的手。

"是很久没见了，我差点儿没认出来，"她淡淡地说，看着电梯逐渐接近，"下次再叙旧吧，我还有工作急着要做。"

她一点儿不打算给人面子。

徐程程面色一僵，深呼吸片刻，又凑到她跟前来："你是在行政部对吧？我们离得近，以后可以一起去吃午饭啊，这是我的名片。"说话间，她把一张薄薄的纸片塞进陈昭的手心里，"对了，你最近有没有时间？我们有个同学聚会……"

电梯到了，"叮"的一声，打断了徐程程喋喋不休的话语。

陈昭敷衍地笑了笑，径直往面前空荡荡的电梯里走去，恨不得马上摆脱这个让她想起高中噩梦的女人。

电梯门尚未合拢，徐程程忽地用只有两个人能听清楚的声音对她说："前几天宋少来找过我，问我钟绍齐的事，我当时就在想是不是你回来了，结果你果然在这儿。"

即将合拢的电梯门被陈昭寒着张脸摁键打开。

徐程程笑了，跟进电梯里。

在只有两个人的狭窄空间里，她亲热地靠近陈昭，低声细语："其实我也不太清楚当年发生了什么，所以没有把当年看到的事说出去。陈昭，你知道，我从来都是个有来有往的人，你帮我，我当然就会帮你。"

"什么意思？直接说。"

徐程程显然习惯了陈昭的冷漠，面不改色地把自己早已预想过千万遍乃至倒背如流的话从容地说出口。

"第一，这次我组织同学聚会，正好是给我的订婚宴预热，希望能看到我的同桌过来跟我说声恭喜，"她言笑晏晏地说，"第二，这次你跟洛一珩的合作捎上我怎么样？这个要求不过分吧？"

[3]

三天后，刚从国外度假回来的宋致宁风风火火地进了办公室，一落座就招呼着让吴宇把外头专心致志地查着资料做笔记的陈昭揪了进来。

宣发文件被狠狠地摔在办公桌上，发出一声闷响。

四处散落的纸页正是陈昭一连赶工三天，笨手笨脚地画出来的初步方案。

其间一些包括服装搭配的草图、镜头分镜设计，和一些细枝末节处妆容的处理方案的纸张飘飘扬扬地飞起。

她一直是各大时尚杂志的忠实读者，过去在香市做模特时，接不到工作，就在相熟的设计师工作室做助理，对于服装和妆容的规划自是不在话下。虽然不是什么搬得上台面的高端场合的履历，但她确实有经验，自问做得也不差。

而如今她熬夜做了这么久的方案被人弃如敝屣地扔在一边，实在令人不适。

陈昭抿着唇，一语不发地把设计稿拢在手里重新整理好。

办公室里寂静无声。

最后，陈昭沉不住气地抬眼，就对上了宋致宁喷火的目光。

他是不是对自己有什么没地方撒的火？

宋致宁脸上写满恨铁不成钢的怨气，说起话来他更是咬牙切齿，也让人不明所以："为什么不听我的话？陈昭，你是经过酒会那一遭，觉得自己能上天了是不是？！"

他不提酒会还好，一提陈昭就想起自己刚刚痊愈的嘴角伤口，脸色大变。

她至今仍未确认"嫌疑人"到底是谁。好吧，只要不联想到宋致宁，也就没有什么感觉，但只要一想到是他，就像是吃了苍蝇。

宋致宁，再过八百年，也不是她喜欢的类型。

宋致宁看出她脸色都变了，以为是自己语气过重，心里别扭了五秒，冷哼了一声："你冲我摆什么脸色？"

他到底熄了火，径自坐回老板椅上，半晌才挤出一句话："你真以为宋笙是好惹的？当年我们宋家内部争权的时候，你还不知道在哪里讨生……"

你还不知道在哪里讨生活呢。

突然，他想起自己跟陈昭第一次见面的场景，话音一哽，后头这半句被及时地咽了回去，所有烦躁情绪，化作手上频频叩着桌面的不安动作。

半天没回应，他不住地抬眼看她。

陈昭摩挲着手中的纸页，眼帘低垂，语气平静地说："宋少，不是每个人都像你一样，喜欢把情绪全发泄在工作上。只要我表现得足够好，总经理有什么理由不顾及洛一珩的面子来故意针对我？"

她的言下之意是：你姐可比你理智多了。

宋致宁一下子泄了气，难免将落寞情绪写在脸上。

良久，他抄起支笔，扯过陈昭手里的设计图纸，龙飞凤舞地写下了一串号码："随你的便。但出去了，你别说我这个上司不给你面子，"笔头轻敲纸页，他撇了撇嘴，"这个电话是公关部那谁的私人号码，有什么事你直接去找她。报我的名字，她不敢为难你。"

这人怎么阴晴不定，一下子吼人，一下子又怪好的？

陈昭腹诽，略略躬身道了谢，拿着资料和那页有电话号码的图纸，毫不留恋地出去了。

宋致宁盯着她的背影，见人真走了，一脚踹向办公桌。

一声闷响过后，桌上的文件夹扑簌簌跌落，其中掉出一张耀中2003级的毕业生调查表，最顶上的一格空着，一旁的潦草字迹添了一句"钟，学籍确认已迁出"。

他已经离真相很近，当初不该太好奇她年少时的故事。

所以，他才会仅仅听那个窝囊废弟弟讲述，就开始羡慕某个人的青春里被她这样的人奋不顾身地喜欢过。

当然，他也就一瞬间有些失落而已。

他怎么会？被困扰太久，他只是不想让自己太尴尬而已。

宋致宁摁了摁发闷的胸口。

一阵嘈杂的手机铃声毫不留情地打断了他的伤感情绪。

他翻了个白眼，一边接起电话，一边弯腰把资料拾起："喂？姐，什么事？"

那头传来纸页被翻动的声响，宋笙语气淡然，明知故问："从国外回来了，心情有没有好点儿？"

宋致宁莫名其妙地从这话里听出点儿兴师问罪的意思。

"别这么战战兢兢，"宋笙笑了，"我不是来骂你的，你自己心里有数。对了，今天你姐夫在希尔顿的拍卖会，姑妈拿了牌，临时有事估计去不成了。要不你领了这个牌，代表我们恒成去一趟？"

宋致宁哼唧了一声："你怎么不自己去？跟姐夫吵架了？"

宋笙哽了哽，轻咳了数声："小孩子别问这么多，你知道什么？

还有，今天宋静姝跟那位钟少也会到场，该怎么做，你心里有底吧？"

"知道，知道……嗯？"宋致宁弯腰把那张调查表翻页拿起，视线顿住。

在那张调查表的背面，有一行奇奇怪怪的"...-..---...-.-------..-"的墨迹。

这看着像是……摩斯密码？

宋致宁脑子里蹦出了这个念头。

他把那张纸挑出来对折，塞进兜里。

自家姐夫可是这方面的高手，今天拍卖会结束，让他看看不就知道上面究竟写着什么了？

说不定他能拿到钟绍齐的把柄。

毕竟自从之前出了那件事后，宋致宁在恒成就被架空了，被打击得可不轻。

有可能抓住对方的尾巴的机会，他怎会错过？

后天下午就是先导片的第一次拍摄，从办公室出来，陈昭继续忙着查资料和写写画画，想着至少要给出一个有参考意义的方案，以免叫人失望。

整个过程她十分专注，因此行政总监办公室那百叶窗微微往下拉，有人从里头窥探她的脸，而后对方有如被踩了尾巴一样落荒而逃的画面，她是一点儿没注意到。

她一坐一天，下午五点半时，早晨泡好的浓茶已一次又一次地被加水冲得味淡如白开水。陈昭揉了揉眉心，将第二十七张不满意的手稿揉成一团，丢进废纸篓里。

同事们三三两两地离开工位，打卡下班。

她压在手肘下头的手机也开始频频振动，她低头一看，备忘录提醒她，今晚六点半在希尔顿还有一场……并不怎么想去的同学聚会兼订婚宴。

陈昭嗤笑了一声，手指绕过鬓边一缕碎发。

一想到要和高中那群看热闹不嫌事大的"老同学"亲切会面，她手臂上的鸡皮疙瘩都冒出来了。

脑海里浮现徐程程那副胜券在握的嘴脸，她冷冷地笑了笑。

将资料收进办公桌的抽屉里，陈昭脚步轻快地拎包下了楼。

她五点多出发，赶到希尔顿酒店十七层的江景餐厅时刚好六点整。餐厅靠窗摆的两张桌子边坐着一群她看着面熟的青年人。准确来说，除了徐程程身边的准新郎和三个男伴，全是女人。

毕竟她们就读的是临安女中。

一群人闹哄哄的，听着也是在讲些高中时候的趣事。

徐程程、李璐、姜娜娜，她们所在的小团体成员今天全都在，还有当年只会和稀泥的班长、最爱学习不想高考志愿填报失误去了一所二本院校的学习委员……

虽然期盼时隔十年人和事物都能有所改变，但陈昭不得不承认，当年风光无限的人，依然潇洒，当年小心翼翼的人，依旧小心翼翼。

世间百态，总在细枝末节处现形。

一边说话一边四处张望的徐程程注意到了陈昭，笑盈盈地起身，亲自引她坐在自己身边。

"Jacky，这是我以前的同学，现在宋少身边的女助理，你认识的吧？"她先向自己的未婚夫介绍，而后对一众神色各异的高中同学说道："陈昭，大家还有印象吧？我们的大校花，这么多年了，临安女中还有她的护花使者呢。"

陈昭没理会她话里话外的讽刺之意。

她这时候才注意到，徐程程的未婚夫竟然是地产部的经理Jacky Zhang。

她瞟过对方有些发直的目光，在心里冷笑了一声。

一道刺耳的女声响起："陈昭现在都混成恒成总监的女助理啦？"

说话的是李璐，脸上的妆很浓，眼线化得仿佛要飞上天。

当年没少和徐程程一唱一和的"好闺密"，如今看来两个人依旧默契十足。

她向陈昭举杯，笑容灿烂，一副完全忘记了当年怎么和徐程程在背后议论挑她的刺、给她捅刀子的样子，嘴里寒暄着："你不会忘记我了吧？当时我坐在你前桌隔壁呢。"

陈昭端起杯子抿了一口饮料，装作没听见她的话。

徐程程和李璐对视一眼，前者在桌子底下推了推看呆了眼的未婚夫，后者悄悄地拽了拽身边女同学的衣角，示意对方。

"话说，高中毕业以后就没怎么看到你了，还是程程面子大，把你都给请来了。"被拉了衣角的人是班长，说起话来还跟当年一样含蓄又窝囊，"今天是程程的订婚宴，不……不如我们各自说说祝福吧？陈昭，你坐得最近，你……"

李璐拍了拍她的手背："班长，你这安排就不合适了，陈昭现在可是我们高攀不起的人了，那肯定得最后说啊。"

其余十来个女同学也七嘴八舌地附和起来。

陈昭任这群戏精搭台唱戏。

毕竟她们早有准备，戴高帽子铺垫的、谁先唱白脸谁后唱红脸，都编排得这么到位了。

见陈昭没反应，李璐压低声音，似乎在和班长耳语，用的却分明是大家都能听清的音量："而且，我听说这感情经历太丰富的人，其实不好送祝福的。她这经历和工作吧，就……"

陈昭轻叩桌面打断她的话："说到感情经历啊，我也不知道是不是适合提，不过，那个时候李璐你和徐程程不是都喜欢咱们隔壁耀中的那个……那个叫什么来着？"

她转向脸色大变的徐程程，刻意小心翼翼的语气也掩盖不了促狭之意："叫李耀阳对吧？程程？还有个姓杨的，对，对，看到班长，我又想起来了，还有一个姓黄的。这感情经历呢，我是比不上你们，确实不适合第一个送祝福，我看我还是排在最后吧，你们说呢？程程、李璐？"

她们也许忘了，但她从来都是个硬茬子，是不好惹的。

她来确实投鼠忌器，但不代表就得生受奚落。

硬着头皮顶上的李璐说着祝福的话："这么多年的好姐妹，我祝程程婚姻幸福美满，早生贵子，三年抱俩。呵呵，Jacky，你可得和程程一起努力啊，我可把她交给你了啊，你可要让她做最美丽的新娘！"

不然你就要化一个比准新娘还抢风头的妆？

陈昭腹诽，面带微笑地抿了口饮料，表情看着友善，实际上是"你敢打我一巴掌，我就敢回敬一套降龙十八掌"，昔日同学完全能读懂她的表情里的潜台词。

Jacky Zhang 和桌上其他同学的表情都不太好看，但也不敢惹她。

大家偃旗息鼓地一一送上祝福。

徐程程起身招呼服务员上菜，刻意显摆的昂贵菜肴上桌，她开始一一讲解，众人才纷纷拿起筷子。

事情若就此过去，那这不过是一场伤敌一千自损八百的尴尬同学会，并且徐程程还可以去某社交平台回答一下"订婚宴上，老公一直盯着同学看是什么体验"。

只是对方显然不理解"见好就收"背后的人生哲理。

晚饭后，一群人分成两批上了电梯。

陈昭看看自己被人亲热挽住的手臂，再看看径直向下的楼梯数字，联想到进酒店时看到的正逢夏季格外热闹的露天泳池，隐隐感到不妙。

这里大部分人知道她不会游泳。

从小到大她就是个旱鸭子，游泳课永远跟老师犟着不肯下水，就算被警告要记过，也没能克服小时候留下的心理阴影。

"这么久没见了，Jacky包了这边的室外游泳池，大家随意畅玩啊。"徐程程和另外一个同学一左一右地钳住陈昭的手臂，"昭啊，知道你怕水，除了玩的，还有喝的，你坐在旁边也不会无聊，千万别说要提前走，那多扫兴啊？"

十来个男男女女先后换好泳装出来，跳进泳池的水花溅得老远，欢声笑语不断响起，众人你泼我，我泼你。

陈昭一个人坐在泳池中央过道上的太阳椅上。

肩膀突然被人轻轻一拍，陈昭挑了挑眉，回过头去。

席间对她至少送了十回秋波的男人坐到她身边，一边刻意挺直背露出那艰难挤出的四块腹肌，一边满面笑容地递来一杯颜色漂亮的鸡尾酒。

"我叫杜思特，也在恒成地产部上班，我们也是同事，"他举起自己的酒杯，"一起喝一杯？"

她没看错的话，蛮多人注意着这边。

陈昭余光瞄过几个表情不小心露馅的老同学，单手撑着下巴，似笑非笑地看向杜思特手里的那杯酒。

每个人都唯恐自己不喝。

她粲然一笑，接过酒杯："可以呀，都是同事，这点儿面子我怎么会不给？"

她也不矫情，仰头将那酒一饮而尽。

酒入口的一瞬间，一种熟悉的苦味被她察觉，她不动声色地装出昏昏欲睡的模样撑住脸颊，冲人笑了笑："你这酒还蛮冲的，怎么一杯我就晕了？"

杜思特的手试探性地揽上了她的腰肢："怎么会？你是不是不怎么喝酒，这么快就醉了？"

陈昭也不躲开，笑容越发动人，娇俏地说："我觉得软绵绵的，你……要……能不能送我回家？"

四周一时静了。

过了一会儿，几个不明就里的同学窃窃私语。而那几个跟她有仇，心知肚明发生了什么事的"好朋友"亦没忍住闷笑起来。

杜思特扶起她。

没走出两步，陈昭想到了什么，连声道："我还没跟程程说再见呢，我要去跟她说。"

杜思特满口答应，手有些不老实地摩挲着她。

谁都没有注意，正对着露天游泳池的酒店二层房间里有个男人叼着棒棒糖，一边望着这厢发生的事，一边跟人打着电话。

徐程程在水里漫不经心地和 Jacky 玩着。

见陈昭脚步虚浮地被人搀过来，徐程程连忙将 Jacky 往后推，满面笑容地迎上去问："陈昭，你怎么了？看着好像不舒服似的，你这是要小杜送你回去？"

陈昭揉着太阳穴，挣开杜思特，低下头一副要跟泳池里的徐程程说两句悄悄话的模样，只是动作间，看似不经意却狠狠地推了杜思特一把！

"扑通"一声，杜思特以非常不雅的姿势落入水池，下意识地扑腾挣扎间，一脚踹到了徐程程的肚子，两个人顿时叫成一团，皆狼狈得很。

陈昭"晕晕乎乎"地趴在泳池边，一脸不好意思地说："程程！你没事吧？我一不小心，哎，思特，真不好意思，我太晕了，本来是想拽住你，不知道怎么就……"

"你——"脸色苍白、捂住肚子的徐程程被李璐拉住，脸上青白交加，"你"了老半天又自知理亏，没了下文。

游泳池里的男男女女都停了动作往这边看来。

"我真是喝醉了，"陈昭索性坐到泳池边，"徐程程，我趁着喝醉跟你说清楚吧，免得影响你老公对你的印象，毕竟，喝醉的人说的话可信可不信，是不是？"

她声音温柔，先说徐程程因为当年在耀中那条小巷子里那点儿破事被自己撞见以后，针对了自己三年；接着说徐程程和李璐为了耀中那位学长，在背地里诋毁对方。当然徐程程技高一筹，获得了那位学长的青睐。只是过了两个月，徐程程就腻了，假大方地成全了李璐。

有人笑出了声。

陈昭侧过头，跟着笑了："班长，你觉得自己那会儿听了徐程程的话，刻意告诉我们亲爱的学委志愿填二本学校比较保险，耽误了人家半辈子，就很有意思吗？很好笑吗？"

班长脸色大变："我……我不是，我当时只是……"

积怨已久，多年来畏畏缩缩的学委红着眼睛哭号了一声，扬起手就是一巴掌甩过去。

这一场闹剧就像是迟来多年的青春谢幕式，给陈昭那几年的经历画上了一个可笑的句号。

陈昭居高临下地睨了徐程程一眼。

这人不知道适可而止，那就由她来教对方好了。

徐程程表情惊慌地想侧头避开她的视线，眼前被水花一溅，这么一迟疑，就被人猛地捏住了下巴！

出了名的旱鸭子陈昭不仅入了水，还死死钳住了她。

"我还记得高二那年，你躲在小会议室门口听到我跟……那位夫人讲话，我猜你一定觉得自己知道了好多秘密对不对？你觉得自己有我的把柄，只是那时候你怕我，不敢说。徐程程啊徐程程，你怎么现在有自信拿这件事威胁我了？哦，是了，你现在不比以往了，比以前更贱了，是不是想找人拍下我和你请来的那位杜思特的亲密

148

照片加筹码呢？你又想用这种方式来证明我无耻，证明我道德底线奇低无比是不是？"

徐程程抖着唇不敢出声。

"徐小姐，你怎么不用你的笨脑子想一想，把那件事说出去，是生怕别人不知道是你泄露秘密的吗？知道什么人，在一场戏里杀青得最快吗？那就是不会保守秘密的人。"

这会儿被推到一侧愣了许久的 Jacky Zhang 终于反应过来，一把扑上前将陈昭推开。

陈昭重心不稳，"砰"的一下跌进水里，好在这是个浅水池，水线不过到她的大腿，还不到让她反应过激的地步。

好不容易扶着泳池边缘站稳，陈昭抹了抹脸上的水。

Jacky Zhang 把徐程程护在身后，厉声呵斥道："陈昭！你说什么呢？！这是我们的订婚宴，你……"

Jacky Zhang 盯着越走越近的身影，声音突然劈叉，然后结结巴巴地说："你……"

没等到他的下文，陈昭脑袋上一重，一条浴巾把她从头包到了腰。

身子一轻，她惊呼一声，低下头，看到了沾湿了的西装袖口。

男人单膝跪在池边，弯下腰，猛地用力，直接将她打横抱起。

陈昭下意识地抱紧对方的脖颈，等重心稳了，扯开遮了视线的浴巾一看，到喉咙口的"你干吗"就咽回了肚子里。

钟……钟绍齐……准确来说，是面覆寒霜、神色阴沉的钟绍齐。

他这副神态，多年前她有幸瞧见过，就是撞到他躲在暗巷里时。

陈昭本来想挣扎的，想想算了，认命吧。

这个时候，她似乎不该矫情。

Jacky Zhang 显然没有这个觉悟。

他忙不迭地从泳池里爬出来，湿漉漉地凑过来，连声向钟绍齐问好，没得到回应才察觉气氛不妙，小心翼翼地问："钟少，您……

您怎么来了？您是参加今天顶层的拍卖会吗？怎么……"

"滚。"

陈昭捂住了眼。

他真生气了，这是真生气了，连秉持的礼仪都抛诸脑后了，怕是气疯了。

"我无权干涉恒成内部的人事，但是 Jacky，从今天开始，你最好主动退出普陀区 CBD 的开发计划。不然我会转告宋总经理，钟氏集团将会全线退出本次合作案，转而推进和卓家的长宁区新楼盘计划案。"

Jacky Zhang 一脸难以置信的表情。

比 Jacky Zhang 的脸色更差的，是愣在原地的徐程程。

她拽过李璐的手，低声问："他怎么会在这儿？那么重要的拍卖会，怎么搞的？"

钟绍齐不掩森冷之意的视线掠过去，徐程程住了嘴。

陈昭心里警铃大作。

虽然她讨厌徐程程，但要是动用钟家的力量，惊动了钟老爷子，那可就十年来竹篮打水一场空，白费心机了。

想到这儿，她猛地探手扒掉那副金丝眼镜，还顺势捂住了钟绍齐的眼睛。

"够了，钟同学！我已经消气了，真的。"

她叫他"钟同学"，尾音往下压，时隔多年，听起来甚至还有些陌生了的腔调。

他那突如其来又近乎蛮横的怒火，就这样被浇灭了。

他低垂的长睫扫到她的手心，惹来一阵痒。陈昭试探性地撒开手，觑了他一眼："钟……"你能不能别生气了……

钟绍齐轻抬眼帘，将她搂紧，哑声道："走了，送你回家。"

说到底，他总是拿她没办法。

等宋致宁知道消息匆匆赶来收拾残局时，见到的只有愁云惨淡的 Jacky Zhang 和他那位低声哭泣、看起来无比可怜的未婚妻。

客人们早已散尽，不愿沾惹一点儿麻烦，整个场景散发着"为时已晚"的气息。

宋致宁无语。

这都是哪儿跟哪儿啊？

他这一天真是时运不济。

他来了拍卖会，结果却将拍卖的名画落在公司里，临时换成了银戒指，结果银戒指。准确地说，他随便用兜里一张纸包住给服务员救场的银戒指，竟然被钟绍齐拍下了。

更恐怖的是，包戒指的纸是自己早先揣进兜里那张 2003 级耀中毕业生调查表。

不想私下里调查钟家的事情败露，宋致宁想趁着交易未完成，还能拦一拦，结果钟绍齐一通电话，不等拍卖结束，直接把那张纸和银戒指一起带走了。

现在好了，钟绍齐不仅知道自己不怀好意，公司的属下还得罪了钟绍齐。

"怎么回事？"宋致宁揉了揉太阳穴，"你给我好好交代！真的是一天天不是这个出事就是那个出事？！"

Jacky Zhang 没说话。

徐程程说话了。

"宋少！"不是鱼死就是网破，徐程程豁出去了，"就是你上次来问我，就陈昭，今天是我们的订婚宴，她故意来搅局，仗着自己和钟绍齐有一腿就……"

"闭嘴！"不知道这句话哪里踩中了宋三少这几天格外脆弱的神经，暴喝一声过后，他冷冷地警告道，"说话给我注意点儿，不该说的少说，知不知道分寸？"

徐程程顿时安静了。

这个宋三少翻脸比翻书还快，一个多星期之前，他不是还对陈昭过去的事很感兴趣吗？

宋致宁低头，摁了个电话号码拨通。

"喂，姐？嗯，是我，别说拍卖会了，姐夫会跟你解释的。还有，Jacky犯事儿了。"

他的视线掠过面如土色的Jacky Zhang和一旁无声抽泣的徐程程。

"什么事儿？总之就是惹到钟绍齐了，钟绍齐说如果再看到他就要退出……什么？药？"

宋致宁的脸黑了。

宋笙苦恼极了："他刚才给我打电话说的。Jacky的老婆厉害啊，好在没出事……"

挂断了电话后，宋三少深呼吸一口气，指了指Jacky Zhang，随便指了指泳池边的一个位置："你给我站那儿。"

Jacky Zhang战战兢兢地照做。

"扑通"一声，游泳池里水花四溅。

"什么玩意儿？！"宋少啐了一口，冷笑着看人狼狈扑腾，又看向徐程程。

徐程程傻眼，甚至忘记装可怜。

"怎么？没见识过？我姓宋！我家的公司，我爱炒掉谁炒掉谁，你也给我收拾包袱滚蛋！别给我哭！我又不是你老公，你找他哭去。"

"要不是你是女人，呵……给我滚，滚滚滚！"

第六章　我们终将再见

HOW AM I SUPPOSED TO LOVE YOU

[1]

为了保持平衡，陈昭不得不伸手环住钟绍齐的脖颈。

进出的客人纷纷投来看热闹的眼神，换了往常，她早就一个个瞪回去，如今恨不得当个缩头乌龟，能够钻回自己的乌龟壳里。

"钟……"她几次想提醒钟绍齐先把自己放下来，话到嘴边，抬头瞧见对方紧绷的下颌线和分外阴沉的脸，又吞了吞口水，噤了声。

两个人到了地下停车场。

钟绍齐出行一贯是两辆车：一辆全黑色的保姆车，坐满五位钟家保镖；另一辆黑色轿车，配备经验老到的司机。

见他提前从拍卖会场下来，连保镖也没带在身边，在车上待命的司机连忙开门下车，匆匆迎上前："钟生，今天……"

"钥匙给我，你今天不用跟着，等会儿和 Mark 他们一起回去。"

Mark 是钟家方面派来负责钟绍齐的安保问题的，他十五分钟前被留在拍卖场，被勒令半小时后才能离开。

司机看了看钟绍齐，又瞄了一眼他怀里缩着脖子装隐形人的陈昭，双手将钥匙捧上，不忘提醒道："钟生，老爷子他……跟您有言在先，这次来海市万不可重蹈覆……"

钟绍齐拿了钥匙，解锁，开门，把人轻轻放进副驾驶座上。

关门的声响将司机老张的话音截断，如嘶鸣般的停车场倏地静了数秒。

钟绍齐绕到另一侧的驾驶座边，途经老张身边，平静地说："一朝天子一朝臣，张叔，你是不懂这个道理，还是打算未来跟老爷子一起同进退，一起养老？"

话音虽平淡，里头蕴含的威胁之意不难察觉，于是老张没再出声。

钟绍齐将身上的西装脱下，盖上陈昭的肩膀，打了转向灯，启动车辆。

司机老张恍然梦醒般转身让出车道，眼睁睁地看着钟绍齐握紧方向盘，踩下油门。

副驾驶座上，陈昭轻轻地叹了口气。

她今天并不打算做什么，穿着简单的白色T恤，配了及膝牛仔鱼尾裙，方便活动。此刻被浴巾遮了上半身，下头裙角还滴着水，她看起来就滑稽得很。

既不想沾湿肩上的西装，也怕把座位弄得太狼狈，她只得扯过浴巾，默不作声地擦完头发擦裙子。

至于钟绍齐，做事自有分寸，陈昭并不想多嘴。

车辆平稳地驶出地下停车场，上了大路。

路灯昏黄的灯光透过车窗洒落，她眼帘低垂，长睫微颤，有一下没一下地擦拭着自己，整个画面显得有几分安逸。

她不说话，他也沉默。

分明心里余怒未消，此刻他回过神来，想起她就这么好端端地坐在自己身边，一时间怒意便争先恐后地消退。

他是宁可为难自己，也不愿折腾她一点儿。

只是不知道第一句话应该说些什么才不失分寸，也不想还未完全消失的怒气波及她，他一时便沉默了。

陈昭小心翼翼地用余光去瞥他，看清了他紧握方向盘以至微微发颤的十指。

虽说她自认对他足够了解，这一次却没分清楚他究竟是真生气，还是因着旁的情绪而失控。

思忖良久，她居然问出一句直踩钟绍齐爆发点的话："钟……先生，其实我又没有受委屈，你……我的意思是，你现在是在生……生什么气？"

她分明在那个可笑的聚会上大杀四方，压根没被欺负，是她欺负人。

结果钟绍齐的架势就像是她受了天大的委屈。如果不是及时拦住了他，她很有理由相信，后果将远比现在严重更多。毕竟坊间那些传闻中，钟氏也有魔王的一面。

是故，她真的疑惑。

钟绍齐看向前方，许久不曾转过脸来看她。等到酝酿好了说辞，他再说话时，沙哑的声音里带着鲜少表露却忍不住的怒意："你知不知道自己喝的酒里面有什么东西？！"

陈昭愣了愣，下意识地答道："我知道酒有问题啊，怎么了？我……"

车子一个急刹车，陈昭往前一栽，直接砸到头。钟绍齐及时伸手一拦，单手将她稳稳拉住。

车停在路边的临时停靠点。

带着过分外露的情绪说话，至少在八年后重逢的这段时日里，于钟绍齐而言，这是第一次。

她听见他话里不掩薄怒，甚至带着些切齿的无奈语气，不由得面露惊愕之色。

他问她："知道酒有问题你还喝？如果你出了什么事，我……你有没有想过后果？"

这质问的语气并不重。

到这样的地步，他还控制着自己。

被他这么当头一问，陈昭愣住，久久没能回神。

诚恳地说，是因为她直到这时才明白钟绍齐生气的原因。

"我知道你不会在这种事上受委屈，但是陈昭，你什么时候能把自己的安全放在心上？如果有意外，哪怕有一点儿……"

或许是不愿意让她看到自己无法自控的表情，说到这儿，他突地别过脸去看向窗外。

良久，他深呼吸一下，继续说道，"我不会让这种事发生。只是陈昭，你自己应该知道，凡事最怕意外。你不该明知有坑还往里跳。"

"我……"暌违多年听到钟同学训人，她才说一个字，就忍不住揉了揉太阳穴，笑了。

尽管她奇怪他怎么能把细枝末节都知道得这么清楚，但理智告诉她，解释才应该放在第一位。

定了定神，她侧过头看向钟绍齐，认认真真、耐心细致地把前因后果说了："那群家伙一贯胆小，我敢确信他们不敢真的犯法，最多让我昏睡。何况监控那么清楚，若是出事，我必然报警，他们自然讨不了好。既然如此，我才想顺势收拾他们一顿。更何况退一万步说，我以前……"

她以前在香市的时候，租房太贵，工资太少，日子太紧巴，只能住"棺材房"。方寸之地，只容得下一张床、一处灶，桌子得放在床上，杂物放在头顶的木板夹层里。

地方狭窄，四周隔音又差，初来乍到，她总是睡不着，整夜整夜地失眠。

后来她就学乖了，乖乖去看医生，被检查出有轻微神经衰弱的症状，吃了药再睡，能一觉到天明。除了药物带来的头晕副作用，她甚至觉得自己的睡眠质量还不错。

以至六年过去，于她而言，吃了药就睡这种事情，回忆起来都恍惚带着点儿暖意，她也感受不到害怕。但这种话说出口，仿佛她是在刻意可怜兮兮地卖惨，而且过于煽情。

"以前我，"于是，她调整说话的语气，轻快地说，"我有段时间吃药如吃饭，所以只是有点儿犯困而已，并不是什么大麻烦。而且，就徐程程，我一点儿都不……"

"别说了。"

只是三个字而已，陈昭细声细气的絮叨解释就这么没了下文。

"你什么时候才能明白，这种'伤人一千，自损八百'的方法，如果可以，我希望你永远也不要用？"

她满腔的自傲和故作坚强，就在他那么冷静低沉却又熟悉温柔的话里溃不成军。

她恍惚感觉像回到了多年前，有个男孩把她抱在怀里，也是用这种语气耐心地跟她说，不喜欢钟家也没关系，不适应钟家的氛围也没关系，只要陈昭依然是陈昭。他永远不会逼她去成为任何人，不必她牺牲自己去做一个合格的钟家人。

那时的他们都那么年轻。

只可惜，那句话来得太早，至少那个时候的她还不能够，也没有时间长成一个处变不惊的大人，也听不懂那句话背后的爱惜和珍重之意。

所以，二十七岁的陈昭只能在这份回忆与眼下的处境慢慢重叠的当口，装作无所谓地拿起浴巾低头擦拭濡湿的裙角。

"说……说到哪儿去了？钟先生，这是我习惯的生存方式，我如果对自己不够狠，她们怎么会知道怕？"

如果自己不保护自己，要等着谁来给我庇佑？

　　钟绍齐沉默。

　　忽然，他将一张对折的纸递到了她面前。

　　"打开看看吧，"他说，"虽然你应该早就看过了。"

　　陈昭不明所以，为了避免尴尬，还是听话地接过纸打开。

　　那是一张"2003级耀中毕业生调查表"。

　　如果记忆没有出错，上一次她看到这张表应当是九年前。在每个女孩最光鲜靓丽的十八岁，她收到的毕业礼物就是这么一张确认钟绍齐离海返香的"通知书"。

　　她愣了愣。

　　钟绍齐轻声说："当时的我让人告诉你，让你把这张纸里里外外仔仔细细地看三遍，你有没有认真地看？"

　　或许是一瞬间读懂了她茫然的表情，他索性将表翻到背面，纤细手指指着那一行斑斑点点的墨迹。

　　陈昭低头一看，那是一行"...-..---...-.-.------..-"，如果不仔细看，或许会以为这只是墨迹洇开的印子。

　　"没注意过？"

　　她抿唇，轻咳两声，心虚地摇了摇头。

　　果然，他高估了她的理解能力。

　　钟绍齐捏了捏眉心："那时候的情况，你应该比我更清楚，不管我写什么，都很容易被发现。"

　　所以他选择了摩斯密码，尽量自然地给她留了话。虽然最终他还是没能将信息传递给她，但或许也没有……迟到太久。

　　钟绍齐轻轻从她手中拿过那张纸，从两座之间的储物盒里拿出一支钢笔，飞也似的在那一行墨迹上画下七个分隔符：../.-../---/...-/./.-.--/---/..-。

　　陈昭低头看了好半晌，还是不懂。

尽管她确实还记着这东西他曾经教过自己，但年岁久远，记忆早已模糊了。

她侧过脸看向他，目光依旧茫然，但不经意间看到了他微微烧红的耳根。

"'嘀'代表一点，'嗒'代表一横，一点一横排列组合成字母，这是八个字母。"

那一行字符拆开后，只是一句再简单不过的，十八岁的他对深深喜欢的女孩最后的挽留和回应话语。

那是十八岁的他羞怯着说不出口的话。

他叹息一声，定定地看着她，说："陈小姐，我钟意你。（我喜欢你）"

不是十七岁的陈昭同学，不是后来刻意生疏的合作方，他此刻坐在这里，用世俗男女间最普通的称呼称她"陈小姐"。

"我并不太懂这世界上的好梦难圆通常要过多少关卡，我只是想要问你……"

陈小姐，如果我说我不想你再这样孤立无援，不想你逞强，不想你……以后不在我身边。

如果我愿意让你越飞越高，看见广阔蓝天，无论我走多远，也一直等候你停留的时刻。

"陈小姐，"他摩挲着那页纸，声音轻而又轻，在心底排演过无数遍的措辞，到最后不过一句话，"不如我们……从头来过。"

[2]

药效来得相当是时候。

钟绍齐看着靠着椅背、眼皮上下打架、迷迷糊糊的陈昭，有些恍惚，思忖着刚才自己说的话她到底听进去了几分。

想了半天，他到底只是叹息一声，伸手揽住她的脖子，把被她压住的西装翻过来盖住她。过了一会儿，他把后座上的备用西装也拆开，虽然滑稽，好歹两件比较保暖。

做完这一切，他伸手拨开她颊边的乱发，有些无奈地苦笑着说了一句："陈昭，你怎么每次都睡得这么及时？"

当然没人接话。

她呼吸绵长，在"陌生人"的车上，在"陌生人"的身边，睡得前所未有的安稳。

仿佛做了很长很长的一个梦，陈昭一个小鸡啄米，往下一栽，险些撞到——

耀中天台上，那张特意摆来供她学习，准确来说，供钟绍齐教她学习的课桌。

一旁飞快地在课本上画着重点的钟同学似乎已经形成条件反射，及时伸出一只手托住了她的下巴，这才止住她的脸生生往下砸的趋势，保住了她漂亮的瓜子脸。

他没说话，收回手继续画重点。

陈昭一个激灵醒过神来。

四周是熟悉的景色，十八岁那年，钟绍齐常常在这儿给她补课。

她揉揉眼睛，定睛一看，课桌上摆着一张白纸，纸的最上方是钟绍齐龙飞凤舞的字迹："已知 $x \in R$，求证：$e^x \geq x+1$。"

她耳边是十八岁的钟同学淡淡的说话声。

"这是最基础的证明题，上次十三校联考的卷子的第 16 题，出了一道跟这题一模一样的送分题，那时我教了你四种方法。"

"你只要写出最常规的那一种，"说话间，他画完了历史书的学习重点，将其放回原处，又把地理书摊开，"最常规的求证法，就可以得满分。实在不行，你用列举法或者三维空间画图的方法，给分少，但能拿到基础分。"

160

她脑子里一团糨糊，只点了点头，握住笔，先工工整整地写了个"证明"。

证……证明个啥？

文综课本上的重点都被折满了角，书页上的黄色荧光笔迹比她上课时做笔记留下的痕迹还多，钟绍齐才把一摞书整理好，塞回她的书包里。

荧光笔从手侧伸过来，笔尖点题，他问了一句："陈昭，有这么难吗？"

陈昭轻咳了两声，耳边传来一声叹息。

川贝药香混杂着某种檀木香气的少年微微靠近，手肘与手肘之间不过一指距离。

第四次，他一点点地从题目讲起，说："设 $f(x)=e^x-x-1$，那导数是？"

她颤巍巍地写：$f'(x)=e^x-1$。

"对，你写得不是很好吗？"他察觉她紧张，不着痕迹地放缓了语气，"看题目，他说要在 x 属于全体实数的情况下求证，有没有印象？对，分三种情况，等于 0、小于 0，还有什么？对，往下写。"

这一天，陈昭背着一书包沉甸甸的课本，披着钟绍齐的校服，在保安疑惑的眼神中，和钟同学一起走出了耀中的校门。

洛家的司机已在路边等候多时。

陈昭忙把校服脱下，物归原主。

原地踟蹰半晌，她抬起头说了一句话："明天期末考，但下星期六……我的意思是，咯，钟同学，我 26 号过生日，十八岁生日，你到时候会不会在海市？"

钟绍齐正把校服往手腕上搭，闻言低下头，瞄过她有些扭捏地不住摩挲的手指。

如果不出意外，考试结束当天他就会飞去香市，参加月底钟氏的年会，为半年后高考结束、正式以"钟邵奇"的名字回归钟家做准备，中间各类事项繁多，他想抽身并不是件容易的事。

"没……没空吗？"

他推了推金丝眼镜，低敛长睫："有空。陈昭，期末考试，数学记得要及格。"

语毕，他伸手拍了拍她肩膀处不知何时沾上的白石灰，不知想到什么，又笑了笑："这是充分不必要条件的例子，记住了没有？"

她记住了……也没用。

出成绩那天，正好是她的生日。

放学后，陈昭看着数学卷子上红艳艳的"73"分，苦恼地捏了捏眉心。

一旁的徐程程斜着眼睛看清楚她的分数后，悄悄地把自己的数学试卷摊平，拍了拍前头李璐的肩膀："哎，璐璐，你考得怎么样？我数学才137分，哭死了，这次又没发挥好！"

她这话说给谁听呢？

陈昭咧嘴冷笑了一声。

不等李璐回过头来跟徐程程一唱一和，陈昭先拍了拍徐程程的手背："你怎么才考了137分？我听说最高分149，是咱们学委，你这分数可不行，你还是数学课代表呢。"

眼瞧着徐程程的笑容僵住，陈昭轻嗤一声，把课本一股脑地收进书包里，单手拎起书包，扭头离开。

看着样子很是潇洒，实际上陈昭苦恼得很。

这73分，她该怎么向钟同学交代？

她一路上都在想怎么解释，从"我考试的时候脑子不清醒"到"这道题我没学过"，主、客观因素都有了，也没想好究竟怎么说才能有理有据，不让人讨厌。

沿路的同学叽叽喳喳，不知道在讨论些什么，她被吵得心烦意乱。

她叹了口气，郁闷地踢了踢脚边的一颗石子。

不规则的石子骨碌碌地滚远。

她的视线随之追去，望见了一双浅棕色的马丁靴。

校门口警卫室一侧，早早等在那里的钟绍齐，是这一路喧嚣的源头。他今天难得穿得简单随意，白色毛衣配牛仔裤，一米八五的个子，在一群进进出出的女生的衬托下显得格外高挑。

不时有胆大的女孩凑到他身边问一句"来找谁"，都被他礼貌地避开了。他谁都不理，又让人嗔怪不起来。

这样的矜持，因为陈昭来了便被毫不费力地打破。

陈昭仰起头，死皮赖脸得很有底气："钟同学，我考了73分。"

钟绍齐点头，把手里的牛皮纸袋递给她，说："有进步，走吧。"

一群目瞪口呆、想看热闹的同学面面相觑了好一会儿。

临安女中最桀骜不驯、灿比骄阳的漂亮蔷薇，这天穿着干干净净的新校服，围着粉红色的围巾，戴着粉红色的羊绒手套，乖乖地跟在不知名的俊美少年身后，就这么走远。

那少年分明待每个人都那么疏离有礼，偏偏是她，让他不着痕迹地放慢脚步迁就。

"不拆开看看礼物？"

"不急，不急，我想留着晚上一起拆。钟同学，我们去爷爷家吃饭吧，我爷爷早就想见你了，我都跟他说啦。"

我跟他说了。

你是除爷爷以外，世界上看起来最不好相处（当然这点是不会告诉你的），实际上对昭昭最好的人。

她的脸蛋红扑扑的。

她一边说话，一边悄悄地回过头。夕阳下，两个人的影子靠得很近，真的很像小……小情侣吧？

她默默想着，在背后伸出手，稍稍错开半步，对着影子做了个握手的手势。

两个影子看起来就好像在牵手一样。

"绿灯了。"钟绍齐突然说了一句。

"哦,好,我们过了这斑马线就去坐……"

她愣住了。

看着两个人紧握的手,她刚想说什么,被人轻轻一扯,话就散了。

"走吧,先去拿蛋糕,然后……回家过生日了。"

后来,陈昭常常想,只要忽略洛夫人带来的不愉快,她的整个十八岁都算是充满着不管多少年后想起来,依旧觉得幸福的青涩欢喜。和爷爷、钟同学一起过的十八岁生日,她许愿以后还要和他们俩一起过好多好多个生日,许完愿,伸手抹了钟同学一脸奶油。

钟同学孩子气地还击。

新年,又一次从香市匆匆返回海市的钟同学,陪着她在爷爷家的小院里放了很久很久的烟花棒。在她捂着耳朵不敢点燃烟花时,第一次由爷爷以外的男人点燃了引线,为她圆了每年都要看一次漫天烟火的愿望。

始终矜贵的钟同学从来没有嫌弃爷爷,也没有嫌弃她,甚至没有嫌弃过爷爷家那条凶得要命的看门犬大黄。

在逐渐远去的回忆里,爷爷偷偷地打趣她:"昭昭,你这同学可真厉害,连大黄都喜欢他。说起来,大黄还算是你哥哥呢,你哥都喜欢他,天天扒着门等着他来,干脆你就嫁给他,你哥就开心了!"

那一年,爷爷常常搬个小马扎坐在院子里给她缝衣服。

那一年,钟同学偶尔会来爷爷家做客,吃完饭会动作生疏地帮着洗碗。他会在被她抢过碗去的时候,低声同她说:"女孩子不用洗碗,坏手。"

多好啊。

从来没有那么好的时候，有个那么好的男孩对她说，要像所有普通平凡的女孩子一样珍惜自己。

好到她都忘了，自己其实一直是一个娘不爱、爹不要的野孩子，是个一无所有的坏姑娘。

她最后一次送钟同学到最近的车站，是高三那一年的五月。

他们坐在街边的长椅上，等着洛家的司机来接他，他会直接去机场，飞去香市参加钟老爷子的寿宴。

陈昭两手撑着椅边，不时张望大路的另一边，时不时踢一踢脚下的小石子。

她习惯这样和钟绍齐相处，哪怕不言不语也觉得很舒服。

这一次，先说话的是钟绍齐。

那段话，时隔多年她依然记得很清楚，每一字、每一句，她都记得很清楚。

他说："陈昭，我妈妈在我很小的时候就跟我说，我是没有家的，是一个在不合适的时候出生的孩子，给她带来了很多不必要的麻烦。"

母亲告诉他，如果不是因为他，她就不会一辈子被钟家牵绊，不会一辈子都放不下他的父亲，不管他再优秀、再出色，都是他应当做到的，这是他的义务，赔偿她的青春的义务。

他肩负着让她扬眉吐气的责任。

"可能因为没有家，我从来不知道，原来家里人是需要每天好好说话、一起吃饭、一起洗碗、一起看电视的；我也不知道，如果以后我能够有一个家，会不会成为一个家里……在那个家里算是好的存在。"更别提成为一个好丈夫、好父亲。

"这段时间，我一直在想这个问题，想了很多。

"原本我想，我要有一个足够大的书房，因为我想要安静的工作环境。现在我觉得，小小一个房间就可以了，容得下我……跟你，就可以了。我也曾想要一个漂亮的花园，但是有一个和爷爷家一样的小菜园子也不错，至少你很喜欢，是不是？我也很喜欢，那样的日子真的很难得，难得地让我觉得能够松口气。"

陈昭愣住了。

每个字她都听得懂，每句话她都听得很认真，但是所有的词语组合在一起，激起无数种情绪，她想说点儿什么，却一个字也挤不出来。在她扯开嘴角笑之前，不知道为什么，眼睛先酸了。

钟绍齐侧过脸。

戴着金丝眼镜，永远拒人于千里之外的钟同学，在那个夕阳西落的傍晚，冲她勾起嘴角，眼眉弯弯。

他笑起来真好看啊。好像一瞬间，昔日所有的磨难和岁月给予他的煎熬，都化作彼时他能够在那样的年纪以那样温柔的语气和底气说出的最重的承诺——

"现在我想，如果我以后会有一个家，什么都没有也没关系，只要你在那里，好像不管那个家具象化成什么样子，我都觉得很好，不会再有比它更好的家了。"

他继续说："陈昭，因为你是你，所以我喜欢你，是你喜欢我的充分不必要条件，这样说，你能记住吗？"

她捂住了眼睛，没来由的泪意奔腾里，只有一声呜咽作为对他所有话语的回应。

那一天，钟绍齐离开前跟她约定，会来参加她的毕业典礼。

也是那一天，一个温文有礼的青年人叩开了陈昭爷爷家的大门。

"您好，请问您是陈昭的爷爷吗？"男人微微一笑，"我是钟氏集团的律师代表，这次是专门过来找您的。对了，我还想问一下，您最近跟您的儿子联系过吗？"

[3]

到了十八九岁，陈昭对父亲的记忆已经很遥远了。

上学的时候，遇上非要挑一件与父爱有关的事来当作文素材，她思来想去，隐约记得的只有那一件事。

在自己念幼儿园时，那个穿着洗得微微泛白的蓝色工装、身上总是沾满机油味的男人，风雨无阻地准时等在门口接自己回家。

老师叫了一声："陈昭，家长过来了没？"

男人忙不迭地应了一句："来了，来了，昭昭，过来，爸爸在这儿呢。"

扎着羊角辫、眉心点一颗小红点的小陈昭听到了他的话，就迫不及待、蹦蹦跳跳地从台阶上跳下来，奔进他半蹲下身、欢迎自己的怀抱，喊了一句："爸爸！"

男人抱起她："乖，我们昭昭今天这么开心，这么漂亮，学了什么啊？"

"学了啦……啦啦舞，"才四岁多的她说起话来奶声奶气的，"回去跳给你看。爸爸，你也要学噢。"

"好嘞！"他不让她失望地一口答应。

小小的陈昭缩在他的怀里笑起来，眼睛弯弯的像月牙。

这样的温暖，好像只能持续从幼儿园回家的短短一段路。

到了家，她离开男人的怀抱，被赶进自己的小房间里。屋外是苏慧琴无休止的没事找事和怒骂的声响。

男人会忍耐一下，苏慧琴变本加厉后，他偶尔会反唇相讥，在苏慧琴恼怒地伸手推搡之下，他甚至会反击。大部分时候，一整个晚上，四十来平方米的屋子里除了骂声，就是"噼里啪啦"摔东西的动静。

少部分安静的时刻，是因为隔壁邻居过来敲门了。

而男人在家的时候，他从来不会让屋外的争吵波及躲在房间里的陈昭。这么小小的房间，就是陈昭在家唯一的容身处。

后来，出乎所有人意料，那个不堪忍受家庭折磨的男人卖了房子，拿了钱一声不吭地离开了。事情发生得毫无征兆，而他连一毛钱也没有留下。

他比苏慧琴更绝情。

苏慧琴再不喜欢她，还咬牙养她到长大，至少没有抛弃她。

可是这个男人……

那天，小小的陈昭在幼儿园门口等到所有的同学都被接走了。阴沉着脸的苏慧琴瘸着腿，一拐一拐地姗姗来迟，当着幼儿园老师的面狠狠地打了陈昭一记耳光。

"赔钱货！"苏慧琴骂她，"我怎么就这么倒霉，什么都没捞到，还接了一个拖油瓶？"

那是她悲惨人生的开始。

暌违十三年，"父亲"这个称呼再一次出现在她的生命里。

这位西装革履的青年人自称是律师，当着爷爷的面将一份文件塞进她的手里。

"您的父亲陈正德，在我们钟氏集团旗下的诚通物流工作十年，一直表现良好。但是上个月，我司主管在清理仓库时发现有一批装修材料被盗，经过排查，只有您父亲有充分的作案时间和动机……"

这位青年注意着她的脸色，继续说："您放心，我们暂时还没有起诉他的打算，目前还在调查取证。我们董事长知道，陈同学你和我们钟家还有不小的渊源，特意支我来跟您说一声。只要您的一句话，您父亲的事情，结局一定是皆大欢喜的。"

一旁的陈爷爷登时松了口气，不着痕迹地在背后扯了扯陈昭的衣服。

陈昭在这一刻却空前冷静。

经历过洛夫人的"劝慰"，她非常清楚这些人说的每一句话都有深意。她没有表态，拍了拍爷爷的手背安抚他，而后问道："钟董事长有没有说希望我怎么感谢你们呢？"

"不需要。"他说，"您不需要做任何事情。我们钟家不会做您想的那种人家。"

他说着，眼底都是看穿她的幼稚想法的包容笑意。

"陈小姐，我们不会为了逼迫某人去刻意制造案件。而据我们调查，您父亲的这种违法行为至少持续了八年，只是老爷子到底看重您跟钟家的缘分，还有……"

一张机票被摆在了她面前。

"老爷子邀请您下周六来参加我们钟氏的季度酒会，不知道您能不能抽出时间？"

她盯着那张机票，沉默良久。

爷爷只说："昭昭，只是去一下……不碍事的，他毕竟是你爸爸啊。"

陈昭失笑："是啊，他是我爸爸。"

在外人洞若观火的冷静目光注视下，她伸出手指轻轻捏起那张机票。那薄薄的纸页轻若羽毛，仿佛她如浮萍无依的半生。

五月二十三号，她永远记得那一天。

那一天，她第一次走进钟家。

富丽堂皇的钟家坐落于香市浅水湾，拥有占地百亩的半山别墅。

她像是个误入天鹅群的丑小鸭，只能强撑着挺直背脊，沉默地跟在律师身后踏进钟家大门。而后她独自一人，被引到三楼的书房。

老管家态度亲切温和，钟老爷子也是个慈眉善目的白发胖老头儿。这里的每一个人都彬彬有礼，谁也不曾对她有半点儿敌意。

"坐吧，小同学，"老爷子亲自招呼她在书桌正对面落座，耐心地问她年纪、在哪儿读书，也问了她的家庭情况、未来的打算，最后才说："我都听说了，你和我们阿齐是很好的朋友吧？"

陈昭没有回答，满眼警惕之色。

钟老爷子何许人物？只一眼，他就看穿了她的无措，微哂，手中的龙头拐触地发出三声声响。

"别害怕，我这种年纪了，不会为难你这么个小朋友。你父亲那边，你一落地香市，我就派人撤诉了，我看起来像是不守承诺的样子吗？"

说话间，他指了指书桌歪着摆放的电脑："你应该有几天没见过阿齐了吧，过来看看，说不定你就没这么紧张了。不然别人看到，还以为我对你做了什么呢。"

提到钟绍齐，陈昭一下子循着他手指的方向看去。

电脑屏幕上正是监控摄像头下的画面。

刚才她从后门进来，并没有路过大厅，原来那里正举办着热闹的酒会。

熙熙攘攘，觥筹交错，无论监控摄像头扫到哪里，所有人脸上都是同样的微笑。人群之中最耀眼、众星捧月的，当然是钟家新贵，未来的太子爷，钟……钟绍齐。

画面中的他低头轻抿一口杯中饮料，脸上带着无可挑剔的微笑，同面前不知比自己大几轮的胖男人商谈着什么。说着男人从背后把自己羞怯的女儿拽出来，向钟绍齐介绍。

钟绍齐扶了扶金丝眼镜，笑容不改地招呼着。那漂亮的小姑娘便跟着笑了，小心翼翼地和他说话，不时娇羞地拿手碰碰脸颊。

陈昭印象里生人勿近的钟同学并没有冷漠地离开，也不曾给人丝毫难堪。

他温和有礼地同人有来有往，最后镜头下的两个人仿若一对璧人，微一碰杯，相视一笑。

整个过程中，钟绍齐很从容，很温柔。

这盛大的宴会就是他的舞台。

但这个舞台，是她穷尽一生或许也触不到的位置。

陈昭看着看着，怔住了。

同样紧盯着屏幕的钟老爷子注意到了什么，眉心一蹙，攥住鼠标把监控视频关掉了。

陈昭愣了愣。

钟老爷子温和地侧过脸，冲她微微一笑："你也看到了，阿齐是真的很不错。他母亲不算个好妈妈，但在培养他这件事上没少下功夫……"他话音忽转，"仅仅是个好苗子，还是个不听指挥的，我想，这就不好了。"

老人拄着龙头拐杖起身，绕过书桌走到她面前。

"那场车祸以后，我一直在想，是不是老天爷故意惩罚我们钟家。可惜，我钟业斌就不信命。"

老爷子说着，伸手拍了拍她的肩膀："小同学，你觉得在有选择的情况下，一个为了区区孩子气的感情就敢于违抗我的继承人，一个从小婴儿开始就听我的话、乖乖长大的继承人，我会选哪个？"

他依然笑得温和："这个选择的决定权在你，不是在我。"

室内一时间静得她能听到自己心跳如擂鼓的声音、缓缓走动的钟表声，宣示着她迟疑所耗费的无用时间。

最终，陈昭问："钟爷爷，如果从现在开始学……我是说，我学语言、马术、高尔夫球……总之就是那些，如果我很认真、很努力地去学，会不会有机会让你认可我？"

无论她什么时候回想起来，都觉得她问出的这句话都非常愚蠢。

钟老爷子直接笑了，被逗笑的。

他指着书房墙角的高尔夫球杆说："小同学，你知不知道一场标准的高尔夫球赛上有多少个球洞？每场球赛的标准杆又应该是多少？控制在怎样的范围内？"

陈昭咬紧牙关，大脑一片空白。

钟老爷子收回手，静静看着她。

"不知道是不是？但这个问题的标准答案，阿齐三岁时就知道了。所以，你问的这个问题答案是什么，是不是很明显？"

陈昭没有回答，也没有再追问。

那天她走出钟家大宅很久之后，头脑依旧一片混沌。

她麻木地向前走着，想着早点儿回家就好了。

手腕突地被人扣住，她回过头，看见了钟绍齐。不，现在应该说是钟邵奇了。他眉心微蹙，眼神不掩惊愕地看着她。

"陈昭，"他像是一路小跑跟过来的，呼吸有些急促，打量她一眼，问，"你怎么过来了？"

"我……"

"没事吧，嗯？"

他的手指从手腕向下攥住了陈昭冰冷的掌心。

那一句话、那紧握的手，让她差点儿没忍住落泪。

可她很清楚，自己无法，也没有权利告诉他这一天究竟发生了什么事。

她只能轻声地按照钟老爷子教的，说了钟家帮助她解决了父亲的案子，最后生硬地说了句谢谢，再一根一根地抽开被他握紧的手指。

陈昭看着他。

不知是刺目的阳光还是钟绍齐关心的眼神，让她几乎不能聚焦眼神。

"我……"

父亲的生死以及确实存在的、无法逾越的距离，还有关乎钟绍齐的未来，无论哪一件事，单拎出来都让她不堪重负，何况是三件事叠加在一起。单单是为了钟绍齐，她都不能这么自私。

"我……"

她做惯了丑小鸭，可以的。

可她有什么资格把他也一起拉进尘埃里摸爬滚打？

她不要他来做这个选择，最好连选择的机会都不要有。

钟绍齐看着她，似乎同样意识到什么，忽然凑近。

也是第一次，他那样唐突地抱住了她，抱紧了她。不顾周遭有人经过，也不顾有人议论纷纷，他轻声在她耳边说："是不是吓到了？没关系，陈昭，这只是一种……宴会礼仪。你不用去学，那很辛苦，你只需要做你自己就好了。

"还是你觉得累了？我带你回海市好不好？别害……"

"别说了，我不想再听了。"

她终于呼出了憋在心中的那口气，低声打断他的话。

眼泪在眼眶里打转，还好，她最会扮凶吓人，只要悄悄擦掉眼泪，别人肯定听不出她话里的哽咽。

陈昭用双手抵住他的肩膀。

"钟绍齐。"她闷声说。

她第一次用这样的语气直呼他的大名，换来他同样是唯一一次略显失措的眼神。

她咬牙切齿，牙关打战，对不久前她还笑着说他是爷爷以外对她最好的少年说："别再和我见面了，我不想再经历今天这种事情了，我真的很害怕！

"就因为你……就因为我们俩都昏了头！你给我惹了很多麻烦，你不知道吗？！"

钟绍齐的手臂僵住了。

[4]

"哎呀，我们阿昭这是怎么了？小伙子，你欺负她了？怎么她一头大汗？"

熟悉的锅贴小店，他熟悉地将她抱在怀里，送进店里。

李阿婆在围裙上擦了擦手，着急忙慌地上前，扒拉开陈昭有些汗湿的鬓发。

她心疼地用手背擦拭着陈昭额角的汗水："她最近工作够辛苦了，你们这又是什么事？来，先上楼，让她躺一躺，可怜见的。"

昏暗的楼道，他要微微弯腰、注意脚下才能顺畅通行。

钟绍齐一语不发地将陈昭抱上楼，熟络地走到床边，单膝抵住床角，一手搂住陈昭的脖子，将她稳稳地放上床。

到了这一刻，他才敢定定地看她。

她眼皮微颤，手指悄悄抖动着。

"阿婆，今天她……淋雨了，麻烦你照顾她，"许久，他侧过头轻声说，"我还有事，先走了。"

他确实没有像上次一样久留，也没有再那样耐心地为她熬上一碗姜汤，守着她到晨光熹微。

缓慢而沉重的脚步声渐行渐远。

李阿婆没挽留，应了一声好，准备从衣柜里挑件衣服给陈昭换上。

她一边找，一边有些稀奇地咂了咂嘴，一时间想不明白今天这两个人怎么这么奇怪，前几天还一副你侬我侬的模样，她还想说阿昭终于……到底是年轻人，说变就变。

她叹息一声，翻出一条睡裙，走回床边，刚伸手要给陈昭脱了身上濡湿的衣服，床上"睡得正熟"的陈昭却睁开眼，眼底没有半点儿睡意。陈昭撑起半边身子，接过阿婆手里的睡裙，嗫嚅着问："阿婆，上次……是不是也是他送我回来的？"

海市，圣安德鲁斯庄园。

花岗岩铺设的人行步道两侧，绿荫错落蔓延，车辆穿行其间，恍惚有种行走在中古世纪幽僻庄园里的错觉。

并不扎眼的黑色轿车缓缓停入庭院一侧的地下车库。

"已经到了，"临下车时，电话又一次响起，男人微微推起金丝眼镜,捏了捏鼻梁,尽可能缓和了语气说,"妈,到底有什么急事?"

钟绍齐此刻所在,不是任何一处钟家在海市购置的居所。因突然接到电话,他回了洛家。

说是洛家,其实这里是洛夫人,也就是他的母亲,独守的"巢穴"之一罢了。

他从车库后门拐出,踏进大门。

别墅里充满着意大利风情元素,大面积的古典壁画、烦琐花纹的窗帘和吊灯。他穿过大厅,是一路向上的旋转回廊,而楼梯扶手上都搭着纹路细致的针织薄毯——中看不中用,一如洛家江河日下却无论何时都不曾放低的高傲矜持姿态。

他沿路遇到的工人似乎排练过一般,像多年前那般叫他"少爷",只少了前头的姓氏。

钟绍齐虽不想承认,但跟洛家有关的地方,都没有给他留下过太美好的印象,现在再回来也不外如是。

昔年的老管家,在几年前洛夫人搬进这座新别墅后不久,就辞职回老家了。并不面熟的新管家年轻,面露精明之色,自称是钟绍齐在耀中同届的同学。然而钟绍齐完全没有印象。

不过是从车库引他到楼上书房这不足十分钟的时间里,对方话里话外不少于五次地向他暗示自己能力出众,且不甘于只做一个看屋理事的管家。

钟绍齐只面无表情地颔首。

那位管家面上不掩失落情绪,却锲而不舍地在书房门前硬塞给他一张名片,然后赔着笑脸躬身离去。

钟绍齐低头瞟了一眼名片,上面印着三个大字:李耀阳。

他左右翻转,再细看一眼,名片上还有些履历介绍。

钟绍齐随手将名片塞进西服口袋里,推门进了书房。

洛夫人双手交叠,正靠着椅背闭目养神。

书桌上，是翻到一半的书页泛黄的《古希腊诗歌经典》，旁边的茶水已放凉，显然她已等候多时。

钟绍齐在书桌另一侧落座。

他们母子二人从来不多寒暄，刚一坐稳，他便开口问了一句："这么急着找我来，是出什么事了？"

"一点儿小事，"她依旧闭着眼，"但是如果不通知你及早处理，就是大事了。"

似乎感受到他的警惕之意，洛夫人不紧不慢地补充："你爷爷虽然中风了，但不是老糊涂了。现在是什么局势，你在钟家看得比我清楚，尽管钟家家大业大，但继续只守着香市是不行了，你知道的吧？"

他默然片刻，答道："我知道。"

洛夫人轻笑："那我就更想不明白了。什么时候我儿子变成一个知道该怎么做但还不去做的莽撞人了？只是结个婚，你情我愿互惠互利，对你来说好像不是那么为难，为什么你非得忤逆老爷子？还是说，你觉得我喜欢的那个卓家丫头你更满意？"

仅仅从商业规模来说，宋家虽远逊于五代从商、资本雄厚的钟氏，但比起在商业帝国扩展上大局已定、"猪肉已分"的香市，在更为广袤的内地市场，宋家的话语权可比钟氏强多了。

钟氏与宋家的联姻，老爷子早就说得很清楚，是为了求稳，不是为了求进。

如今洛夫人旧事重提，还是跟钟老爷子一模一样的口径，让钟绍齐越发心烦意乱。

"和宋家的普陀区 CBD 项目并没有因为这件事受到影响，公事、私事，我分得很清楚，"他心事重重下，不愿再多聊，撂下一句早已说厌的托词，便起身欲走，"如果没有别的事，妈，我就不坐了，你也早点儿休息。"

"等。"很显然，洛夫人早已料到他会如此。

她睁开眼，冷静而悲悯的眼神掠过他眉心微蹙、并不如往日那般气定神闲的脸，伸手从一旁的抽屉里择出两份文件，两指抵住纸面推到他面前："不用这么急，阿齐，看完这份调查报告再走。"

钟绍齐垂眼。

报告的扉页上是一张黑白复印的照片，照片上面，一个看起来八九岁的男孩正在草坪上踢着足球。男孩生得粉雕玉琢，虽然年幼，但可以看出纤瘦修长的筋骨轮廓，不知为何，还没长开的眉眼莫名其妙地让人觉得有些……眼熟？

他视线一偏，看向照片上的竖排字——M国金山市，钟家老宅，钟礼烨。这人和他那个从未谋面的父亲是一个字辈。

"这小家伙在M国，被保护得很好。要不是前段时间我注意到老爷子病了以后，钟家总有几笔不太寻常的外汇支出，还发现不了。怎么说呢？阿齐，你爷爷做事从来都会留两手准备，"洛夫人撑着脸颊笑了，"你能理解吧？我这个做母亲的只是不希望你变成备份的。"她的弦外之音不言自明。

她并不给他妥善回答的机会，伸长手将底下那份文件换到上层："还有这个，是老爷子昨天传回来给我的，你也可以看一看。看完以后，阿齐，我相信你会知道该怎么做的。"

那是他熟悉的、成竹在胸的姿态。

钟绍齐轻叩桌面，稍稍思忖，伸手挪过那份文件。

那是一份八年前的《撤诉和解同意书》。

他一行一行地看着上面的字字句句，什么甲方为乙方提供香市的基本就业岗位，什么乙方配合责任人还清债务，如有违背，十倍追责。最后，乙方那一栏，有人画了一只鲜红色的、有鼻子有眼的笨猪，签了名——陈昭。

那是八年前在钟家大宅把自己狠狠推开，头也不回地离开的陈昭，是自己哪怕托人带去学籍确认书，都想要挽留的陈昭。

所谓的基本就业岗位在香市，以她当时的学历，她能做的也不过是服务员，这种没有任何保障的空口合同，不过就是欺负她年少，欺负她不懂这些人的话里有话。

他几乎能想象，也许陈昭并不爱她的父亲，毕竟她从不提起父亲，可是陈家爷爷呢？陈家爷爷不止一次偷偷问他香市是个什么地方，自己儿子去了香市，也不知什么时候能回来见见自己。

如果是陈爷爷想做的事，陈昭怎么会拒绝？

他们怎么能这样踩着陈昭的软肋，荒废了她整整六七年对女孩来说最美好的时光？

钟绍齐摩挲着那页纸，轻声说："我在海市让人找了她六年，原来她居然笨到一直生活在香市，也不敢来找我要一点点帮助。为了不让我发现，我的人查过之后，告诉我……她在当模特的时候，从不接任何要去中环的工作。她……不愿意见我。不是我找不到她，是她不愿意见我。"

洛夫人依旧轻笑着，尾音上挑："嗯？你……"

那些毫不留情的嘲讽被"砰"的一声巨响打断了。

洛夫人抬起头，看见纸页翻飞，自己那个从来不露声色、秉持礼节的儿子双眼通红。

隐隐约约，她甚至看见不合时宜的眼泪，混着不该出现在他脸上的、近乎咬牙切齿的愤怒情绪往下落。

那狠狠一拳，砸得整个桌面震颤不已。

对面坐着的是他的母亲，是从小到大有如一尊灵柩压在他背上的母亲，无时无刻不在灌输着让他听话的母亲。

她说："钟绍齐，我和你爷爷从来不在一条阵线上，但我只是提醒你，当年你爷爷于陈昭，就像大象与蚂蚁，现在的你和当时的陈昭相比，也没有任何区别。你今天的光鲜亮丽是他给的，过几年，他一命呜呼后，钟家被转交给那个小屁孩，你自然一无所有，跌落尘埃。"

钟绍齐双眼泛红。

女人伸手拍了拍他的肩膀："阿齐，你一直是个好孩子，我记得你小时候不知道从哪里抱回来一条土狗想养它，我告诉你，住在这样的地方，你的那条狗注定要死。果然，没多久，那条活蹦乱跳的狗就因为误入隔壁家，而被对方家里的保安几棍子打死了。

"既然你喜欢的不是金丝雀和宠物犬，你就要时时刻刻记住，除非你强到谁都干涉不了你，否则，你把他们带进一个陌生的世界就是作孽。"

她站起身来，与他平视，手里将两份文件拢成一摞，掉转方向递到他面前："阿齐，不要怪别人，是你不够好、不够强、不够狠。在这方面，钟老爷子比你要强很多倍。你不觉得他活到这个年纪已经够了吗？"

母子两个人视线相撞。

她温温柔柔地笑道："先下手为强。阿齐，还不快回香市好好哄哄你爷爷？"

[5]

次日，陈昭按时上班，进门时正好一众早到的同事讨论着地产部 Jacky Zhang 狼狈调职的事情。

她打完卡，坐回工位，正暗忖没想到宋家效率这么快，办公桌前就停了个人。

"咚咚咚——"对方连叩三下她的桌面。

她下意识地仰头，还没看清楚来人，一大袋子保健品先直直地往她脸上甩过来，好在她反应及时，伸手一挡、一接，这才免于被撞歪鼻子。

"宋少给你的。"

把东西丢给她，抱着手臂停在她面前的吴宇冷着张脸，不忘嘲讽道："你这又是生什么病了？一天两天的，不是这样就是那样。"

对待这种人，你越是生气，他越是顺杆往上爬。

陈昭只懒懒一笑，把那一袋子东西放到抽屉里，摊了摊手："我也不知道，大概就是老板关心员工呗。话说宇哥，你跟在宋总监身边也有好几年了，应该也享受过不少类似待遇吧？"

"……"

"没有？"她故作惊讶地说，"那我回头一定帮你给总监反映反映。"

没皮没脸，吴宇忍不住想骂一句，无奈又想起老板最近对这个女人格外照顾，便哑了火。

斗嘴皮子，他斗不过这个女人；再说，宋三少阴晴不定，万一哪天宋三少跟这个女人来一场办公室恋情，到时候仇人变老板娘……

他不如见好就收。

吴宇气呼呼地大步离开。

陈昭松了一口气，这才有闲心拉开抽屉，翻了翻那大袋保健品，林林总总什么都有，连脑白金都塞了一盒，真的是非常符合宋少的作风。

她不禁失笑，想着下班时记得跟他道声谢，再把钱还回去……哟，这么多的保健品，这败家子，也不嫌肉疼。

想到这里，她悄悄侧过头，觑向行政总监办公室。

办公室门掩着，百叶窗影影绰绰地映出三个身影，除了宋致宁，还有宋笙跟宋静姝。

三个人之间的气氛看起来并不寻常，说话时一贯喜欢连指带比画的宋致宁出奇安静。

他忽地往百叶窗的方向看来，吓得陈昭连忙低下头。

算了，算了，她都不用想，跟这冤大头有关的铁定不会是什么好事。她收回好奇心，伸手从办公桌上的笔筒里摸出一支笔。

一本杂志、一杯茶，她继续伏案画昨天没完成的设计草案。

大半天过去，她又一次被无事不登三宝殿的宋少叫进了办公室。

两个人各自心怀鬼胎，言语试探了半天。

陈昭意识到，在她目前仍触不到的高层内部，似乎掀起了不小的波澜。

当然，碍于身份，个中细节因由，宋致宁不可能对她说。

一直耗到下班时间，咖啡都续了两杯，宋致宁才不咸不淡地抛下一句话："钟氏那边负责普陀区 CBD 开发计划的对接人换了。钟绍齐今天回香市，短期内，对接人应该不会再有变动了。"

不得不说，这通知实在来得有点儿……过于突然。

宋致宁瞅着她的复杂神情，好半天又补上了一句："我也不知道这对你来说是好消息还是坏消息，不过接下来我要说的这件事，应该是好消息。"

"嗯？"

"洛一珩的宣传片项目，你不用再做预备了，那边发话，你可以直接参加。此外，洛一珩让我姐转告我……咯，还有你，"他撇了撇嘴，"说是知道我跟你签的是短期合同，这次的方案你做好了，他就把你挖去他的团队，带你入行。"

他嘀嘀咕咕地拽了支笔，烦躁地戳着面前的文件："喊，这小王八蛋，打从我三叔不在了，他就天天跟我作对，我看他就是跟'三'杠上了，个臭小子。"

陈昭一下子没有反应过来。

先是钟绍齐离任，后是自己看似坐火箭般一路直升，她直觉这二者之间必然有某位钟少的苦心经营。

但现在……他是因为什么要紧事，又或是被钟老爷子紧急召回了？总之，他不再跟她待在同一座城市了。

沉思许久，她从兜里掏出早准备好的钱压在办公桌上，不待宋致宁发问，先一步失魂落魄地转身离开。

回到工位上，看着自己桌面上摊开的密密麻麻的草图计划稿纸，她几次握住笔又放下。好半天，她终于下定决心，从挎在椅背上的小包里掏出手机，点开短信页面。

她和钟绍齐只有为数不多的几条信息来往，最后一条消息，是昨天半夜她发给钟绍齐的一段并没有得到任何回复的话。

"钟先生，很感谢你曾经喜欢过我，但其实，我喜欢你，可能比你喜欢我更久、更深刻……也更难忘。"

她揉了揉眉心，心中吐槽自己昨天晚上大半夜这是在发什么疯，把话说得这么惨兮兮又肉麻恶心的？

她撒开故意遮住最后一句话的右手拇指。

"可是钟生，人生这么长，只有喜欢是不够的。"

消息石沉大海。

即便知道可能性接近于无，陈昭还是忍不住怀疑，这条短信是不是也为钟绍齐的离开添了把柴？

一时之间，陈昭不知道是愧疚还是慌乱的情绪溢满了心间。

这天下午，陈昭强打起精神完成方案，交给了公关部的负责人。之后她拨通了宋致宁上次给的主管的电话，交代了一些细节。

下班后，她照常去昌里路夜市的啤酒摊兼职，毕竟多赚的一分钱也是钱。不想她脱下玩偶服，从徐姐手里接过兼职工资时，莫名其妙地得知自己被炒了鱿鱼。

徐姐郁闷地说："我这真是送财神了，反正你就做到今天吧，明天就不用来了。"

"什么意思？"陈昭有点儿急，"徐姐，是我今天迟了一会儿让你不开心了？那我今天的工资不要这么多了，你给我五十块就可以了，要不……"

"别说了，你还是好好想想自己以后做什么吧，喏，"徐姐又递过来一个信封，"之前答应过你的奖金，拿着。以后你别这么辛苦地跑来跑去了。"

徐姐说得这么贴心，问题是陈昭还是不懂堪称三好员工的自己，到底为什么被炒了。她闷闷不乐地把信封收进包里，说了声谢谢，转身走出了店面，举目四望，又顿住视线。

不远处的路边，一身西装革履的男人与这嘈杂夜市格格不入。他抱着手臂倚在车旁，并没有靠近或远离的意思，只是静静地看着她。

不知道看了多久，他忽然做了个撕开信封展开信的手势。

陈昭愣了愣，才会意过来，手忙脚乱地从包里掏出刚才那个黄色的信封。

果不其然，零星的几张纸币里夹着一张白纸，熟悉的字迹力透纸背地写着一行邮箱地址：ToZhao2004@hotmail.com。

另一行字，似乎是邮箱密码，"870126zhong"。

她不解其意，再抬起头，街道那头已无人在。

她从别人的口中听到了钟绍齐离开海市的消息。

钟绍齐也没有向她告别。

陈昭揉了揉眼睛，又想笑自己孩子气。

都二十七岁了，她想，自己都二十七岁了，应该学会，也应该明白成年人的道别，是不需要那么多繁文缛节的，有时候只是一个眼神、一低头，就是再见。

会等的人或许会等，该走的人从来不会久留。

只是，或许她还是不敢去分辨清楚，二十七岁的钟先生究竟属于哪一类人。

晚上十二点半，回到自己的小阁楼里，陈昭一边擦拭着刚洗完还湿漉漉的头发，一边盯着电脑屏幕，用"一指禅"一个字母一个字母地输入用户名和密码。

确认无误后，她摁下了回车键。一瞬间，电脑卡在登录页面上一动不动，彻底死机了。

陈昭："……"

她以为是自己这台二手电脑太过陈旧，无奈间拿起鼠标滑了好多下，页面依旧无响应。她正准备按下关机键重启，鼠标键闪烁了几下。电脑恢复正常，页面加载完毕。

她看着发件箱和收件箱里一致的数字"2800"，嘴角一抽。

敢情是数据过载电脑才死机，这也太——

等。

2800封信？

她颤抖着手指打开收件箱，信件按倒序排列着。

邮箱里的第一封信，发出时间显示是2006年6月27号，从本邮箱发送到本邮箱，仿佛在自问自答。她打开，邮件正文里只有七个字，写的是：陈昭的毕业典礼。

邮件里还有一张已经失效的图。

陈昭怔住了。

当时的她焦头烂额，除了回学校拿了一次成绩，压根就没参加毕业典礼。

她接着往下拉，6月28日的信，只有三个字：没找到。

6月29日，七个字：海市原来这么大。

…………

7月8日，三个字：无要事。

7月9日，三个字：无要事。

…………

又是一年过去，1月26日，这回的邮件里终于是四个字了：生日快乐。邮件配图是一张过时的卡通人物，他手捧着生日蛋糕。

信件一封接着一封，鼠标仿佛永远拉不到底。

在波澜不惊的"找不到""还是没有""无要事"的话语里，没有一句绝望的话，没有一句放弃的言语。同样，字字句句里，也没有一笔写"想念"，没有一笔谈"喜欢"。

慢慢地，从每天一封信，到两三天一封信，发信时间越来越晚，半夜三点、四点，有些信甚至是凌晨五点发送的。短短的一封信，好像成了每一个忙碌的夜晚直至清晨，他给自己的平静的交代。

他总是一个人。

他还像小时候一样，总是只有自己一个人。

从 2006 年到 2014 年，整整八年，没有一个人能够让他说上一句抱怨。

只有在堆在收件箱里的邮件，在那些无人可收、无人可见的信件里，他获得了片刻的放松，而它们亦见证了一切。他孤独地长大，在人生地不熟的香市，从少年成长为青年。

而最近的一封信，写于 2014 年 8 月 2 日，也就是昨天的半夜三点半，这大概是整个信箱里最长的一封信。

"这世上只有喜欢是不够的，可是从始至终，我对你又何止是这么飘忽的两个字？你难道不懂？陈昭，尽管成为你想成为的人、做你想做的事，往上走吧。"

"而我们，总有一天会在那里重逢。"

第七章　昭昭，我没事了

How am I supposed to love you

[1]

三年后，2017 年 3 月。

东方风云榜音乐盛典，后台化妆室里人来人往，四下喧哗，各处站满了工作人员和歌手以及经纪人，安排艺人流程的导演来去匆匆，精神高度紧绷，一有动静便停下脚步，对着耳麦叮嘱。

"莫芜飞机晚点了？前面协调一下，主持人台本上别提她了！"

"暖场的不是 C-U-K 剩下那两个吗？洛一珩是颁完十大金曲奖以后单人表演，报幕怎么搞的？通知洛一珩候场了没有？"

……

不管筹备和彩排多么严密，计划总赶不上变化，现场接连不断地出现问题。

刚从后台成堆的记者里杀出重围挤进门的女人脖子上挂着崭新的工作牌，手里提着一打咖啡。

她假装不经意地路过着急忙慌的导演身边，没走几步倏地一顿，倒回来停在一间化妆室门口。

女人一甩大波浪鬈发，把墨镜往下扒拉了一下，一口中文说得……相当不地道。

化妆室上贴着的名字，她就认得中间那个，不过也够了。

"对，就是……罗、一、哼。"

名字和昭姐说的一模一样。

她吹了声口哨，握住门把手扭开，探进头去："sur——pri——se……（大惊喜）"

灿烂的笑容僵在脸上，手里用以示好的咖啡还没来得及展示，她眼神掠过空荡荡的化妆室，瞧见了角落里望向自己的女人。

她像做错事的小学生一样站直了，低下头乖巧地叫人："昭……昭姐。"

被叫作"昭姐"的女人看着二十来岁，黑发如瀑，肤白胜雪，面孔明艳，一身露肩上衣与A字及膝小皮裙配高筒靴，既美且凶。

这正是这两三年声名鹊起的造型团队"Venus"的创始人、超人气偶像洛一珩的御用造型师——陈昭。

时尚杂志摊在膝上，手肘抵住杂志纸页上，陈昭盯着女孩看了半天，才撑着下巴，似笑非笑地说："Tina，终于来了？你的顾客都已经上台唱歌去了，礼服呢？"

"啊！礼服！"叫Tina的女孩慌忙捂嘴尖叫，"I'm so sorry（对不起）！我买coffee（咖啡）！把礼服忘在Starbucks（星巴克）……"

这墨镜红唇的打扮，配上夸张的语调和动作，让人仿佛在看好莱坞式爆米花电影。

连宣传语陈昭都想好了：当代职场悲剧！周家曼托集团海归大小姐倾情主演，洛一珩惨被牵连。

陈昭一脸"我就知道会这样"的表情，摊了摊手，起身从Tina手里的那一打咖啡中随手挑出一杯："Tina，我三天前就告诉过你，今天我要去医院探望老人，挤不出时间过来帮你。你是新人，为了不出错，今天我还给你安排了助理去借礼服。"

陈昭点了点手表："不知道是你没调好时差，还是星巴克的咖啡实在太诱人，你不仅迟到了四十五分钟，还没把礼服送过来。如果不是洛一珩提前打电话给我，你让他穿什么衣服上台？他那件印着皮卡丘的睡衣吗，嗯？"

骂完，陈昭喝一口热美式，礼服搞没了，咖啡也凉透了。

她在心里叹气。

要不是这位 Tina 小姐背后有人，她现在就让人滚蛋了。

Tina 双手合十，不住道歉："昭姐，sorry（对不起）啊，我记错了流程，下次不会了，那我现在应该……"

"联系你买咖啡的店，把礼服要回来，"陈昭把喝了两口再难下嘴的咖啡放回化妆台上，"还有，亲爱的，下次咖啡让人外送就好了，你是洛一珩的造型师，不是他的助理，OK？"

Tina 皱了皱鼻子。

陈昭一边拎包，一边拍了拍她的肩膀："我得去了，好好做事……"不知想到什么，她勾起嘴角，附在 Tina 耳边压低声音说："当然，如果你哥愿意提高两成赞助费，随便你。"

她往外走去："我年纪大了，也跑不动了，干脆专门给你们这群小年轻收拾烂摊子。"

"……"

"走了。"

五分钟后，被热情粉丝围了里三圈外三圈的会场外，陈昭戴上随手抄来的鸭舌帽，压低帽檐，硬是在震耳欲聋的应援声里艰难地挤出人群离开。

手机从刚刚开始就振动个不停，她也不接电话，举目四望，不

188

一会儿嘴角抽抽，视线也跟着停住。

根本无须她细找，大马路边停着一辆拉风的红色敞篷跑车，从她的方向看，她只能看到一只浑圆的白净手肘搭在车窗上，不时抖一抖。

高跟鞋踏在地上，"噔噔噔"一阵响，很快，纤细的手指撬下副驾驶座的门。

在宋致宁反应过来之前，陈昭把包一扔，从容落座，一边系上安全带，一边先声夺人地说："时间刚刚好，走吧。"

宋致宁侧过头瞥她一眼，没好气地轻嗤一声，却没多话，收回不安分的腿，系上安全带。

他咬牙切齿地说："出租车司机汽车尾号238竭诚为您服务。"

她一本正经地回："宋少，愿赌服输啊，你这态度可有待——"

宋致宁一脚踩下油门，陈昭脸色一变，赶紧扒住窗边的扶手。

宋少一副"不把你坐吐不罢休"的架势，起步就是一脚油门。

陈昭被洛一珩正式带入行，又先后创立 Venus 和小规模艺人经纪团队，几年来每年开春，基本上都能蹭洛一珩和宋致宁的面子，在宋家的春季晚宴上露面，开拓一下略显可怜的人脉。

洛一珩和宋致宁两个人天生不对盘，每年晚宴结束总要赌一把，来开始新的互为死对头的一年。

这位宋三少连输了三年，今年继续以压倒性的劣势输给意外代表洛一珩出赛的陈昭。

她好心不刁难他，只让他给她当一次专职司机，结果他就这态度。

车子比预计快了十五分钟到达目的地。

陈昭一下车就抱着养老院门口的垃圾桶，面无人色地干呕了半小时。

活该他每年都输！哕！

见她落了下风，宋致宁很明显心情变好了。他停完车，途经她身边时吹了声响亮的口哨，一手递包，一手递纸，满脸幸灾乐祸的"惋惜"表情。

"行了，行了，你好歹也当过我的秘书两个月，还不了解我？别耽误时间，快进去看你爷爷吧。"

陈昭挎着包，头也不回地进了门，下定决心跟这个不长记性的冤大头划清界限。

这人还在背后冲她说："陈大师，我可在这里等你啊，别浪费我宝贵的时间。"

陈昭翻了个白眼，不理睬他。

"您好，是陈小姐吗？"笑容满面的前台小姐迎上前，"老先生最近的状况还不错，正在楼上的休闲室等您，麻烦请先来这边登记一下。"

这家名叫凯恩国际的养老院，是海市近几年入驻的号称顶级的养老机构之一，主打宾至如归、面面俱到的服务，当然，陪护费用也很高昂。

虽然价格令人望而却步，但是陈昭认为良好舒适的养老环境更重要。

三年前她攒下了第一桶金，便把爷爷转入了这家养老院，并续了长约。

"最近老人家的情绪是不是比较稳定？我能不能把他接出去住几天？"陈昭一边登记，一边随口问道，"立春都过了，最近晴朗了起来，趁着天气好，我想着带他回一趟家……"

她登记完，合上册子之前突然扫到了一行字，不由得咽了咽口水。

她的名字上一行，是有些眼熟、苍劲有力的字，探望时间是四十分钟前。

姓名：钟绍齐。

与病患关系——

孙……孙女婿？

"陈小姐？"注意到她惊诧的表情，工作人员低头一看，会心一笑，"是的，您先生稍早前来过。您要想接老先生出院，正好让您先生帮忙……他平时工作比较忙吗？这还是他第一次来探望老先生！不过，陈小姐，您先生和您真的是一对璧人，佳偶天成呀。"

[2]

陪爷爷坐了一个多小时，中间吃了顿简单的晚饭，离开前，陈昭约定了周末过来接爷爷回家住两天，才坐上宋三少等候多时的车。

回程的路倒是平静很多，唯一的意外插曲是她随口提起今天登记簿上窥见的名字，引来了宋三少的惊呼。

"钟绍齐？！你没看错？"

她吓得嘴角一抽："你这么惊讶干吗？你认识……不会是你的哪个朋友在恶作剧吧？"

宋致宁冷汗直冒："没有。我没有这种朋友。"他说得轻松戏谑，握住方向盘的手却有些不受控制地抖了抖，"不……不过，这个名字听着有点儿耳熟，香市钟氏集团的太子爷是不是这个名字？"

陈昭沉默地认真思索，眉心微蹙，嘴角紧抿。

比起"钟绍齐"这三个字，"孙女婿"才让她心里一惊。方才她不理会前台小姐的打趣，匆匆跑上楼，房间里多了一束康乃馨、一提果篮，也没有什么旁的痕迹证明对方的身份。

而爷爷的状态看起来不错，他甚至认出了她，说了两句家常话。

因着这份喜悦，她很快将这场恶作剧抛诸脑后。

只是，以宋致宁对她莫名的关心程度，即使她不说，这件事迟早也会被他知道。

与其被话里话外地试探，她索性主动提起这件事，默默地观察对方的反应，却什么也没看出来。

宋致宁开了一会儿车，突然问："本子上写的是哪个字？召唤的召一个单耳旁，奇怪的奇？"

陈昭撑着脸颊看向窗外，有些出神。

直到他问第二次，陈昭才回过神来，思索片刻后说："奇怪的奇？"她淡淡地道："好像是吧，我记不太清了。"

"还是介绍的绍，整齐的齐？"

"……"

"我没别的意思，只是想着说不定是撞名，随口问一下，"宋致宁解释，"你不记得就算了。而且想也知道这不太可能，钟绍齐……又不是闹鬼，他怎么可能突然出现在这儿？我猜八成是有些媒体记者还没死心，故意试探你。我回头再找人打点吧。"

"媒体为什么要试探我？"

"呃……"

"为什么媒体试探我，你看起来这么心虚？"陈昭冷不丁地问，"我只听说过钟家几年前要和你们宋家联姻，可没听说过我什么时候攀上过那种高枝。你又瞒着我？欺负我脑子得过病是吧？"

"……"

"算了，你不想说就算了，"悄然抬起眼皮瞄了旁边一眼，注意到对方讳莫如深的表情，陈昭没有追问下去，只感慨道，"我也不想总跟这种八卦消息扯上关系。你作为第一证人，可得给我做证啊，我可不想跟你们豪门恩怨有什么关系。"

她的语气稀松平常，还带着三分打趣。换了平常，宋致宁绝不会放过调侃她的机会，然而今天不一样。

"他……"宋致宁嗫嚅着，悄悄侧过目光。

街灯昏黄，透过车窗映在她的脸上，她长睫微颤，眼睑下投落一片明暗不定的阴影。她看起来难得温柔，是累得不行了，又或是偶尔两个人和平共处，气氛静谧时才会有的温柔。

距离那场意外，不知不觉地过去很久了。

久到他偶尔会想，要是能一直这样下去，要是她一直是这样的陈昭就好了。

此刻的他，亦是这么想，不必再问，不必点破。

"知道了，"他故作无所谓地说，"别说我那个不中用的二姐，换了我都不敢惹你这个……这个泼妇好吧？放心吧，陈大师。"

陈昭眼也不睁，嘴里蹦出一字："滚。"

"不滚，要滚你滚，要不你跳车吧？"他笑了，仿佛再不记得方才的纠结，"我还得送您回家，出租车司机汽车尾号238竭诚为您服务。"

陈昭瞪了他一眼，又好气又好笑，干脆不说话了。

养老院建在海市远郊，陈昭买的六十来平方米的新房在遥远的静安区。

逐渐安静的环境里，陈昭慢慢睡着了。

车停在小区门前的临时泊车处时，宋致宁抬起手腕一看表，已经晚上九点四十了。

他正想把人叫醒，陈昭却毫无睡意地睁开了眼。

在他身边，她好像没有安心踏实地睡沉过，始终保持着对商业伙伴的礼貌，日常插科打诨却总在分寸之内。

宋致宁清楚她的谨慎，仍不由自主地撇了撇嘴。

陈昭显然没意识到他的心情波澜，拎起包下车告别："走了，不用送。"

他笑了笑没搭话，吊儿郎当地摆了摆手，目送她下车，刷卡进门，很快消失在门后。

他久久地盯着她离去的方向，脸色微沉地从风衣口袋里掏出手机，摁下熟悉的数字。

电话很快被接通。

"喂？对，是我，宋致宁，这么晚真不好意思打扰你……"

他一边说着客套话，一边滑过屏幕，调出一则收藏已久的旧新闻。

2015 年的 1 月 26 日，香市街头发生了一起恶意械斗事件，并引发了意想不到的连环追尾车祸，造成 25 人受伤，7 人死亡。

新闻一出，即攀上了媒体热搜榜。当日，香市股票暴跌 3.6%，无数媒体争相报道此事，将本次损失全扣到这场意外中不幸罹难的豪门子弟、香市精英身上。

他滑动屏幕往下，手指摩挲着屏幕上遇难者名单的倒数第四行那个熟悉的名字。

"哈，也没什么大事，就是想请您帮我调一下最近几天机场的出入境记录……对了，我要查的人是……"

陈昭在楼道里连跺好几下脚，年久失修的感应灯才终于应声亮起，昏黄灯光照亮狭窄楼梯通道。

虽说房子老了点儿，破了点儿，归根结底，也不能怪物业，毕竟她为了工作方便，一咬牙把这房子买下来时，就已经充分领会过这个房龄超过六十年的小区有着何等明显的"时代印记"。

权衡了海市的房价和她两年的积蓄，她最终决定全款购下这套不那么受欢迎的位于八楼顶层的房子。

作为长期住小阁楼的人来说，陈昭住进来并不需要适应期，反倒觉得挺亲切的。

灯光昏暗，她就借窗外的月光探路；没有电梯，她就懒洋洋地扒着楼梯扶手一步步往上挪。

今晚也不知她是不是触了冤大头的霉头，晕车的后劲竟大半个小时还没散去，头格外痛，眼格外酸，总觉得楼梯爬不完。她好不容易爬到四层，恼人的电话铃声响起。她微一蹙眉，拿出手机看了一眼来电人，洛大明星，又名老主顾、大财主、黏人精。

这电话不能不接，她摁住绿色的接听键往上滑："大明星，找我什么事儿？"她开门见山地问，"别告诉我你这么晚还要我上门给你做造型。我可提前看过了，你今晚没有通告，在家放大假呢。"

洛一珩在电话那头"扑哧"一声笑了，一阵剥糖纸的窸窸窣窣声响起。

"干吗把我说得跟无良资本家一样？不是工作上的事，作为朋友，我还不能找你聊聊天了？"

他"反守为攻"，明明是控诉她，语气却不掩笑意："这几年啊这几年，昭昭，我对你这么好，别说真感情，金钱培养出来的塑料感情也总有那么一点儿吧？"

"有吗？"陈昭受感染，虽说头仍隐隐作痛，也配合地反问。

两个人不约而同地笑了。

电话那头传来玻璃杯碰撞的声音，洛一珩似乎是倒了杯酒，又小酌了一口。

停顿片刻，他直说来意："我想问问你，最近有没有时间？下周 NY 时装周，我想你陪我一起过去，我可不想一个人应付那个曼托塞进来的小丫头。"

"你说 Tina ？"

"除了她还有谁？"洛一珩叹了口气，"买咖啡都能把礼服丢掉的狠角色，我反正没见过几个。"

"……"

"扯远了。你也知道，我平时就够辛苦了，不想再给人擦屁股。更何况我跟她哥早闹掰了，每次看到她我都尴尬……又不能迁怒一个什么都不了解的小姑娘……"

他闷闷不乐地敲了敲杯沿："你跟我的理念最合，我们也有默契。你若是不来，礼服我都要自己找助理去跟品牌借……"

陈昭没说话，继续往上走。

电话那头的人还在给她灌迷汤："我知道你放假要陪你爷爷，我理解。我已经协调过了，时装周回来之后一整个月都没安排行程。到时候你不接别家的活，完全可以放个大长假陪你爷爷。行不行？拜托，我真不想参加个时装周也被人写一些奇奇怪怪的通稿。"

"但 Tina 也不是今天才刚来？"

"你知道的，我的心情时时刻刻在变。"

这理由实在牵强，但跟去时装周她也不亏，有钱拿，有假放，能做宣传，可以说是名、利、假期三收。

陈昭很难拒绝。

洛一珩突然问："对了，你今天去看你爷爷，医生说情况怎么样？"

"和平时差不多，但爷爷的精神好了点儿。"

"宋致宁送你去的？"

"嗯，"她笑了笑，"上次他不是输给我了吗？我就让他给我当一回'顺风车司机'了。"

这对话仿佛只是拉了几句无足轻重的家常。

不知是不是她过分敏感，嗅到了某种欲言又止的探询意味。无论是宋致宁还是洛一珩，他们的奇怪言行似乎都指向一个特定的地点，一个特定的人。

她说话的语气依旧轻快，握住手机的力气却不由得紧了又紧。

挂断电话后，她听到"噔"的一声响。

什么声音？！

她仍未抽离的思绪被打断，一个激灵后退数步，警惕地四顾。

楼层的声控灯只亮到自己所在的这一层，她仔细看，七层的拐角阴影里，隐隐约约有一个人。

对方指间有一丝隐隐的火光，身材纤细。她看身高，对方应该是个男人，似乎是戴了口罩，让人看不清脸。

陈昭心里发紧，一时之间不敢妄动。

她不上，他不下。

僵持了一会儿，陈昭攥着手机慢慢后退，高跟鞋发出"噔噔"声响。

男人直起身子，火光抖了抖，落在脚下，被踩灭了。

"……"陈昭不敢动了。

男人下楼，刻意放慢脚步，走到感应灯所能照到的明亮视野中来，也与陈昭擦肩而过。

自始至终，没人说话。

沉重的脚步声愈行愈远，陈昭如丢了魂一般上楼，找钥匙开门。突然她踢到了什么软乎乎的东西，心里咯噔一下，低头望去，只见一个做工粗糙的人偶娃娃卧在地上。

娃娃穿着黑色礼服，戴着金丝眼镜，远观，模样还看得过去。

她捡起娃娃，仔细观察，却发现娃娃的边上似乎被烧过，破烂到连填充的棉花也漏了不少出来。她表情晦涩，嘴唇抿得死紧。忽地，她伸直手，把娃娃塞进了隔壁家的防盗门门缝里，扭动钥匙开门，进门关门，动作一气呵成。

楼道的灯，不一会儿也灭了。

那娃娃在阴影里，像个多余又可怜兮兮的黑团子，被塞在狭小的缝隙里，漏出来的棉花没人补，被冷风一吹，就掉落些许，飘在地上。

毕竟它只是个随便就可以被丢弃、没有生命的娃娃。

不再有人记得，它曾是某个人的无价之宝。

[3]

次日早晨，陈昭披着湿漉漉的头发，正对镜遮瑕，试图掩盖住自己昨晚哭肿了的眼皮和失眠带来的黑眼圈。

一阵有气无力的敲门声从客厅那头传来。

等到她拉开防盗门，平视的视野里空无一人，往下看，才发现敲门的是隔壁邻居家那个不过自己膝盖高的小女孩。

女孩高高举起手里的破旧布娃娃，凑到她面前。

"姐姐，是你的吗？"女孩童声清脆，"不能乱扔垃圾呀！你怎么把破娃娃丢到我家门口啦？妈妈让我拿来还给你。"

她把娃娃往陈昭手里一塞，蹦蹦跳跳地回了家。

站在门口的陈昭面色凝重地低下头，那寒碜的布娃娃在隔壁家吹了一晚上的风，掉了一晚上的棉絮，然而硌人的手感还在。

它这是非要找她报恩，又和它的主人一样热爱迟到。

"没办法了，现在变得这么丑，让你当门神得了。"

她叹了口气，终于放弃挣扎，给它擦了擦灰，把它带进屋，放在鞋柜上方，让它对准大门的方向，又扯过一张纸手帕，把它屁股上漏出棉花的地方遮好。她站在原地上下左右看了看，耸了耸肩膀，转身回房间继续对镜遮瑕。

她半小时化妆完，行云流水地换衣、拎包、出门。

Venus 明星造型工作室坐落于陆家嘴成业商务大厦 17 层。

这片商业楼盘是宋笙的丈夫、江氏集团名誉主理人江瑜侃名下的重要资产之一，陈昭借着宋致宁这层关系，得到了不少照拂，降低了她的创业成本。

也正是因为如此，作为洛一珩的造型设计师声名鹊起之后，攒下了第一桶金的她，才能邀请到实际运营经验丰富的艺人经纪人 Joy 姐来做工作室的主理人。

如今 Venus 小有规模，架构合理，全年的收益也相当可观。

唯一的缺陷就是工作室太像个公司，以至习惯昼夜颠倒的陈昭女士还没有实现天天睡到日上三竿的愿望，依旧得做表率，朝九晚五地准时准点上下班。

八点半，她刷卡进门，提着咖啡和早餐往办公室走到一半，就被人叫住，对方还攥住了她的右手手臂。

她下意识地抬眼，对上了 Tina 焦灼的视线。

"姐！那个……我……我找你有事……"

我找你有事，因为我又惹祸了。

陈昭忍住没掰开她的手，却没忍住嘴角抽搐。

扫了一眼工作室里看好戏的其他人，她揉了揉眉心，先把手抽出来，退后半步，指了指办公室，说道："进去说吧。"

五分钟后，陈昭一口咖啡，一口沙拉，等了好半天没听到人说话，瞄了直直戳在自己对面的小姑娘一眼："行了，没别人了，说吧。"

"姐，我……真不是故意的。"Tina赶忙说道，无奈表达能力实在有限，语无伦次、结结巴巴地说了好半天，才把前因后果解释清楚，"事……情是这样的……"

按照行程，明天下午洛一珩应邀出席杜莎夫人蜡像馆的蜡像揭幕式。

蜡像馆以洛一珩首度触电大银幕饰演的旧海市爱国青年为原型，精心打造了洛一珩的蜡像，为半月后上映的电影造势。因此，斥巨资促成这次活动的制片方，要求洛一珩穿着剧中戏服出席活动。

"但是，我……把这件中山装泡进水里，变形、变小了，穿不了了。"

Tina从自己手里拎着的牛皮纸袋里掏出那件明显小了一码的黑色中山装，"展示"给陈昭看。

陈昭被咖啡呛到，瞬间咳得惊天动地。

她没有记错的话，这件戏服是剧组高价买来的老古董，仅出现在全剧最重要的一场戏里。

活动现场洛一珩倒是可以穿件高仿糊弄过去，问题是这衣服后天可是要还给剧组的，剧方还安排了慈善拍卖。

陈昭的脸越来越黑。

Tina双手合十，满脸愧疚之色，连连向她鞠躬："我真不是故意的！昭姐，I am so sorry（对不起）！我……我之后会叫我哥哥，大力赞助，Please（拜托）……"

赞助……木已成舟，对方又提出了补偿办法，陈昭再兴师问罪也于事无补，重要的是如何解决这一危机。

陈昭脑子飞速运转，嘴里轻描淡写地问："赞助多少？"

"五……五百万，够不够？或者一千万？" Tina 显然没有什么金钱概念，"我想只要我说，哥哥不会拒绝，只要能够弥补损失……"

"行，具体的金额我会让 Joy 姐写账单给你。"

陈昭不再纠结，起身接过 Tina 手里那件缩水的中山装，先仔细地检查，而后叠好，收回牛皮纸袋里。

见 Tina 还在，她吩咐道："我现在去一趟宝林那边……你若还想留在工作室，现在就把嘴封上，一个字也别说。"

下午两点，挂牌"海市宝林高级成衣定制公司"的写字楼前，一抹倩影在楼下停步，仰头看向不远处装潢一新的招牌。

她穿一身 MILIN 红色斜肩裙，露出弧度优美的天鹅颈和轮廓明晰的一字锁骨，黑发如瀑地披散在肩头上。她只停了一会儿，便踩着不过五厘米的高跟鞋快步向前。

鞋跟触地，声声脆响。

穿过自动感应门，她走进一层大厅，环视一圈后，在保安讶然的视线里落落大方地继续向前，轻叩前台桌面，叫醒了正对着电脑发呆的前台接待人员。

"你好，我是 Venus 的负责人，陈昭，上午我打过电话，和贵公司的邵总预约了下午两点半……"

前台小姐打断她的话："邵总是吗？"她动了两下鼠标，嘴里咕咕哝哝道："怎么才上任两天就老有人找……行了，看到预约了，这边上去四楼，您说找邵总，王特助会带您过去的。"

陈昭微笑点头。

好歹也是海市老字号、有百年历史的宝林成衣，现在前台人员就这素质，不知道曾经的底子还剩几分？

不多时，陈昭上了四楼，见了那位王特助，被引到据说是总经理专用的一间老旧办公室里。

她双腿交叠，撑住下巴，望着眼前那杯冒出热气的浓茶发呆。

不知等了多久，连耐心好的她也开始昏昏欲睡了，才终于听到门口传来一声轻微响动。

门被推开，陈昭蓦然站起，扬起标准的温和微笑转身。

她没有贸然直视对方，视线所及，第一眼看见的是对方伸来的右手，纤细修长如白玉，连骨节也圆润，这本该是她见过的最好看的一双手。

如果不是有条横亘于掌纹正中心、碍眼的长长伤疤的话。

那是一道活生生把他的右手切断的可怕轨迹，经过时间的修补，逐渐变成一条泛红印记，却依旧扎眼。

她暗暗倒抽一口冷气，还是伸手与人交握："您好，我叫陈昭，耳东陈，昭昭日月的昭，Venus 的负责人。在电话里我已经跟您的助理说过具体情况了，需要我具体讲解一下吗？"

"……"对方沉默。

一时间，办公室里静得时间都像被拉长了，陈昭隐约感受到对方掌心里传来的微微汗意。

对方僵持着，又无措着。

许久，他说："迟到了十分钟，对不起。"

陈昭眼睫一颤，突然问："只有十分钟吗？"

这话太尖锐刺耳，与她这些年已炉火纯青的圆滑格格不入。

他没有应答。

陈昭松开手，掌心故意在裙摆上擦了擦，接着说了两句更刺耳的话："昨天你把名字写在那儿，就算我不跟宋致宁说，一定也会有人查到。好吧，这点算我错，我没想到你回来的第一件事会是去看爷爷。不然我不会把宋致宁也带过去。"

"没事，他查不……"

陈昭抬头直视他。

匆匆对视一眼，她有如排演了千万遍一般，狠而准地送去一个重重的耳光。

"啪"的一声，清脆声响如雷般炸响。

她看着那张被她打得别过头去，久久没有转回来的脸。

他的五官依然无比熟悉，还是戴着金丝眼镜，西装革履，就好像那些事都没有发生过。

只是他的右眉尾多出来一条骇人疤痕，整张脸虽因此多出三分英气，却也掩盖不住那场连环车祸留下的重伤痕迹。

她的手发着抖，仿佛那一巴掌是打在了自己身上。

伤人一千，自伤一千五，她真是自作自受。

站在她对面又沉默下来的男人揉了揉酸痛的脸颊，弯下腰轻轻将她抱住。

他说："昭昭，没事了。"

不知道为什么，大概是眼泪来得突兀又汹涌，她觉得委屈，更觉得荒唐。那些无法控制的情绪，轻易地将她淹没，设想中的从容以对也变成了哽咽地控诉。

"我没消气。"她反反复复地强调，"你别误会，我没消气。

"昨天我被吓呆了，没来得及打你，现在补上了。再说了，我现在不记得也不认识你呢。"

"……"

"只是有个同事闯祸了，刚巧，宝林这边的大师傅应该能救急，我想你没有别的地方去，应……我想着，宝林这里以前和爷爷共事的大师傅应该还在，就过来一趟。我来了，你刚好也在，就是这样。"

她语无伦次地说着，眼泪争先恐后地冒。

他想伸手去帮她擦眼泪，又被她毫不留情地拂开，只得退开一点儿。

看着她两手捂住眼睛，眼泪依旧在掌下蜿蜒流出一道长河，他生平头一次连手脚也不知往哪里摆，只傻傻地看着她，时不时应一声好。

他们就像两个闹了脾气又不知道怎么和解的小朋友，就这样僵持着。

他低声地哄着，像哄小孩子那样："我知道，我知道你很辛苦，对不起，昭昭。"

就这样的安慰，却让她所有的抗拒和迁怒溃不成军。

何况，她也说不清楚这场滂沱泪雨背后，究竟是怒火多还是歉意多。

陈昭伸手抱住他的脖子，他揉了揉她的头发，仿佛许多年前的他们，在圣诞节，在烟火下，亲昵地拥抱。

她不必问，本该葬身火海的那个人，为何站在她面前。

"我不会死在那一天的，那天是你的生日。"

如果我死在那一天，死在你最喜欢的生日那一天，从此，这一天不再有很多很多美好回忆，就只剩下冲天火海和无尽悲伤。

我怎么能如此？

"所以，我熬过来了。昭昭，没事了。"

[4]

2015年那一场震惊全国的连环车祸，陈昭想，应该要从更远的地方溯源，才能真正看清那起事件的前因后果。

即使她这几年来选择性地屏蔽了关于那段时间的记忆，这一刻，记忆里的每一幕场景，还是一点儿不落地浮现。

是的，那一天发生的一切，她没有一秒忘记。

2014年，对盘踞香市多年的钟氏集团而言，无疑是一个多灾之年。

集团年底宣布与恒成地产预期达成十五项重大合作案，引来满城风雨，股市动荡。

同月，媒体报道，钟氏集团太子爷钟邵奇与宋氏一众子弟一起祭拜宋老爷子宋达。宋老爷子可是一位传奇人物，曾为国家立下赫赫战功。

新闻一出，整个香市哗然。

虽未出通稿，但钟邵奇这等待遇，似乎确定了坊间传得沸沸扬扬的钟、宋两家即将联姻的消息。

不久，已有隐退之势的钟氏集团董事长钟业斌，在公开场合多次有意无意地暗示钟家将有一场世纪婚礼。

各种消息纷至沓来，就连陈昭的前老板，宋致宁宋大总监，也特意一早赶来，把他知道的第一手消息告知了陈昭。

陈昭一板一眼地画着设计图。

宋致宁特意坐在她身侧，饶有兴味地观察她。

她已经从恒成地产辞职，除了跟着洛一珩的团队到处跑，就是接一些私活。租不起办公的地方，她就蹭洛一珩工作室的化妆室。

她可没有宋致宁那么闲。

但宋致宁显然很不满意她的表现，不依不饶地拿手连叩她的桌面，问："陈昭，你怎么就这反应？钟绍齐要是真成了我姐夫，你打算怎么办？这么冷静？这可不像你啊。"

"那你说我应该有什么表现？"她笔下不停，"难不成像电视剧里演的那样，我非得哭给你看不成？"

"你哭的话，我也不介意借你……一包餐巾纸。"

"我以为你要说借我半边肩膀，"陈昭头也不抬地说，"结果你竟然比我想象中要脸。"

他在她心里就这形象？

宋三少露出自讨没趣的牙疼表情。

突然，电话狂响，美人邀约。挂了电话，他耸肩，故意忽略心头那点儿说不明白的、憋屈又萧索的感觉，换上笑脸，拍拍屁股利落走人。

这一小块地方，只剩下陈昭一个人。

她低头看向桌面上的纸。瞒得过宋致宁，她到底骗不了自己，写写画画，忙忙碌碌，不过留下毫无章法的乱涂痕迹。

陈昭放下铅笔，心比那些乌漆麻黑的铅笔涂画痕迹更乱。

愣坐半天，她从牛仔裤兜里掏出手机。

她与钟绍齐最后的联系，是昨天晚上睡前，他发来的一句"晚安"。

他返回香市后，两个人之间的交流就仅限于雷打不动的早、午、晚安，他并不像小说里的男主角那般一去无踪影，也没有如旁人想象中那般对她事无巨细地关心。

也许他不懂表达，也许只是把这问候当成了公事。

不管是哪一种解释，都解释不通，为何他一字未提钟氏与宋家很有可能达成的联姻。

所以，真相到底为何？

手机倏地一振，来电显示是一个陌生的号码，号码归属地是海市。陈昭以为是新的客户，接起电话："你好，这里是……"

"你好啊，陈昭小姐，我是宋静姝，"电话那头的人打断她的话，满是笑意地说，"我们应该见了一两次，你还有印象吗？听说你最近开始涉猎时尚界了，恭喜啊。"

宋静姝说自己由宋致宁介绍，想约她这周末一起去香市，需要她帮忙挑选订婚用的晚宴礼服。

陈昭呆住了，下意识地问了一句愚蠢无比的话："和……钟绍齐吗？正式订婚？"

"哈哈，陈小姐，你这不是明知故问吗？"不知为何，陈昭从她的语气里听出了些许咬牙切齿的意味，"能和我结婚，把我当跳板去和我家谈生意，除了他这么个精打细算的贵、公、子，还能有谁？"

陈昭紧攥手机的手臂有些发颤。

"怎么了？为什么不说话？

"这可是一个千载难逢的能扬名的好机会。你宁愿给别人打杂工也不愿意赏脸？如果是这样，那你这辈子不会有出头日了。不是还要我再提醒你，你一个半路出家的造型师，能给我做造型，陪我拍照，这样的机会有多珍贵吧？

"你不说话我就当你答应了。总之，只要造型令我满意，你不必担心酬劳，那不是问题。这周末，12 月 10 号，你提前一天过来，时间 OK 吧？

电话那头的人连珠炮似的说完，不给她拒绝的机会。

"嗯？说话。"

陈昭沉默地听着，忽然伸手摸了摸自己滚烫的脸。

"好，"她垂下眼睫，答道，"宋小姐，我知道了。"

12 月 9 日，陈昭抵达香市。

当晚，她没有如心里隐秘期望的那样见到传闻中的新郎。一整夜，她和其他造型团队的工作人员一起，一遍又一遍地调整着造型。

钟家特意为宋家一行人安排了中环四季酒店的豪华海景房。此刻，琳琅满目的珠宝和五光十色的高定礼服铺陈，宋静姝左挑右拣，总不满意。

就连送嫁观礼的宋笙和宋致宁都点了头，宋静姝依旧不乐意。宋致宁突然脸一黑，把忙前忙后的陈昭拽出了房间。

"喂。"

走廊里，宋三少抱着手臂，视线在她如往常一般平静的脸上稍停顿，别别扭扭地问："你是真疯了还是假卖惨？"

"别问我。我之所以被宋静姝邀请，不是要谢谢你？"陈昭疲惫地摆了摆手，推开他要走，"我就是个打工人而已，没其他事的话，我先进去忙。"

"等。"

还没走开两步，手臂突然一痛，她下意识地侧头望去。

宋致宁拽住她，压低声音说："不管你信不信，就连我们家里也分了好多派，我并不是什么都知道。那天我也只是想笑你两句，你的电话根本就不是我给宋静姝的……她是从我的助理那里套的！

"咱们都清楚，宋静姝不是什么顶尖的聪明人，这一次实在不太对劲，不说半点儿风声也没透就把我调走了，你来香市这件事更是没人知道……我明白地告诉你，这场联姻，两个当事人都不同意，但两家大家长都点头了。宋静姝啥也做不了，心里铁定恨不得出点儿事把这事搅黄。你若阴错阳差地成为绊脚石……陈昭！里头的利害关系，你到底清不清楚？"

说罢，宋致宁飞快地往她手里塞了张机票，猛地将人往楼梯口推去。

"去楼下拿上行李，坐电梯，走大路，回海市。"他说，"这里我的能量可没那么大，回了海市……你该怎么过接着怎么过。喷，我真是前世欠了你的。"

陈昭静静地攥住那张机票，侧过头看了一眼套房里的景况，一切如常。

宋静姝在她眼里，不过是个爱刁难人的顾客。

但是宋致宁——

"走啊，你听不懂吗？！"

他又推了她一把，推得她脚下一个趔趄。

他吓了一跳，连忙拉住她的手臂。

陈昭后知后觉地发现他脸上、手心里全是汗水。与她四目相对时，他生硬地转开了视线，将手重新背到身后。

"赶紧走。我知道你有点儿小聪明，但你真以为你的手段比得过长在我们这种家庭的人？"宋致宁说道，"我小三叔就是……"

小三叔就是死在一场"意外车祸"里的。

宋致宁脸色苍白，眼神晦涩，目送着陈昭的背影远去。

12月11日，订婚仪式如期在钟家浅水湾大宅里举行。

也不知是疏漏还是太仓促，阴差阳错的，这一天还是钟家已过世的孙少爷钟邵坤的生祭。

只是为了预热世纪婚礼，不便大办，即便如此双方也没改日期，只以家宴的形式邀请了多有往来的商业伙伴，将一众媒体尽数阻拦在外。

至于宋家各怀鬼胎的一行人——

少了一个没有对外公布的造型师，而最爱挑刺的宋三少对她的消失心知肚明，不曾作妖，大家自然就不曾多提。

倒是前两天还百般挑剔的准新娘，今天笑容灿烂无比。

在钟家的二楼房间装扮完毕，宋静姝一抬头就看到一身雪白西装的钟家太子爷推门而入，立刻笑靥如花，温声道："钟少，可真是好久不见了。"

一众造型师识相地离开，留小两口叙旧。

钟绍齐关上门："好久不见了。宋小姐，辛苦你这么远来一趟。"

"这就是你对未婚妻该说的话？"

"未婚妻？"钟绍齐重复了一遍，"这里应该没有我的未婚妻吧，宋小姐？"

两个人你来我往，夹枪带棒，没有半点儿未婚夫妻的亲昵，气氛还越发尴尬。

宋静姝见对方完全没有陪自己演戏的意思，也懒得再装，轻哼一声，从梳妆台上拿起眉笔，描摹着刻意化得柔和的眉尾。

"又是来跟我说那份合约的事情吧？钟少，你能这么给我面子，我真的很感激，"放下眉笔，她揽镜自照，又补了几笔，话里有话地说，"但是不管怎么说，都到这个时候了，我可不想自己吃亏啊。"

他淡淡地说："宋小姐，这场婚姻，于我，是我在让步；于你，你没有拒绝的权利。"

即便如此，他给予的合约，甚至愿意分给宋静姝的部分财产，已属仁至义尽。

宋静姝闷笑一声，耸了耸肩膀："你说得没错，"她回过头，笑得越发动人，"所以，能让我体面又可怜地留在宋家，当一个坐吃山空光享福的二小姐，而不是在你们钟家做个毫无话语权的傀儡的，就只有你，钟少。只有你缺席婚礼，缺席我的婚姻，最好是永远缺席我的生活，我才能做最大获利者。"

"什么意思？"钟绍齐眉心一蹙，垂眼看向她向他展开的手心。

那白净的掌心中，躺着一把古铜色钥匙。

"其实，我还请了一位姓陈的造型师，陈昭小姐，只是她说身体不太舒服，要回海市。可我不太放心，就请人把她从机场拦下来了，请她先在我香市一个朋友家里住下，好好养病。"

"……"

"这就是我朋友家的钥匙。"

他没搭话，也没拿走这把钥匙。

宋静姝却明显感觉到，钟绍齐落在自己身上的视线充满了危险气息。

她心口狂跳，强作镇定，咽了口口水，扬起笑脸："怎么了？你怕我骗你吗？我想，这把钥匙很能说明我的诚意了。"

"具体的地址，只要你离开钟家，我立刻让人发给你……钟少，不要这样看着我，我不会蠢到去违法犯罪而引火烧身的。我只是提醒你，我朋友家那边很乱，人在那儿，发生了什么不好的事情，我可不会负责。"

"……"

"当然，我也很好奇，你这样的工作狂、野心家……"她笑得露出两颗兔牙，故作天真无邪地看着他，眼神专注，表情兴味盎然，"老爷子的命令和你心心念念的陈昭，两个放在天平两端，你选择哪一边？"

"……"

"无论你的答案是什么，我想，接下来一定会有一场不错的戏吧？"宋静姝说道，"你们这种人，非要去喜欢麻雀，就为了这点儿乐趣？就这样让她们眼睁睁地看好了，人与人的命运到底有多么不同。她那样的小姑娘，只能做棋盘上的马前卒、关键时候的炮灰。谁让她不知道收敛，也摆不清自己的位置呢？未婚夫，你说是不是？"

她嘴上说得轻佻，背在背后的双手却左手握右手，右手又去攥左手。

她在赌。

这场婚姻几乎要成既定事实，她赌的是钟绍齐心里占"一席之地"的那个女人，远胜他这半年多的苦心经营。

钟绍齐却始终未出声。

她后颈冷汗直冒，打算放弃这个不得已的下下之策，另寻他法。

不动如山的钟绍齐忽然伸手扶了扶眼镜，走近她，纤细的手指与她的掌心相触。

那钥匙落入了他的掌心。

她的心似跟那把钥匙一起，落入了那从未牵过她的男人的手里。

一种微妙的感觉油然而生，这样的人，居然不属于她。

她有些茫然，瞪大了眼，难以置信地看着眼前的人。

他嘶哑的声音在她的耳边响起："你最好不要要多余的花招，宋小姐，因为对你的把戏，我已经没有多余的耐心。"

那又如何？

宋静姝松了口气，这毕竟是钟绍齐，毕竟是将面子看得比天大的钟家人，至少这个时候了，他还客客气气地称呼她一声宋小姐。

"砰"的一声巨响，坐在化妆台前的宋静姝骇然惊叫，差点儿原地跳起。

她满面悚然表情，只死死盯着钟绍齐。

男人面无表情地微微弯腰，拾起地上一片尚算完整的镜片。

白色的西装与红色的血对比鲜明，他却只微微偏头看了她一眼。

"宋小姐，"他额角青筋直跳，"还不叫人？！"

钟老爷子正在大厅里与到会的宾客朗声谈笑，闻讯上楼，自家孙儿那张因失血而略显苍白的脸上，在他看来写满了似是而非的"预谋"。

他看着钟绍齐。

家庭医生嘴里嘟嘟囔囔着，给钟绍齐做着简单的包扎："要去医院，这个伤口绝对要去医院，不然少爷的手……"

钟老爷子手中的龙头拐杖猛地往地上一蹾，室内安静下来。

钟绍齐仰起头，看向须发皆白的老人。

"对唔住，阿爷，"他说，"呢场世纪婚礼，受咗伤嘅新郎，好似唔系咁好出场。"（对不住，爷爷，这场世纪婚礼，负了伤的新郎，好像不好参加。）

第八章　是你救了我

HOW AM I SUPPOSED TO LOVE YOU

[1]

陈昭后背抵着窗台，被紧缚的手腕摩挲着尖锐处，额角冷汗直冒。

眼见一群人步步逼近，她磨绳子的动作越发急切。

"咔嗒——"

其中一人忽然面露疑惑之色，看向客厅的方向。

"大哥，怎么听见开锁的声音了？我们人……人不都在这儿吗？"

众人脸色大变，顾不上陈昭了，蹿出屋去，动作迅速地收拾着客厅。这群人的老大站在门口，预备着应付来人。

陈昭慌慌张张地躲到门后，准备伺机而动。

防盗门"唰"的被拉开。

"钟……钟……"其中一人骇然叫道。

"钟生。"这群人的老大镇定地擦了擦额前瞬间沁出的汗水，赔着笑脸说道，"乜野事要您大驾光临？（什么事劳您大驾光临？）"

212

钟绍齐沉默地扫过对方身上孤零零的花裤衩、一片狼藉的客厅以及门后那片似曾相识的衣角，扶住门框挺直脊背，扯了扯领带。

茶水倾倒一地，他步履和缓地走进早收回衣角的房间，然后反手合上门。

躲在门后的陈昭顶着挣扎过后乱糟糟的头发，仰头看向他。

她眉头紧蹙，表情说不出是开心还是惊讶。

钟绍齐下意识地伸出左手，想揉揉她的头发，又意识到自己手上有伤，及时收住，换了右手帮她理了理散乱的鬓发。

她微微向后退了一步。

他动作那么温柔，眼神却很不对劲，让她很有危机感。

但陈昭还是解释了："对不起，我好像把事情搞砸了，但我没事，什么事都没……钟同学，你……你不用这么生……"

他一生气，她就叫他"钟同学"，好似这个名字就是免死金牌，屡试不爽。

这次，却没那么管用了。

话音落地的瞬间，她的视线之内，在帮她整理乱发的冰冷手指倏地向下捏住她的下颌。

她被迫仰起头，长睫一颤。

他俯下身，呼吸温热，和她唇舌相抵。

她尝到了一点儿腥涩的味道。

[2]

订婚宴被取消，宋家诸长辈匆匆离席，流出来的媒体图上，众人皆是沉默凝重的表情。

三天后，钟老爷子在新楼盘落成发布会上露面，胆大的媒体问起个中因由，老爷子难得地黑脸以对，表示"无可奉告"。

一时之间，路旁售卖的杂志、小报头版头条，无一例外都是吓人的白底红字标题，内文是夸张的语气，描绘得天马行空的豪门隐秘，还有一些不负责任的"钟少罹患重症？""金屋藏娇感情破裂！"等吸引眼球的句子。

　　这桩波折横生的钟、宋联姻，是多日来街头巷尾的谈资。

　　陈昭挎着个购物篮，在超市蔬菜区里挑挑拣拣。不远处的挂屏电视上正播到财经新闻，主持人来来回回地讲着这场联姻若失败，将带来何种恐怖的连锁反应。譬如，近几日，钟氏集团股票又一次暴跌，市值蒸发接近百亿。

　　她到下一个挂屏电视前时，节目请了个财经专家。财经专家表示，损失更大的理应是宋家，钟、宋两家的项目，钟氏只是投资，实际上这一番动荡并不曾伤筋动骨。

　　陈昭提着已称好的蔬菜，走向鲜奶冰柜前的购物车。

　　购物车一旁站着的瘦高个儿青年戴着眼镜和口罩，面色凝重地对着满柜的酸奶思索着什么。

　　她问："又在想草莓味还是朱古力味？"

　　青年侧过头，见是她，眼神霎时缓和了，隐约带笑地回了一句牛头不对马嘴的话："昭昭，在超市挑酸奶好像也是种乐趣。"

　　所以他才每天都拖着她来超市，还乐此不疲地在冰柜前头纠结半小时？

　　陈昭叹了口气，弯腰从冰柜里将两种口味的酸奶各挑出了一打放进购物车里。

　　"我们暂时还没穷到买不起你喜欢的酸奶的地步。小孩子才做选择，成年人往往选择全都要，understand（明白）？"

　　她耸肩，满脸无奈的表情。

　　钟绍齐被她逗笑，伸手揉了揉她的头发。

　　末了，男人推起购物车，与她并肩离去，低声说："Understand，

madam.（明白了，长官）"

两个人像一对再普通不过的男女朋友在超市购物，拎着购物袋回家。

谁能想到，这新闻八卦里的风云人物，竟能在被无限放大的信息化时代里如此惬意？

这是订婚取消后事件持续发酵的第五天，陈昭和钟绍齐"隐居"在香市西贡区的一角，毕竟钟老爷子勒令他不准离开香市，他的最优选项自是西贡区。在这里，钟家的影响力相对较小。

陈昭获救后，跟钟绍齐坐下来好好地谈了谈。

一个人坦诚以对："我去海市是因为想见你，和宋静姝约定了不结婚，但不阻拦外界发散消息。后来出了很多事，我们改了协议，定下合约。对不起，这是我第一次想瞒着你。我瞒着你，是因为这只是一场交易。"

一个人如实相告："我来香市，一来想看看你当新郎是什么样子，二来想问问你为什么什么都不跟我说，结果……貌似还搞砸了你的计划。钟同学，对不起。"

话说开了，心里的郁结没了，钟老爷子的威胁又到了，需要一致对外了，两个人似乎没了那些似有若无的嫌隙。

忽略嘴上被他狠狠一口留下的、三四天才养好的小伤口，这是陈昭最开心的一段日子。

两个人住在钟绍齐名下的公寓里，一天去楼下的超市两回，买最新鲜的食材。钟绍齐总会孩子气地纠结半个小时，到底买哪种鲜奶零食。

回来后，陈昭就咋咋呼呼地开始做饭，每次都是不一会儿，又趴在厨房门上，清清嗓子，喊道："那个……钟生，要不你也过来一下？"

客厅里的钟生会把膝上的笔记本电脑放下，迈步走进厨房。

实话实说，陈昭煲汤是一绝，但做饭只能说是尚且能吃。钟绍齐对着食谱做了两回，就默默接过了家里大厨的位置。

除了吃饭时，大多数时间两个人并不频繁地交流。

一个人在书房里画设计图，另一个就在客厅做报表；这个在沙发上小憩一会儿，那个从书房里出来瞧见了，会给人盖上毛毯，或是在茶几上放一杯泡好的咖啡。

如今在钟绍齐的视频会议里，偶尔出现打着哈欠的陈昭，已经不是件稀奇的事。

晚饭过后，两个人会先去楼下绕着街心花园散两圈步，羡慕羡慕人家的猫猫狗狗，回来窝在长沙发上看电视，偶尔看到精彩的部分，她还会央他一个一个单词地教她用英伦腔说台词。

两个人你一句，我一句，还乐在其中。

学着学着，陈昭爱仰起头，看着一本正经地让她观摩吐字发音的钟先生，眉眼一弯，咧嘴一笑，笑出两个深深的酒窝。

她说："我大概是这世界上最想嫁给你的人了，钟先生。"

他哑然，下意识地伸手去扶眼镜，好掩盖泛红的耳根以及心里不曾直言的涟漪。

她最爱看他手足无措的样子。

于是她厚着脸皮凑上前："所以要亲一下。"

钟绍齐："……"

陈昭眨巴眨巴眼，手指点了点脸颊，又点了点嘴唇，闭上眼等半天，等来轻轻一吻。

陈昭想，钟先生啊，只要不被怒火烧昏头，就是个纯情仔，世界上最好、最可爱到不自知的纯情仔。

不仅如此，他还是个笨蛋，坚持底线，和她躺在一张床上，紧张到频频起身去浴室冲凉，结果第二天感冒的……笨蛋。

她真的很喜欢那段时光。

216

在那个暖洋洋的冬天里，在无须为外人道的默契中，他们之间除却男女之情，似乎更多的，是像早就在心里排演过无数次有对方相伴的温情。

在有他的空间里，她就觉得安心。

如果不是某天醒来，整个房间里找不到半点儿他的踪迹，她都以为，这样的日子能长长久久下去。

她还没来得及颓丧，就看到了一个不想看见的人。

"陈昭，终于注意到我了？我以为你能睡到下午起床。"

宋致宁大大咧咧地躺在沙发上，一边翻着时尚杂志，一边啃着薯片，看着她愣怔的表情笑出声来。

她防备地问："宋致宁，你来这儿干吗？"

宋致宁撑起半边身子，一如往日那般轻佻的神色里掺杂了三分冷意。

不提那天他仁至义尽本打算"救她一命"，也不提如今自己在宋家退无可退的处境，他只说："好久不见，走了，你那位钟先生临危托孤，让我送你回海市。"

"临危托孤"，这四个字实在用得过分微妙又精确。

她找出手机，摁亮屏幕。

这一天，是 2015 年 1 月 26 日。

前一天她还在和钟绍齐讨论要怎么过她的二十八岁生日。

看完钟绍齐留在电脑里言简意赅的嘱咐，陈昭收拾好行李，跟在宋致宁身后离开。

坐在车后排座位上，盯着窗外绵密的人流，她脑子里一团乱。

除了"跟他走，安全离开香市"，钟绍齐的留言还有一句"生日快乐，不要等我太久，先吃蛋糕"。

究竟发生了什么？

开车的宋致宁絮絮叨叨地说着话，打断了她的思路："钟绍齐这家伙胆子也太大了，这一个多月，他转移了公司三成的股权。不查不知道，一查，我姐说，他接管钟氏的这几年，偷偷并购了好几家 IT 公司和物流企业，还投资了不少新兴行业……算了，说了你也不懂，总之那小子是一口吞了个西瓜，吃不了兜着走了。"

"什么意思？"

宋致宁从前视镜里瞥了她一眼："什么什么意思？打个比方，对钟业斌那个控制狂来说，你不听话不订婚就算了，还打算另起炉灶，默不作声地吞了钟家一半的家产，钟绍齐这是在造反！这次，连我远在海外的姐姐和姐夫都被惊动了，你说这能是小事吗？"

他语速很快，活像是有人追着赶着让他背台词，又像是刻意在隐瞒什么。

陈昭默默垂眼，感觉背后发寒。

她隐隐约约有了个猜测，钟绍齐若是出事，一定和宋家脱不了干系。

钟、宋两家联姻失败，作为无过错方的宋家，绝不会什么事都不做。

而钟老爷子也不会被动接受这一切。

宋致宁一手扶着方向盘，另一只手摸了摸鼻子，声音发虚地追问："你怎么不说话？平时你不是伶牙俐齿的，今天怎么一句话都不说？"

他不是在拖时间，就是在转移她的注意力。

陈昭别过脸去，突然皱眉，看向前方拥堵的车流。

车子随车流停下，窗外的行人骚动起来。

全副武装的警察从街尾匆匆赶到，一个一个拍车窗，要求车主掉头分流离开。

宋致宁显然也发现了异常，低声骂了一句："怎么走到这条？"

陈昭蓦然推开车门。

直觉令她不顾阻拦，毅然决然地逆着人流向嘈杂处飞奔而去。

耳畔是乱哄哄的呼喊声，救护车鸣笛声由远及近。

鞋跟被卡住，她拔出来时崴了脚，便一瘸一拐地继续往前跑去。

宋致宁很快跟上来，一把拽住她的手肘。

他气喘吁吁地说："陈昭，你想折腾死我是不是？让你走你就走，不走你在这儿能干吗？看什么看？！我拽我……我拽我女朋……我拽我朋友！"

不远处，争先恐后地响起快门声。

赶到的媒体将长枪短炮对准前方。数辆汽车连环追尾，火光冲天，到处都是伤者，人们尽可能地救援，救护人员争分夺秒地抢救伤者……

只顾拍摄的媒体也在争分夺秒。

"死了多少人？夸张点儿写，等会儿再核实。"

"钟绍齐是不是也在里头？大新闻啊！"

"最近钟家不太平，钟绍齐要是死了，谁当太子爷？写好了没有？发出去了没有？等，我要把钟氏的股票卖了！这下他家股票还不狂跌？"

世界宛若被切割成两半，停住脚步的陈昭呆呆地看着这一切。

宋致宁看着她。

陈昭死死地盯着前方，甚至没有发出一点儿声音。

警灯长鸣，远远地拉出一道亮光。

宋致宁试图把她拉走："我先带你……"

似是惊动了她，下一秒，他听见一声尖厉刺耳的号啕，声音显得无助又压抑，是竭尽全力地嘶吼出来的。

她拉住一个路过的警察，如果不是宋致宁竭力抱住她的腰，她直接就跪下了。

她不受控制地浑身发抖："sir（警察），我先生！我先生未出喋（我先生还未出来）！救救他……"

她不断地哽咽着重复："求你……求你，我跪下来求你，救救他，我先生还未出嚟！谁都好，是谁都好……帮我救救他……求求你们，帮我……宋致宁，帮我……"

[3]

失力昏迷后醒来时已是晚上，陈昭睁开眼，看到的第一个人是倚在自己的病床边，顶着两个黑眼圈刷手机的宋致宁。

她适应着略显刺眼的白炽灯光。

伴着一阵窸窸窣窣的动静，宋致宁长腿一伸，凑上前来。

男人难得正经地伸出手摸了摸她的额头。

"喂，死不了吧？"他问，"你也太吓人了，我差点儿以为你要死在我怀里。当这是演偶像剧呢？"

她从他微妙的态度中，感到一阵迷茫。

宋致宁作为一个宋家人，如今钟绍齐……为什么他还要守着这个"临危托孤"的承诺？

他明明没有非要帮自己一把的理由。

陈昭睁大眼，一边瞪着天花板，一边听着宋致宁絮絮叨叨地说着话。过了好半天，她伸手拂开他久久停在自己额头上的手指。

"不识好人心。"宋致宁飞也似的缩回手指，表情一如往常，但到底有些难以发现的落寞。

室内一时安静下来。

"宋致宁，"她先开了口，没头没尾地轻声问，"一个人努力往上爬，走到最高点，然后把脚底下马上要登顶的第二个人踢下去，这就是你们吗？哪怕那个很快跟上的人是你的儿子、孙子，跟你血脉相连，一旦有了威胁，就是找不像话的替代品也要把他踩下去，就算他会粉身碎骨也在所不惜，是不是？"

她不是以痛彻心扉的"死者家属"身份在发问，而是将藏在心里许多年，此刻终于爆发的平静而尖锐的质问道了出来。

只可惜，她只能问宋致宁这个世人皆知的纨绔。

宋致宁沉默以对。

不知过了多久，宋致宁才说："我们这样的人，命运比较坎坷一点儿，受的苦多一点儿，很公平，不是吗？"

说完，他吹了声口哨，吊儿郎当地耸了耸肩："看在你昨天生日的分上，我体谅你，你什么时候冷静了，再跟我一起回海市吧。"他起身，"只是这样的问题你就不要问了，问多少次结局都是一样的，问多了，也只是伤你自己罢了。"

他明显不愿意再多聊这个话题，往外走了两步，手都快按上门把了，视线扫过这间 VIP 病房进门处的储物柜，上面孤零零地放了一个包装好的小蛋糕。

他忍不住回头，看了病床上面色苍白的女人一眼，伸手拎起蛋糕，往回走了几步，将蛋糕放到陈昭的病床的小桌子上。

"吃点儿吧。"他说道，"给你买的生日蛋糕，钟……喀，别人跟我说你最喜欢杧果，我买了你最喜欢那家店的杧果慕斯，特意让他们放了很多杧果。"

杧果……

陈昭眼皮一抽，没吭声。

她打小一吃杧果就发红疹，究竟是谁说的她最喜欢吃杧果？

刚要说"你从哪里……"，陈昭突然想起钟绍齐留言里的那句话——生日快乐，不要等我太久，先吃蛋糕。

她再一看，桌上的蛋糕包装盒上的 logo（标识），是"Memory"（回忆）。

这家西饼屋就在她和钟绍齐这段时间住的公寓楼下，整个楼道里到处都是它家的广告——"吃下'Memory'蛋糕，忘掉所有不美好的'memory'。"

为此，她私下不止一次和钟绍齐吐槽，都忘了"memory"了，蛋糕又做得难吃，怎么会有回头客？

忘掉 memory？过敏的杧果？有人特意告诉宋致宁的？

恍恍惚惚间，陈昭意识到了什么。

宋致宁见她起身，便径自打开包装，将里头的慕斯蛋糕端出。把蛋糕摆好，他从装蛋糕的袋子里掏出了生日蜡烛。

冲天的火光、陈昭骇人的号啕、崩溃的求救声，他不愿把这种情绪归类为可笑的怜惜，撇了撇嘴，找了个蹩脚的理由："算了，生日都过了，就不点蜡烛了，你就吃两口蛋糕垫垫肚子得了。"

说话间，他手快地切出一块小蛋糕放进纸盘，递到她面前。

"还有，这几天我要是不在，你就别出去了。不知道是谁在外面乱说话，现在很多香市小报记者想拍你。你吃饱喝足睡一觉，养足精神，不然被拍到了人家一顿乱写，你的名声可就坏了。对了，如果有人问你认不认识钟绍齐，你一定要说跟他一点儿关系也没有……我怎么感觉我跟个老妈子一样？"

他一边说，一边抖了抖手里的蛋糕，示意她接过："吃点儿呗？你难道一点儿不饿？"

任宋致宁在耳边喋喋不休地说着，陈昭脑子里浮现的却是某个寻常的午后场景。

两个人坐在长沙发上，她倚着钟绍齐的肩膀一侧，各自做着自己的事，有一搭没一搭地聊着天。

"钟先生，什么叫'走一步，看三步'？"

"打个比方，田忌赛马，布局谋划，不只关注一局的胜败，不只争一颗棋子的得失，只要最后能赢，暂时处于劣势也是优势。"

她皱了皱鼻子，问："你的意思是，偶尔示弱输一局没关系吗？因为你总会赢回来？"说完，她忍不住叹气，"啊，但我怎么区分

一盏春光

清楚这是第一局，还是最后一局？"

纤长手指在键盘上敲敲打打，他侧过脸冲她笑了笑："我不在的时候，是第一局。我回来的时候，是最后一局，你只要平平安安地等我回来。到那时候，赢的就是我们。"

她打了个寒战，推开宋致宁手里那小块蛋糕，直接扒过那个蛋糕，专选里头的新鲜杧果送进嘴里，嚼也不嚼地往下咽。

某种黏腻的感觉从喉口蔓延到唇齿间，肉眼可见的红斑爬上她的侧脸，她忍住不适，麻木地重复着吞咽动作。

宋致宁发觉不对，一把拦住了她："陈昭！你的脸！"

她感觉到肺里有什么灼烧起来，呼吸急促，捂住口鼻，将堵在喉口的杧果死命地咽了下去。

末了，她用最后的力气，腾出一只手用力地攥住了宋致宁的胳膊。

她还没来得及说话卖惨，演上一出贪吃过敏的好戏，他已吓得脸比她还白，一边猛按病床边的呼叫铃，一边拂开那个蛋糕。

同时，他扯起嗓子大吼："喂！医生，医生——"

过敏引起数日高烧不退，正撞上香市季节性流感，她"迷迷糊糊"地接受医生的安排，住进了隔离病房里。

待她为期一周的隔离诊治结束，香市小报记者们早撤走了，追逐其他头条去了。

这一周，钟老爷子出手了，有关钟家的种种议论悄无声息地消失了。

办理了出院手续，陈昭和宋致宁戴着严严实实的医用口罩，混在拥挤的就诊人群中离开医院，赶赴机场。

一路通行无阻，以至宋致宁不得不感叹陈昭这一步险棋真是精妙，又掩不住好奇。

忍了一路，抵达海市后，两个人同乘一车离开机场，气氛难得平静祥和，宋致宁忍不住悄悄问："陈昭，对自己这么狠。你这是和钟绍齐商量好了？"

问这话时，他小心谨慎，尤其对某个人名讳莫如深。

陈昭疑惑地抬眼。在心底预演过千百万次，她笃定自己能够骗过所有人："钟绍齐？"

她摸了摸鼻子，微蹙起眉："那是谁？"

陈昭用了很长时间，让周围人相信自己真的因为连日高烧导致选择性失忆。总之，她在每一个人问起"钟绍齐"时，满脸疑惑，表现得自己与钟绍齐毫无瓜葛。

同时，宋致宁为何找自己做秘书，洛一珩因为什么带自己入行，她也一律不记得了，深想就头痛不已。

当然，事情这么顺利，多亏了宋致宁。

他是真的相信她失忆了，不仅信，还要全世界的人跟着相信。

一切刚好回到原点，他似乎很开心。

那段时间，陈昭经常在人群散尽的洛一珩的化妆间里，孤零零地收拾化妆品和衣服时，撞见"恰巧来访"的宋致宁。

她看着对方有点儿手足无措地跟自己演示他们的初遇，在他的嘴里，他们初遇是因为宋静姝。

会为陌生女孩子挺身而出的女生，真的令他感觉稀奇。

"我那时候只觉得你有点儿有趣，"他说，"后来嘛，后来你在我身边工作，好像一点儿也不怕我，总是顶嘴。我觉得你是个野丫头，可有人告诉了我你小时候的故事。原来你这么个打不死的小强，也会那么喜欢。不是，原来也有蛮让人欣赏的一面嘛。"

他的眼里有亮晶晶的星星，差一点儿就让自以为伪装得天衣无缝的她相信了这真的是他们的初遇场景，并不存在兰桂坊那一夜的事，而是一个老土得不能再老土，却充满善意，可以用美好和勇敢来记录的夜晚。

"陈昭，"而后，在那个狭窄又闷热的小化妆室里，西装革履的宋三少对她说，"现在看我也不错，是不是？"

没了钟绍齐珠玉在前，没了那天晚上我对你做的那些事，我也不是个多坏的人，是不是？

陈昭"扑哧"一声笑了。

她说："宋三少，我觉得你这个样子像是在……好像小孩子在攀比一样。你看你看，我本来觉得你就是个稀奇的野丫头，不咋样，后来发现原来别人家的小孩都喜欢你，还在我面前夸你。哇，那我也要收集一个，最好是限量的特别版的你。"

宋致宁愣住。

"我还很忙呢，"陈昭下了逐客令，"宋少，今天卓小姐不是约你共进烛光晚餐？别迟到了。"

不得不承认，无论是有记忆的陈昭，还是"失忆"的陈昭，都清楚，对宋致宁而言，"稀奇"比恒久的爱更吸引他。

他远不像他表现出来的那样。

家族、权力像是两座大山，将他死死困住。

此后更多次，他有意无意地似要表白，最终都如这次一般草草结局。也因此，她能耀眼自在地昂首度过这两年半的时间，只是心如止水。

然后，这一天在养老院，在一个寻常的探望日，她看见了龙飞凤舞的熟悉笔迹。

六个字，名字和身份都是她心上的欢喜。

狭窄的楼道口里，一个对视、一个抬眼、一个娃娃，等待已久的人虽迟但到。

就像她生闷气塞给旁人的娃娃，离开了一夜，又回到了她的手中。

他也如约回到了她身边。

2014 年，他为了一个合适地出现在她身边的理由，斥资并购爷爷效力过的海市宝林高级成衣定制公司。

2017 年，在属于宝林的陈旧写字楼的陌生办公室里，他俯身拥抱住她。

两个人兜兜转转，幸得一个圆。

他说："昭昭，没事了。"

她环着他的脖子，三十岁了，却还像个大孩子，鼻涕眼泪全往他的西装上蹭。

好半晌，她抹了眼泪，手微微抵住他的肩膀隔开一点儿距离，想看清他的脸。

一看到他脸上的红印、他眉间那道陌生的纵贯眉尾的疤痕，她一咬牙，一撇嘴，眼泪又"噼里啪啦"地往下掉。

她不再问这三年的事，也不再怪罪这三年寻觅不到的某位钟先生，摸了摸他的脸，手指蹭过凹凸不平的疤痕，红着眼问："疼不疼啊？"

钟绍齐瞧着她又哭又笑的样子，双手捧住她的脸，微微弯下腰，视线与她平齐。他庄重地冲她摇了摇头："好了昭昭，"他用最温柔的语气哄着她，"一点儿也不疼，过去的事，我慢慢讲给你听。"

[4]

下午，宝林临退休的老裁缝黄师傅受命，必须在三天内复刻1935 年宝林初代公司出品的高级中山装。

六十多岁的老爷子叼着烟袋，对着面前缩水的中山装琢磨半天，跟身旁的小学徒说："我跟我师父老陈学裁缝时，一针一线地做，得做半个多月。老陈退休了我去看他，他自个儿做，三个月才能出个形！现在有机器了，快是快了，味却不是那个味了。"

造价几十万的衣服，到底也没谁会轻慢，他唠唠叨叨地开了工。

226

还没半个小时，黄师傅忽地转过身，招呼正帮忙量尺码的学徒："你去问问那个新来的邵总，能不能宽限两天？"

小学徒最受不了师父咕哝，闻声忙不迭地点头，放下量尺一溜烟地跑了。不过四五分钟，他灰溜溜地回来，扒着门低声说："师父，邵总不在办公室，走了。"

"走了？他跑哪儿去了？"黄师傅浓眉一挑，"现在的小年轻啊，我跟老陈学手艺的时候，一天到晚屁股都不敢挪一寸。"

小学徒赔了个笑脸。

"现在时代不同啦，师父。听说邵总是跟女朋友……还是老婆？不知道，总之邵总跟女孩子走了，外面的人心碎一地呢。"

而两个"不务正业"的大忙人，在工作时间偷闲，跑到陈昭新家的小区外头的超市里……买菜去了。钟绍齐戴着遮得严严实实的口罩和帽子，推着购物车跟在陈昭后头。

两个人之间的距离不远不近，他说，陈昭听，先往筐里放两瓶酱醋，再回一句牛头不对马嘴的话，他也不生气，索性接着她的话茬往下说。

两个人像一对稀松平常的夫妻，对柴米油盐酱醋茶的琐碎小事亦如数家珍。结了账，钟绍齐提着满满当当的两大袋"战利品"，和斗志满满的某厨娘一起回家。

两个人都默契地选择了把正事留在餐桌上谈，一路上气氛都颇轻快。

"钟生，烫，烫，烫！来帮我端一下这个汤！"她飞快地把汤端起又放下，捏着耳珠摩挲，"啊——烫死了！"

五分钟前才刚被她赶出厨房的钟绍齐长腿一迈，随手捞起墙上挂着的隔热手套，稳稳地捧起汤碗。

不消两分钟，同样的情况重演。

钟绍齐叹了一口气，无奈地笑了笑，一声不吭地给她兜底。直到这时，陈昭不得不承认，自己真的很喜欢他这样"英雄救美"的行为。

明明一个人时都做得好好的，他回来了，她就忍不了委屈，要他帮忙，要他心疼。

多好啊，有个人能让她恃宠而骄。

因为她的这点儿小脾气，下午六点半，两个人才折腾出三菜一汤。两个人一左一右，在小餐桌边落座。饭要吃，事也不得不谈。

"喝口汤先。"陈昭给钟绍齐盛鱼汤，轻描淡写地切入正题，"钟生，那场车祸……和这几年，到底发生了什么事？"

到底发生了什么事，以至于他一次也没有和她联系过？

不管是电话、短信、邮件，只要是神志清醒，他就能够传来一个让她安心的消息。

为什么他一次都没有联系她？

他并不意外，默然地用汤匙微微搅动着热气袅袅的鱼汤，喝了一口，放下汤勺，拾筷，往陈昭碗里夹了一块红烧肉。

"在我的预估里，跟爷爷摊牌，我的胜算可能是四成，也可能是六成。他中风后，精力不比以前，需要我为他分担。我早有预案，爷爷也看过我给的详尽方案，不与宋家联姻，钟氏依然可以悍然进入海市。我赌只要我愿意让步，爷爷会因此给我留余地。"

但他低估了一个人，那就是宋笙的未婚夫，江氏集团董事长江瑜侃。

陈昭早想到钟绍齐出事，少不了宋家做的手脚，但确定了，还是如鲠在喉。

钟绍齐继续往她碗里夹菜。

在和陈昭"隐居"的大半个月里，他一直在调整部署，却因为江瑜侃功亏一篑。

香市股市动荡，在钟绍齐的劝说下，香市本地大鳄跟他联手救市。

当时他个人控股达到55%，涵盖地产、金融、IT、物流的SZ集团，独领风骚，股价连日看涨。

"江瑜侃是个能人。他说服了爷爷，和江、宋两家联手，一起狙击 SZ 集团。"

比起背叛了自己的孙子、不值一提的亲情，钟老爷子轻松地把筹码放到了金钱这一边。

钟绍齐察觉不对，匆匆留下叮嘱，尽可能快地想和钟老爷子见上一面。当然，他也是避免连累陈昭。

陈昭显然也意识到了钟绍齐刻意避开的这一点。

她僵住，突然觉得自己下午给出的那一巴掌在此刻反噬，手掌发麻，甚至颤抖了起来。

钟绍齐像个局外人似的，平静且小心地略过所有会让她多想的细节，继续往下说。

热焰一瞬间逼近，他不甘心就此死去，不甘心死在这一天。

这一天是某个女孩的生日。

等恢复意识时，他被包成了个木乃伊，躺在病床上。

时间已过去三个月。

"我当时，"他斟酌着用词，"没有办法接触外界，因为钟家，也因为宋致宁一直待在你身边，所以没有第一时间联系你。很快，我被送去德国做手术，就耽误到了现在。"

他语气平静。

陈昭却倏地抬眼，看向他眉尾那条疤痕，隐约可见缝合的痕迹。

她试图用扶额的姿势掩饰住一瞬间汹涌而来的泪，却泄露了哽咽的声音。

"我一直很担心你，"她只能说，"如果我知道是这样，如果我知道……"如果她知道事情真相，宁愿一开始就不要在那个小巷里遇见钟绍齐。

她没有追着钟同学跑，钟同学不曾为她心动。

他们没有分开，不必重逢，也就……没有这场车祸，没有现在的事。钟绍齐就能永远做那个高不可攀、拒人于千里之外的豪门贵子，做完美到让人不敢生半点儿遐思的钟家太子爷，做他母亲的骄傲、他爷爷的好继承人，而不是……不是现在这样。

钟绍齐忽地伸手，拨开她遮住双眼的手指，用大拇指擦过她的眼角，揩去她汩汩流出的眼泪。

"这是我选的路。"他低声说，"昭昭，我只是在为我选的路负责，跟你没有关系。"

"而且，"他顿了顿，轻轻抚过她哭得涨红的脸颊，"还有一段故事，我想讲给你听。"

救走他的人，是他的父亲钟礼扬明媒正娶的妻子，真正的"钟夫人"，香市李家的嫡女李卿言。她和洛如琢很像，又完全不一样。

两个人相似之处在于长相，性格南辕北辙。

李卿言温文尔雅，知书达理，却没有什么存在感。钟绍齐被接回钟家，只匆匆和她见了一面，便再无交集。

她一早就搬回李家旧宅，多年不曾露面。

钟绍齐醒来后，她告诉了钟绍齐一个他想都不敢想的真相。

"你的父亲一直想把钟家留给你。"李卿言表情平静，说的话却有些颠三倒四，"你的弟弟不是我十月怀胎生下来的……我一直都想不明白，人怎么会对亲手养育的孩子没有一点儿感情？我想了这么多年，还是想不明白。你说，为什么你父亲在那个孩子被人揭露是我们偷偷抱养的之后……只跟我说了一声对不起，就跟这个孩子那样一起死了？然后，警察说是车祸，是意外，哪里有这么多意外？我想不明白啊。"

雷声隆隆，大雨倾盆的夜晚，他打来的电话语气平静。

刺耳的刹车声带来了死亡。

她的丈夫就那么任性地带着她的儿子一起，死在了那场倾盆大雨里。她甚至都不理解发生了什么事，只知道她的人生也跟着完了。

"他从没见过你，阿齐，"李卿言说，"他只说过，你长得跟他一模一样，跟他是一个模子里刻出来的。你的母亲一直盼着他死，所以他要如你们所愿。他一直很想见你，他的钱包里有你的照片，他经常拿出来看。他给你准备了很多礼物寄给你，却都被你母亲退了回来。那些礼物，有漂亮的小皮球，有小汽车……有很多很多，那都是我的孩子盼望却没得到的东西。

"我应该恨你的，可是我第一次看到你，你穿着西装从门口走过来，还有点儿孩子气，但像足了礼扬……血缘真的很奇妙。他已经不在了，我却从你身上看到了他。甚至，你是这个世界上唯一能证明他存在过的人，而不是我。你是他的延续，只有你，我不想你成为第二个阿扬。

"我希望你好好活下去，请你好好活下去。"

"父亲"于他而言很模糊，在李卿言的描述中，又冒出一个隐隐约约的轮廓来。

李卿言哭累了，在他的病床边静静坐了很久。

临走前，她在他的病床边小心地放下了一摞磁带。

"我代为保管了好多年，是时候还给你们了。总之，这是我最后一次出现在你面前。"她冲他微微一笑，"阿齐，好好活下去吧，不然你爸爸一定会不开心的。别让他不开心，这是我这么多年唯一的愿望。我希望我做到了。"

钟绍齐在叙述自己的煎熬经历时平静如常，讲到父辈的事，突然难以自抑，甚至红着眼拥抱住陈昭。

陈昭僵硬地接受着这突如其来的拥抱，双手轻拍他的背脊。难得有一次，她能像哄小孩一样哄哄钟绍齐。不知为何，她莫名其妙地不知所措起来，手指和心一齐乱了节奏。

"我和我爸爸……很像吧？"他并未察觉，低声继续说，"当时的我最先想到的竟然是，如果没有你……陈昭，我是不是也会因为厌倦、因为太累了、因为被钟家毁了一切，而选择消失在某个雨夜里？"

李卿言说得很对，他和他父亲是一个模子刻出来的，一样固执，都对这个世界充满失望。

陈昭僵住，不仅因为他的话，也因为她突然察觉，他背后的肩胛处一直延伸到腰，隔着衬衫就能摸到一大片凹凸不平的痕迹。

她低垂眼帘，长睫颤抖不止。

钟绍齐自顾自地往下说着："其实是你救了我，一直以来都是你救了我。我一定要回来见你。"

陈昭悄悄地屏住呼吸，不让自己再度泪洒如倾盆大雨。

"我不想让你为遇见我而后悔。"

我从来都不是一个完美的人，陈昭。

"如果是以前，我一定会因为自己的不完美而羞愧，甚至拼命掩盖我的不完美，让所有人都只看到我想让他们看到的样子。现在不一样了，真的不一样了。"

他紧紧地拥抱住她。有那么一瞬间，他恍惚了，用尽全身的力气，只为了这一个久违的拥抱。他将脸埋在她的颈边。

陈昭似乎感受到了一阵湿润触感。

他低声呢喃："是你教会我的。我想做一个活生生的人，会冲动，会迷茫，当走错路时可以回头。回头的时候，只要找到你，我就不会再迷路。"

陈昭死死揪住了他后背上的衬衫。

"陈昭，我远比你想象的要多爱你很多很多。"

番外一　　　　　　　　**钟绍齐**

—————— HOW AM I SUPPOSED TO LOVE YOU

　　无来由地忘不掉，直到很多年后，他依旧常常想起这一天。

　　薄雪纷纷飘落的冬天，有个女孩抬起脸来，脸颊红扑扑的，眼里是快要忍不住的泪水。　她向他张开双臂，拥抱他，如同拥抱一切与他有关、未知而惶惶然的宿命，表情如此坚定。

　　那一刻，他忘了自己的责任，忘了母亲的耳提面命，甚至忘了他即将成为"钟邵奇"。

　　他只是突然无比希望有一个和她在一起的，小小的家庭。

　　所谓奢望，便是如此产生的。

　　他出生在 1986 年的秋冬之交，十月之末。

　　他的母亲是海市名流洛光远后裔，江门洛家的长女，洛如琢。至于父亲，那位此生从未与他在生时见过面、只存留于影像资料中的钟家太子爷钟礼扬，于他而言只有一个父亲的名义而已。

　　母亲无数次向他提起这个父亲。

当他从母亲的腹中艰难地来到人世时，他的父亲正在香市中环四季酒店大摆婚宴，四百桌流水席，欢庆了三天三夜。各界名流到场贺他新婚之喜，媒体大肆报道，赞之为"世纪婚礼"。

他的母亲在这样的欢声笑语里，在香市的仁济医院，因为他与死亡擦肩而过，整整昏迷了九天才逐渐恢复意识。

清醒过来后，她一遍又一遍地看着电视上的婚礼报道，毅然决然地在身体尚未完全恢复之时，抱走了尚且在保温箱里的新生儿，当夜乘船返回海市。

很显然，从一开始他就不是一个在爱里出生的孩子。

有了记忆之后，他的人生就进入一场经过精心设计，确保不会出纰漏的模拟中。每天他上的密密麻麻的课程，都有着中文、英语、法语、西班牙语、俄语五列注解。不同腔调、不同肤色的外教，无时无刻不在为他创造"良好的学习环境"。

三岁时，他就跟随洛如琢巡视洛家的马场，也陪着她见那些商业伙伴，开始笨拙地挥动比他还要高的高尔夫球杆。年纪再大一些，他要学习书法与钢琴，还要学习帆船、网球、击剑和柔术。

即便他曾在年幼时，向身边那些嬉戏打闹的小同学投去悄悄羡慕的目光，却从没有试图想象过一次，倘若自己做出那样幼稚的举动，洛如琢会是什么反应。

他不愿意去触碰母亲的逆鳞，任由阿拉伯数字和讨厌又古怪的英语字母，夺走了他所有在草坪上蹦蹦跳跳地玩着幼稚的纸飞机、和同龄的孩子一起看幼稚动画片和拼乐高的时间以及机会。

守在他身边的洛如琢，永远温温柔柔地劝诫他："你是钟家人，这是你天生就该会的东西。你想想，等你爸爸死了，钟家的一切都是你的，你到那时候再学，是不是太迟了呢？"

她那样笃定，眼里是几乎喷涌而出的欲望和果决之色。

可他从来没有见过什么钟家人，也没有听过哪个家庭里会有为人妻、为人母的女人，如此盼望自己的丈夫死去。他只能竭尽全力地压抑自己所有难堪、不满和迷茫的情绪，去假装附和。

这一妥协，他就妥协了许多年，十七八岁时长成了沉默又冷漠的少年。

他念着最好的学校，有最出色的名师保驾护航，仿佛无所不精，无论在哪儿都是人们私下议论着的"高枝"和"阔少"。可他清楚，这所有的光环，说到底不过是笼中的金丝鸟，等待着被人放上展台，供人拍卖估价的前置流程。

是的，他很清楚，自己由始至终只是一个供人挑选的"拍卖品"。

他的母亲始终在全力筹备，等待着钟家继承人意外过世，等待着他成为那个被她亲手送上拍卖台的新继承人。即便清楚这一切，即使明白自己的命运，他确实也有抑郁和烦闷到不能忍受的时候。

于是，他不记得是从哪天开始，偶尔也会在母亲的默许下放纵自己，在鲜少人经过的小巷里静静地看着地上的垃圾燃烧，仿佛是在祭奠什么。

每到这时，他会卸下所有疏离伪善的面具。

这是不需要为人所发觉的难得任性、难得放松的时刻。

也就是在这样一天，有个女孩手忙脚乱地冲过来，撞进了他的怀里。这一下，连礼服的扣子都被扯去一颗，他前襟大开，手里的金丝眼镜也猛地被甩飞，再被拾起时，镜片支离破碎。

他默然无言，先撑地起身，拍了拍身上的灰尘，扭头看了这闯祸精一眼。

虽然是个闯祸精，女孩生得倒是好看。

如瀑的黑发扎了个干净利落的马尾，五官精致，眉与眼在日光下明艳动人，唇红齿白的瓷娃娃，脸上却满是戾气。

或许是天注定，阴错阳差下，他并不那么情愿地救了身陷囹圄的闯祸精一次，讨要纽扣不成，反给了她自己的名字。

没想到这个叫陈昭的闯祸精，还是个不折不扣的固执的黏人精。

次日下午，他望着自己课桌上那一大包零食，发了一会儿愣。

与她出乎意料的举动不同，小字条上的字迹漂亮娟秀，写的是：钟同学，你好啊，我是陈昭，谢谢你昨天帮我。

他本想把这张字条塞进抽屉暗无天日的角落里，又不知道为什么，或许是因为这一大包膨化食品和自己实在不搭，给他留下了深刻的印象，所以这张字条也获得了优待，被他折起，夹进课本里。

这一夹就是两年。

他开始在无数个地方和她"巧遇"，有时是耀中的小食堂，有时是午休前的树林长椅上，有时是出校门拐弯后的公交车站不远处。

她总像是跟自己无比熟稔的样子，挥手和他打招呼，笑得眉眼弯弯的："钟同学，怎么这么巧啊？"

这把戏实在有些拙劣。

他心知肚明，是以待她和其他女生并无差别，不过微微颔首，就目不斜视地离开。

把一切看在眼里的司机不止一次地提醒他，这女孩在临安女中是多么声名狼藉，接近他一定是居心不良。显然，洛如琢得知女孩的存在后，特意提点过他。

他并不接茬，只说："她没妨碍到我……总会适可而止的。"

适可而止？

不得不承认，那时他确实是低估了这位陈昭同学的执着和耐心程度。似乎她只要认定了一件事，就会把这件事做到让人潜移默化，甚至开始默默习惯的程度。

一个月、两个月，大半年，他养成了时不时侧头向右望向窗外的不良习惯。

从那个角度，他正好可以看到学校后门那堵低矮的红色围墙，如果适逢中午，偶尔还能看到那女孩动作利索地翻墙而过，拍拍膝盖上沾到的灰土，蹦蹦跳跳脚步雀跃地消失在高楼阴影下。

然后他就会知道，下课铃响，自己离开教室下楼以后，又能够"凑巧"撞见她。他装作漫不经心，却总会放慢脚步等着。

她会从角落里探出头来，笑嘻嘻地挥手，说一句："钟同学，又这么巧啊！"

他明明很讨厌这种习惯，又莫名其妙地开始有一点儿期待每天的"巧合"。死水无波的生活里，有一个咋咋呼呼的黏人精闯入，也不像想象中那么糟糕。

当然，如果一切仅仅是这么平静、这么温水煮青蛙一般发展下去。他其实并不确定，陈昭最后能在自己的人生中留下怎样的痕迹。是隐秘喜欢过的女孩，还是并不讨厌的跟屁虫，又或许是多年后，他仅仅稍有印象的名字？

九月的周末，钟礼扬，他素未谋面的亲生父亲，死于一场突如其来的车祸。同车的司机和两名保镖，还有他同父异母的弟弟钟邵坤，都因此丧生。

消息传来时，他正在上课，老师着急忙慌地把他请到办公室，接听洛如琢打来的电话。

他以为夙愿终于"得偿"，母亲会笑得放肆开心，毕竟从他出生的第一天开始，她就在诅咒钟礼扬不得好死。

可是电话那头传来的是洛如琢近乎崩溃的哭泣声。

"你爸爸死了，"她说，"死得真好，他那么对我们，没有良心……凭什么让别人一直占着你的位置？他凭什么一直对你不管不顾？阿齐，这是你的机会，我太开心了……这是你的机会。"

开心？

既然开心，她为什么哭得连话都说得含混哽咽？

当然，他不会愚蠢到在这时戳穿她。

只有一个念头平静而清晰地在他的心里浮现——

从今天开始，他真的没有父亲了。他很想保持体面与冷静，就像始终平静地接受洛如琢安排的人生那样，却不受控制地全身发抖。

他冷着脸回到教室，人生中第一次不顾众人打量探寻的眼光，从书包里摸到那个方形的盒子揣进兜里，而后头也不回地逃离。

在那个光线昏暗的小巷子里，散乱的垃圾箱、无人经过的静谧和尼古丁的呛人气息陪着他。他倚着墙，视线漫无边际，仿佛又看到四五岁的自己望着隔壁草坪上拍打着小皮球的男孩。

他没跟任何人说过，自己羡慕的不是那孩子能够肆无忌惮地玩乐，而是那孩子的皮球滚远以后，孩子的父亲会笑呵呵地帮着追球，而后高声喊着孩子的名字，重新将球扔回男孩手中。

父子情浓，自己却是一个满心羡慕的旁观者。

没有父亲陪伴他走过本该幼稚的童年，如今也不会再有。

他轻敛长睫，某种情绪堵在喉咙口，不上不下地哽着。

一阵匆匆的脚步声却在这时由远及近地传来，他抬眼看去。

一路狂奔而来的女孩，停在离他四五步远的地方，扶住膝盖，气喘吁吁。

他不着痕迹地踢了踢地上的狼藉痕迹，喉结滚动，半晌才挤出一句冷冰冰的话："你来干什么？"

女孩脸上霎时间涌现的不知所措表情落入他的眼底。

他几乎以为，自己这句不知用来欺骗过旁人多少次的冷漠质问会把她吓跑。

可她呆了呆，涨红着脸，只是说："我……我请你吃饭吧？"

要是换了别的地方，这一定是句不及格的安慰话语，她说得笨拙，没头没尾，一点儿也不懂得看人脸色。

但很奇怪的是，他竟然在听到的瞬间，想象出了和她坐在一桌，哪怕再平凡不过地吃上一顿饭会是什么样子。有烟火气，平平常常，不必遵循用餐礼仪，更没有必须食不言寝不语的冷漠安静画面。

他沉默良久，掸了掸裤子上的灰尘，叹息一声，借着失笑掩饰的无奈情绪自唇边轻溢。

裤兜里的手机阵阵作响，他不用看也知道，是洛如琢在提醒他赶快回家，他应该在这样的当口积极表态云云。

他按掉电话，直起身子冲陈昭说："走吧。"

他不知道是向陈昭妥协，还是纵容自己。

谁让她总是能在他无人倾诉的时候，用一无所知却真实的样子安慰了他？

那一天傍晚，他们吃了一顿并不怎么好吃的麻辣烫。

他想要把吃饭的钱给她，又怕她误以为自己讨厌她才这样，只得趁她不注意，在路人愕然的目光里拽下一颗纽扣，悄悄放进了她的口袋里。

他陪她等公交车时试探地告诉她，自己的名字背后的故事。

虽然她似乎并没有听明白。

可他在听到她的回答以后直接愣住了。

人生中第一次，他被仓促而惊惶地摸了摸头。

女孩落荒而逃，公交车也在夜色中驶远。

不过是一瞬间的事，不知道过了多久，他还呆站在原地，摸了摸头顶。夹杂着惊惶、难窥天日的欢喜、不知所措与羞怯的情绪，在他心里翻滚，怎么也缓和不过来。

直到被风吹得头晕脑涨，他才回过神来，打电话给司机，让人接自己回家。

他的母亲已经在那个家里等了他很久。

不管再怎么逃避，他都躲不过她对他生养之情背后从来不曾遮掩过的算计。

他进门，走过一片狼藉的大厅。老管家满脸惊惶表情地候在一旁，酩酊大醉的女人斜卧在沙发上，长发披散，扶住垃圾桶干呕着。

听到脚步声，女人抬起头，声音颤抖地喊了一声"阿齐"，眼泪便争先恐后地往下掉。

不知道她是看到了他，还是透过他看到了别人。

是了，她从不和他分享半点儿有关这个家庭、她未能成婚的爱人的回忆，却会在这样的时刻要求他共享这份悲伤。

可是他连丝毫快乐都没得到过，为什么必须承受悲伤？

"你为什么不哭？阿齐，"而他的母亲还在锲而不舍地问他，"死的是你爸爸，你为什么能一滴眼泪都不掉？"

他只觉荒诞得令他想笑，还留存的哀戚心情，都在这一问里消散殆尽。他甚至感觉前所未有的轻松，走近蹲下身，捂住女人冰冷的双手，轻声问："妈，可是为什么我的爸爸从来没陪我吃过饭，陪我玩过皮球，陪我看过电视？而你一直告诉我要恨他。

"你告诉我，他不愿意来陪我，你一直求着他来见我。你告诉我，我只有母亲，没有父亲。你恨他，也强迫我恨他。我听你的话，现在你又要我和他演一出父慈子孝的戏码？妈妈，我是一个人……我是活生生的人，是你的儿子，不是你手里的'东西'。我做不到你指哪儿我就打哪儿，也做不到哭笑都听你的安排……你到底明不明白？"

女人的哭声突兀地断了。

他松开手，仿佛松开了压在身上不知多少年的束缚。

他上楼之前，轻声地说道："晚安，妈妈。"

他没有告诉她，也没有告诉任何人。

在那顿并不好吃的晚餐里，他看着自己碗里堆得如小山的肉和陈昭碗里可怜兮兮的青菜，第一次明白了家和喜欢的意义。在蒸腾的雾气里，一起吃饭，一起说话，然后把自己最爱吃的东西都给最喜欢的人。

他想起总是偷偷出现在自己抽屉里的零食和牛奶，也想起她每一次的巧遇，想起她好像永远学不会认输的顽固与坚持。

她教会他，原来被人喜欢和珍惜是这样的感觉，不求回报，永远热忱真挚，虽小心翼翼，也勇敢和温柔。他不得不承认，陈昭不是他门当户对的良配，可上天让她在最适当的时间与自己相遇。

在他沉默寡淡的青春里，无论重来多少次，他都会被这份炽热感情打动，会把她当作白纸般平淡的人生里唯一的一笔浓墨重彩的景色。

在那之后，他准备了一张银行卡，准备挑一个晴朗的天气拿给她，只是在一次意外的争吵下，他没忍住把它给了她。

银行卡里的数字是5201314，这是他第一次暗示她。

接下来她没出现的几天，他每一天都心神不宁。运动会的下午，他逃了闭幕式想要去找她，却和她巧遇。这一次，他收到了回礼，一个布娃娃——这个布娃娃被他放在床头整整八年。

送她离开时，他又一次提起那张银行卡，告诉她："什么时候愿意要了，直接拿去，随时都行。"

这是他第二次暗示她。

后来，那个匆忙出逃的圣诞节，他抛下了整个钟家，受了洛如琢狠狠的一巴掌，找到了在电话亭里瑟瑟发抖的她。他不会说动人的话，只能微微弯腰轻抱住她，一遍又一遍地唱着"We wish you a Merry Christmas, and a happy new year"。

这是第三次，他想说，他会把所有的珍宝赠予她，祝愿她，拥抱她。

在烟火下许愿时，他许愿要成为实现她的愿望的人；在爷爷家吃的那一顿饭，他点过头，答应过，要穿着爷爷做的中山装娶她回家；离开前，他在公交车站告诉她，想要一个家，什么都没有也没关系，只要那个家里有她。

他记不起，这一切是从哪里开始的。

也许是因为曾经被那样热切地喜欢过，无论未来如何，他都想要把自己最好的一切与她分享。只是，那个炎热的夏天，他被狠狠推开，眼睁睁地看着她头也不回地走远。

他把倔强固执的陈昭弄丢了。

他暗中托人在海市找了她整整十年，可是找不到。

每一天他都在找她，爷爷家、大街小巷小弄堂，每一个她曾经出没的地方，哪里都没有她。他独自一人去参加她的毕业礼，拍了照片，却再没了那个能够分享的人。

唯一庆幸的是，自己有着并不输给她的固执劲儿。

他想，既然找不到，那就一直一直记着她。

他写了2800封信寄给自己，也寄给不知什么时候才会在茫茫人海里重新闪耀的星星。他艰难地一步一步向上走，成为一个滴水不漏的大人，安静地等待着她回到自己能够看到她的地方。

这一天终于来了。

在香市，在那个乱糟糟的酒馆里，通过一两句描述，他就意识到了那是她，匆匆跟出门去，视线四处寻找，心跳有如擂鼓。

然后，他看见了她。她隔着一条街，坐在便利店的长凳上。

时隔十年，她看起来变了很多，长高了些，好像也更纤细了，化着很浓的妆，落魄却也鲜活。

她躲他，手忙脚乱地跌下长凳，躲到了他看不见的地方。

他离她有多远？

一百米，或是更近？

然而距离在这一刻已无意义。

他一步一步向她走去。

番外二 致宁

2021 年，对宋致宁来说，这依旧是平平无奇的一年。

毕竟只要恒成在，他就不用为生活发愁。

只是他这两三年一直有些失眠，偶尔喝点儿酒。他还和狐朋狗友笑两句这老毛病，说自己年纪上来了，岁月不饶人。

但真到了半夜，他怎么都睡不着觉时，心情就从调侃，相当迅速地变成了"有钱买不来个好觉，真没劲"。

他对天花板翻了个白眼，掀起被子下床。

他很是做作地倚着阳台挂满吊篮盆景的栏杆，吹着晚风，眺望夜景。

从这角度，他正能望见耸立在黄浦江边的层层高楼，最显眼的那一栋，就是他家的恒成大厦。

夜景瑰丽，恒成是其中最出彩一笔。

在没有某位先生横插一脚前，他们已稳坐"龙头老大"位置很多年，而他亦是知名的青年才俊。

偏偏那人出现了，平白显得自己逊色很多。

宋致宁发出一声闷笑。

人生漫漫，数不胜数的美景美事等着他，他何必非要跟那人比？

这么一想，宋三少豁然开朗。

一双柔若无骨的白皙手臂悄无声息地攀上他的后背，鬼似的，把他吓到。

"喀——喀喀！"

来者反应及时，懂事地拍着他的背给他顺气。

"你又失眠了，怎么总是睡不安稳？"她抬起手，指尖拂过他紧锁的眉头，"若是有个家，你一定会休息好很多吧。"

她是善解人意，亦是意有所指。

他最讨厌有人像自家老妈一样，总追在后头问他的人生大事。

就算这人是他交往了大半年的女朋友也一样。

"怎么？"他笑眯眯地捏起她的下巴左右摆了摆，宠溺地说，"都开始问我这事儿了，想嫁到我家，提前步入退休生活啊？"

她年纪不大，拥有一张没见过什么大世面的孩子气又漂亮的脸，一下子让他想到故人。日常，他确实对她宠溺。

她真以为他是情到浓处出声试探，顺着杆子往上爬，羞答答地接道："我只是喜欢你，如果是你，我真的愿意……"

戏演得假到他忍不住在心里乐了。

"真的啊？你不演戏了吗？"他还不忘故作惊讶地说，"我才给李导投资，让你能进李导的剧组演一个角色，结婚了，你若怀孕了怎么拍？"

她显然没想到他会这么回答，嗫嚅半天也没说出个所以然来。

"不过话又说回来了，能嫁给我，你还拍什么戏，坐着享福就好了。"宋致宁还算有点儿良心，给满脸尴尬之色的女孩找了个台阶下，"嫁给我没问题，但你可得想清楚，宋家可不是那么好进的。"

244

宋家，可不是什么好地方。

女孩到底心存幻想过，难免脸色一僵。

宋致宁打了个哈欠，也不安慰她两句，转身信手从地上捡起自己随手脱掉的浅灰色羊绒外套、牛仔长裤还有白色的高领毛衣，妥妥的三十多岁老男人的装嫩穿搭。

"你慢慢想吧，我先走了。"穿戴完毕，他背过身，冲人摆手，"这段时间我要忙了，暂时先不见面了。"

至于这段时间是多长时间，不重要了。

每个自以为聪慧的美丽女人，都以为自己能以爱取胜，让世间平白多他一个"负心人"。

楼下轿车里，昏昏欲睡的司机正靠着车窗打盹。宋致宁轻叩两下车窗，司机立马激灵一下，拉下车窗，条件反射地抬头问："宋总，去哪儿？"

这段时间，司机都习惯他半夜惊醒了。

宋致宁下意识地抬起手腕看了看表，凌晨四点半。

又是一夜没睡，但他现在过去的话，应该正好能赶上那家店开门，就是不知道店主人从香市回来了没有。

他钻进车子后座，靠着椅背，调整了一个舒服的姿势，闭眼假寐，状似在思索。

司机播放着安眠曲，宋致宁清理出利弊关系，说道："还是去进华高中那条路，把我放路口，你回去跟老陈换班。你不怕驾驶疲劳，但我还得很小心自己这条小……老命呢。"

他闭上眼睛假寐快一个小时后，车子缓缓驶入中学前的老街，在路边停稳。

宋少迈开长腿，往中学正门拐角处挂着"李阿婆锅贴"招牌的破落小店走去。

门口的蒸笼冒着袅袅热气，一头白发，但精神气十足的李阿婆正在后厨忙活着，锅贴已经摆了好几大铁盘。

宋致宁轻车熟路地往里走，走到后厨前的小窗口处敲了敲服务台。

"阿婆——"他拉长声音，"你可总算舍得从香市回来了？今天是不是得给我来两盘最好吃的锅贴？"

阿婆听声音就认出人，懒得抬头，光顾着笑他："一盘牛肉一盘三鲜好吧？你这嘴刁得很，最不爱招待你。"

"哪里难招呼了？"宋致宁撑着下巴，看她忙里忙外，打趣道，"我还怕你干女儿说我虐待你呢。阿婆，你做什么我吃什么，这总行了吧？"

阿婆冲他了摆了摆手："得嘞得嘞，找个位子坐去，还在这儿唠，待会儿学生伢伢来读书，你就没地方坐了。"

"我也不是专门为吃的来，这不是来看看你嘛。"他哄着老人，"我最后吃也行，阿婆，你就先忙生意吧。"

他当真乖乖地找了个最靠里、靠近后厨的位子坐下，随便扯了几张纸擦擦桌子，手肘抵着桌面撑着头。夜里睡不着，到了这嘈杂地界，他反倒昏昏欲睡起来。

后厨炉灶被打开，传来隐隐约约的菜油香。

年轻学生的声音响起："要一碟牛肉锅贴。"

很快，更多的声音此起彼伏地响起。

有来跟他拼桌的，他也不介意，把椅子挪开了一点儿。

阿婆看不过去，从后厨出来，塞了两盘锅贴到他手里，指了指楼上的小阁楼："瞧你，怎么一副几十年没睡过觉的样子？端着上去吃，累了就睡会儿。"

他仰头看人，笑了笑，笑得好看得很："好啊。"

宋致宁弓着身子，缩头缩脑地绕到后厨，从狭窄的楼道往上走，上了阁楼。

他拉开壁灯，环顾一圈，一切还是旧时模样。

这几年他偶尔会过来坐坐，里头的陈设因此多年不变，仿佛还有人住着。

宋致宁随手把锅贴往桌子上一放，伸了个懒腰，脱了鞋，扔了外套，随意地往床上一躺。他眼睛盯着屋顶一眨不眨，看似专注，思绪却不知飞到哪里去了。

这位专注的宋少演了好半天，最终闷笑一声，开口笑自己："怎么跟痴男怨女似的？"

他将右手枕在后脑勺下，闭上了眼睛。

比他有这样温和一面更让人诧异的是，他会在这样破旧的地方安然入眠，甚至，莫名其妙又久违地做了个很长很长的梦。

梦里，他大抵是又回到了宋笙结婚前夕。

具体时间他记不清楚，只记得那天他找了个借口约陈昭："从N市回来，一起去吃顿饭，好好聊聊。"

这话说得挺不正式，还让人觉得另有所图，但他的的确确紧张了很久才说出口的。

一离开陈昭的视线，他还给秘书打电话，连声叮嘱秘书给找一家老上海风味的餐厅。

他从未如此上心，个中悸动怎么也说不分明。

只是他没想到，吴宇找来找去，向他保证找到了绝对正宗的老上海风味，然后带他到了这家"李阿婆锅贴"。

油腻腻的桌子、看起来就不靠谱的厨师、怎么看怎么眼熟的地方。这是他第一次约陈昭"谈判"的"老地方"。

彼时，他站在店门口，抬头看，是摇摇欲坠的招牌，低头看，脚底下是裂缝的瓷砖。

兜兜转转，他还是回到这儿，感觉像是某种并不友善的命中注定。

和钟家的合作没成，拆迁没拆成，他还贴了这老奶奶一笔拆迁费。这还没完，现在他又得和陈昭坐在这儿面对面地吃饭？

吴宇看着他的脸色，有些战战兢兢地问："宋……宋少，不满意吗？"

他摆了摆手，叹了口气："没有，你走吧。"

他倒不是不满意，只是确实从没和任何一个女人在这样的场所里"约会"，因此难免如坐针毡。

李阿婆热情又客气。

她认识他，陈昭离职以后，宋致宁不仅按照合约给了李阿婆一大笔钱，甚至在整个 CBD 规划的大背景下保住了这家店，算起来他算是她的恩人。

看他从上午十一点就坐在那儿，李阿婆便过来问他："是不是在等谁哇？"

他一点儿也没遮遮掩掩，说："陈昭。"

阿婆诧异又试探地问："阿昭？你……你们这是……？"

宋致宁抬头冲人笑了，咬牙切齿地说："很明显，我们只是谈公事。"

阿婆这才笑了，一副松口气放下心来的样子。

宋致宁："……"

当时的他实在想象不到，有一天阿婆会被自己当作奶奶，阿婆的小阁楼会成为自己的安乐小窝。他内心觉得，自己可是帮过她的，这老太婆怎么就这样见不得自己好？

他气得不轻，自觉出师不利，也再不理睬她，在心里默默排演起接下来要说的话，时不时拿起手机发一句"你什么时候回来？""还不回来？"。

洛一珩他们都回来了。

248

她怪烦人的，又有点儿可怜兮兮的可爱劲儿。

可惜对方待他从来铁石心肠，总不回复他。

他只能这么等着，等到店里人群散尽，等到店外夜深露重，他的手机才振了一下。

宋少眼睛一亮，心快要飞到天上。

明明他已经等了快十个小时，可最先浮上来的既不是恼怒，也并不是怀疑，仅仅是单纯的傲娇式大惊喜。

"我说这个陈……"窃喜的话还没说完，他握着手机，低垂着眼睛，把那条短信仔细看了几遍。

对方发给他的是一句干干脆脆、彻头彻尾的拒绝："不回去了。"

理由都敷衍，他何曾被这样对待过？

可他竟然翻来覆去地看了几遍短信，最后只是撇了撇嘴，不诧异，也没有生气，只当作什么事也没发生，没事人似的在桌上撂下一沓现金。

好像这才是意料之中的结局，他头也不回地冲阿婆说"耽误你关店了"，便踏着夜色离开。

忽略那逃也似的脚步，整个场面或许会更体面一点儿。

后来他想想，也没什么可难过的。毕竟他等的足足十一个小时，和旁人等的十一年比起来，总归还是太无足轻重了。

唯一有点儿可惜的是，这是他平生第一次，也是仅有的一次，如此认真地等待一个人，略显卑微却又真挚地期盼自己能得到一个不一样的未来。

如果她来了，他会说什么呢？

"其实这两年我真的想了很多，听起来挺不切实际的，但说不定我们……我们可以试一试？"

又或者是"我喜欢你，不如你跟我在一起，我能给你想要的一切东西。你看过小说没？里头能写得多夸张，我对你就能多夸张。"

还是"我想过很多很多。我知道我这样的人，要娶一个怎样的人，所以明明有很多次机会，我都没有拉住你。但当你出事之后我才发现，我其实很想要保护你，想让你一直平安无事。"

那么啰唆又那么不明所以的一连串句子，在他的脑海中翻来覆去。说到底，他也不过是想说一句："要不我以后一直护着你得了。"

也许我不是那么靠谱，有时候又太自私，但会让你开开心心地度过后半生，会给你你需要的一切东西。

所以陈昭，你能不能告诉我，你想要什么？

你告诉我，要怎样你才能留在我身边？

那么多的话，他该说哪句才好？他一边纠结，一边在梦里笑了起来。

好在……她没来，他想，自己也就顺理成章地再也不用等了。

毕竟这些话说出口，他都会害怕。

他只能骗自己，他乐于让她成就他的自由自在。

不是因，却酿成果。

不够有缘，好歹他们牵扯过。

宋致宁也不知道自己睡了多久，做的虽然不算个好梦，但连日来的身心疲倦依旧在这一场梦里一寸寸瓦解。

也只有在这种时候，他才会悄悄感叹：人的心理作用和故作深情，都是心理学上难解的暗示典例。

"是啊，他还在睡觉，睡阁楼上呢……这孩子最近都睡不好，我看阁楼上也不透光，他就睡得好点儿，所以借给他住一住……也是，我下次再跟他说……哎哟，哎哟，这是谁？这不是我们宝贝阿意吗？瞧瞧这漂亮小姑娘，来，快过来，不害羞，奶奶亲亲！"

宋致宁被吵得忍不住抬起半边眼皮。

那头，阿婆大抵刚收工，专程上来找他，此刻正坐在短沙发上和人打着视频电话，眉飞色舞，神采飞扬。

不用猜他也知道那头是谁了。

他揉了揉惺忪睡眼，刚要开口，阿婆注意到这头的动静，连声笑说"人正好醒了"，压根没有问他的意思，将镜头转了过来。

他就这样毫无防备地和视频里正襟危坐、小小年纪就戴着一副金丝眼镜的小姑娘四目相对，不由得眉心一抖。

宋少撑起半边身子，随手捋了捋刘海，对着镜头嘴角微勾。

"好啊你，钟意忱，哑巴了？"他笑小姑娘，"还不叫叔……不是，叫哥哥？"

他真的是相当臭不要脸。

钟意忱小朋友今年两岁半，长了一张完全遗传她妈妈的好脸蛋，一双眼睛水灵灵、圆溜溜的，脸蛋粉嘟嘟的，手脚胖乎乎的，偏偏天公不作美，让她跟她爸有着一个模子刻出来的性格。

如果不是这样，宋致宁觉得这小丫头大概能被自己宠上天去。

哼。

"钟意忱，怎么，还瞪我？"他索性起身，坐到阿婆隔壁的小沙发上，凑近手机镜头，"我年前还去香市给你送礼物，现在你就不记得我了？你个笨……"

话没说完，那头的手机被另一个人抢走，很快，出现在镜头里的是陈昭那张素雅的脸。

或许是因为——他蓦地扭头看了一眼窗外——他这一觉睡了太久，已经是日落时分。所以，出了名停不下来的名造型师陈小姐也下了班、卸了妆，素面朝天的她没了平日里的冷艳干练样子，一下就显得年轻了好几岁。

只可惜，美固然美，她对他从来没有什么好脸色。

这次也一样，她毫不客气地白了他一眼，又憋不住笑道："宋致宁，你什么时候能温柔点儿？忧忧要是当真了，你看我下次让不让你来阿婆这儿蹭饭，"说话间，她指了指钟意忧头顶上扎小辫子的发圈，"别说忧忧不喜欢你，你上次来香市给她带了一堆发圈，她天天换着戴，天天念叨你，你就别上赶着招她讨厌了，小朋友会当真的。"

他闻言乐了，向旁边瞥去。

果然，那丫头看似规规矩矩地坐着，一副小大人的模样，这会儿忍不住伸出手小心翼翼地摸了摸头顶的小冲天辫儿。

她喜欢得紧，又爱端着架子，也不知道是像谁。

宋少登时满脸扬扬自得的表情："钟意忧，有眼光啊，识货，"他摩挲着下巴，眉眼弯弯地不忘许诺，"等下回我给你带一箱子，让你戴到四五岁也不重样。"

小孩子似的，阿婆都忍不住，拍了拍他的脑袋。

"得了吧你，"陈昭泼他的冷水，"你每次来都没什么好事，不是你姐夫要收购江源，就是你的星辰跌停板还非要跟SZ合作，你啊，什么时候才能对……"

说话声停了，宋致宁假装漫不经心地看她的视线也跟着一转。

伴着钟意忧小朋友突然弯起来的眉眼和几声掩不住开心雀跃语气的"阿爸"，画面左上方出现了几根纤细手指，手指温温柔柔地捏了捏钟意忧肉乎乎的小脸。

陈昭也不再看镜头，先扭头再抬头，跟着笑了。

"怎么回来这么早？"她问，捏了捏女孩的脸颊，似抱怨地说，"忧忧今天不知道为什么心情不好，现在一看见你就好了，你说，她偏不偏心？"

回应她的男声隐隐带笑，对方用另一只手摸了摸她的侧脸："没事，她偏心我，我偏心你。"

宋致宁想，这人可真是没皮没脸。

"偏心也没用，"陈昭轻轻打掉钟绍齐的手，开口就"教育"起来，"我跟你说，你不能总是这么惯着阿忧，你看她一看到你就这么开心，就因为你总是心软给她买糖。我说了，她的牙……"

"对了，你在跟谁打电话？"

冷静如钟绍齐，结婚几年了竟然都学会了适时打断和转移话题，成了女儿蛀牙的最大帮凶。

陈昭一眼就看穿他的把戏，无奈地叹了口气，却没戳穿。

她把镜头画面扭过来给他看，让他跟阿婆打个招呼。

"阿婆，还有宋致宁，这不是趁着都在店里……"不知道注意到那父女俩的什么小动作，她提高音量喊道，"不行，阿忧，别抢你阿爸的眼镜……钟生！她那是假性近视，怎么能戴你这个？你别老惯着阿忧，唉！"

她当了妈妈以后，脾气都大了不少。

钟绍齐拿女儿没办法，又不想妻子不开心，瞧着像是两面为难，偏偏脸上显出点儿溺爱的踪影。

钟意忧机灵得很，戴着她爸那副金贵的私人定制金丝眼镜，左右掰着，偷偷缩到爸爸身后。

哼。

宋致宁在心里第二次冷哼，默默骂他们这是在孤家寡人面前炫耀。好吧，虽然自己这个孤家寡人并不那么纯粹。

真奇怪，宋致宁看着画面里那个素着脸、像老妈一样唠叨的女人，竟然不觉得烦，只觉得有点儿遗憾。

世间凡是得不到的总是最好的，他一辈子坏就坏在了这脾气上。

"阿婆，今天先不说了，这两父女又换眼镜玩，我今天非得给他们开个……"

拿父女俩没办法，陈昭只得跟阿婆说再见。

正要挂断，她想起什么，格外叮嘱了他一顿："还有宋致宁，你可别再闹一堆花边新闻出来了！上次答应跟你合作是我欠你人情，你可别拿着鸡毛当令箭用这件事折腾我了，好好过日子，别闯祸，听到没？"

话是严厉，不算咄咄逼人，他还听出点儿恨铁不成钢的无奈意味。

宋致宁笑着懒洋洋地摆手："知道了，忙你的去吧。"一如既往地没个正形。

陈昭也不跟他客套，挂断了视频电话。

宋致宁伸了个懒腰，自以为半点儿破绽没露，阿婆笑问了一句"致宁，你不觉得可以跟着早点儿安定下来了吗？"，却打得他措手不及。

"我还年轻着呢，阿婆。"他笑容一僵，"我做什么了？阿婆，怎么连你也这么嫌弃我，上赶着催我结婚生子了？"

他说得随意，却连在沙发上懒洋洋地伸展开的长手长脚都显得格外不自在起来。

他喜欢被管着，也讨厌被管着。

"也不是嫌弃你，怎么说话呢？"阿婆也不为难他，笑得眼角的皱纹层层叠叠，分外慈祥，"你就是不会说话，其实是个好孩子。你别觉得阿婆烦，阿婆年纪大了，老人家就担心这些事。阿婆知道，你经常睡不着觉，精神气看着也不好。阿婆还在，我儿子不孝顺，我当你是亲儿子照顾你，但哪天阿婆老了，不在了，我担心哪，我们致宁怎么办呢？你是个好孩子，阿婆希望你能定下来。"

宋致宁愣住了，想要含笑反驳调侃的话便也说不出口了。

"好孩子"，这好像是人生中第一次有人夸他是好孩子。

爷爷奶奶还在时，爷爷偏爱宋笙，奶奶偏爱小三叔，家里上上下下，数自己最没出息。爷爷常骂他："没出息，没男子气概，吃不了苦，纨绔。"

他实在忍不住，也会满面愤愤，也会反驳："难道江南乡的魏成不是？大宇娱乐的林安不是？还有曼托的周湛，还有……"

"你能跟那些人比吗？！"

劈头盖脸的几个巴掌，打得当时的他半天没回过神来。

他也明白过来，自己找的那些托词、那些对比对象，对老人来说简直可笑。所以，他一直记得爷爷说出口的话，一字一句往他心口上戳的话。

"是！人家是纨绔，人家还是家里正统的继承人，好坏都认了。宋致宁，你用你的脑子想想清楚，你自己是什么身份？！"

"如果不是你妈坚持，你爸窝囊，你好好想想你配姓宋吗？"

他无言地怔在原地，捂着高高肿起的脸颊，许久，两眼终究蓄满了泪水。

是，哪怕父亲入赘，自己姓宋，说到底自己总归是个外人。

爷爷在时，戳着他的脊梁骨骂他，而他叛逆，偏要证明自己和那群纨绔身份无差；

等爷爷不在了，更好，自己的母亲站对了，给他争来一份丰厚家产。旁人顾忌他母亲，不会招惹他；父亲软弱，母亲溺爱，他于是变本加厉，像个无尽索求关爱的孩子，想要闯遍天下的祸，去换一点儿微薄的真心夸奖与关心。

没换到，没改变，他就这么乖乖长歪了。

他早已经不是那个捂着脸不知所措的少年，也不会一愣过后，就痛哭流涕，浪子回头了。

宋致宁扶着额头向后靠着沙发，闷笑了一声："好了，好了，我知道了，这不是还没遇见合适的人吗？"他半真半假地说，"说真的，阿婆，就我这姿色，就我这人……呃，资产，怎么也得配个不比你干女儿差的人吧？没找到心仪的，我就慢慢找吧。"

讨打。

果不其然，阿婆扬手在他肩上拍了两下。

宋致宁装模作样地躲了躲，又连连摆手求饶："好了，好了，知错了，知道你干女儿最好，那比她差一点儿的人我也接受，行，行，行……"

他脱掉以后，又不知何时被阿婆拾起挂在衣架上的外套兜里，忽地传来手机频频振动的动静。

他借机喊停，扬手捞过外套，掏出手机扫了一眼。

啧，笑容僵在脸上，他眉心微蹙。

"怎么了？"阿婆见他脸色不好，问，"家里有事？"

"没事，不是什么大事，"宋致宁装模作样地打了个哈欠，"我还是回去一趟，免得他们闹得太难看。"

他们？

阿婆刚要追问，宋致宁已起身穿好外套，阿婆只好伸手拉住了他的右手。

"嗯？"宋致宁扭过头。

"你这两盘锅贴放着一动不动，多浪费，"阿婆指了指桌上那两碟冷透了的锅贴，皱紧眉头说道，"多少吃一口再走呗。这两盘可不是我做的，你试试，是不是比我这个老太婆做得好？"

话都说到这份儿上，宋致宁不好拂了阿婆的面子，哪怕是一碟冷的锅贴，也得吃下肚。

"那我吃一个吧，吃完就走了。"

他伸手拈起其中一个卖相稍好的锅贴咬了一口，挑眉，咀嚼，试图吞咽。

嗯？

"是不是好吃？"

嗯？

阿婆眼睛发亮："我们这儿新来的临时工小姑娘做的，这孩子心灵手巧，以前就爱黏着阿昭听故事，脾气也好，如果不是小时候留了点儿结巴毛病……"

宋致宁伸手扒拉住就近的一个垃圾桶。

没等阿婆说完，他已把那吃进嘴里的半个锅贴吐了个一干二净。

什么叫空有其表？

这就是典型的空有其表。

哕！他不住擦着嘴。

为什么牛肉锅贴里居然有红萝卜？！还有他最讨厌的洋葱！别以为切碎了他就尝不出来！

他脸色发青，话也说不出来，被气得。

"这是怎么了？"阿婆也吓得不轻，"这……小姑娘学的就是这一行，我看她改良得挺好，我也不能总不乐意变，更何况客人都很喜欢……"

宋致宁满脸疲色，连连摆手。

虽说罪魁祸首——那大半个锅贴——已经被他吐了，可一想到那味道他就一阵难受。

他挤出笑容敷衍了两句，便在阿婆的挽留声里匆匆下了楼。

一边往下走，他一边打电话："喂？老陈？对，是我，"他猫着腰，声音闷闷地说，"没，不急着回去，送我去一趟口腔科李医生那儿，对，提前给我预约。"

走下楼，眼前的视野豁然开朗，他疾步绕过后厨，嘴里絮絮叨叨地说着："让他把时间空出来，我今天吃……算了，不说了，总之你帮我跟他预约，然后过来接我，我一秒钟也忍不……"

"先生！"一阵匆匆的脚步声响起，伴着不轻不重触到他后肩的动作，清脆女声传来，"你的衣服口袋翻外头了，钱包都掉了，给你。"

快走到店门口的宋致宁继续低声吩咐了几句，才挂了电话，回过头去。

身后险些刹不住脚，堪堪站稳的，是个围着围裙、手上沾着面粉的小厨娘，看着二十岁上下的年纪，扎着个清清爽爽的马尾辫，平缓的小山眉，圆溜溜的杏眼，有些塌的小巧鼻子和笑起来时露出来的两颗小虎牙，整个人显得无辜又无害。

完全不是他喜欢的类型，只不过打量一眼，宋致宁已有了判断，也就没有和人多寒暄，随手接过钱包打开，从里头扒拉出几张红色大钞："给。"

女孩正不住地在围裙下摆上来回擦拭着手上白白的面粉渍，看见眼底下被递过来的一沓钞票，不由得歪了歪头："啊？"

"奖励你拾金不昧，继续发扬优良传统。"

女孩挠了挠头发，没擦干净的手在发上留下一串白色痕迹："没必要，我只是……"

宋致宁突然神色一紧，闻到女孩指间散发出的令他反胃的熟悉味道。

他闻了闻钱包，再闻了闻自己的手。

哕哕哕！

宋致宁低下头，毫不犹豫地从钱包里掏出所有的卡夹后，剩下的一股脑地塞进了女孩的手里。

"行了，捡都捡到了，都给你，你要是觉得多了，就分阿婆一半。"

"啊？"

眼前的人不打算再解释，扭头就走，只留下一句轻佻散漫又咬牙切齿的话："小妹妹，哥哥只有一个要求，下次别在锅贴里放洋葱，否则你就不是天降横财，是谋财害命了，懂不懂？"

等看完口腔科，清理完"洋葱恨事"，又回家处理完琐碎家事，宋致宁一如既往地和一群狐朋狗友在外头玩到深夜三点。

可惜半夜突然下雨，他扫兴地回了家。

不想当他开车行至自家新别墅小区门口时，警卫处的人竟把他拦下，手指向不远处："宋先生，有人找你。"

屋檐边有一把显眼的蘑菇伞，湿淋淋的。

"那人在门口等你七八个小时了……赶都赶不走，怪可怜的。"

宋致宁忍不住眉峰一挑："说了是谁没有？叫什么名字？"

他的语气有些不耐烦。

警卫紧张地站直身子，一脸严肃地翻起面前的登记簿："啊，叫，我看看……叫程忱，热忱的忱。宋少，您认不认识？不认识的话，要不我再跟她说，让她赶紧走……"

忱忱？

原本准备一踩油门直接走人的宋致宁闻言停下了动作。

"算了，也是缘分，那就见一见吧。"

车子在路边停稳，他手肘抵在车窗窗沿，隔着雨幕仔细辨认着缩在蘑菇伞底下、提着保温盒的小姑娘，按了按喇叭。

声音刺耳，小姑娘激灵了一下，醒了，很快注意到停在眼前的这辆拉风跑车。

她一抬头，露出那张白白净净的小圆脸，一起身，咧开笑容，露出那具有标志性的尖尖虎牙。大抵站得久了脚发麻，笑不到两秒她就嘴角一抽，满脸痛苦之色。她不住地原地踩脚，毫无形象地龇牙咧嘴。

宋致宁看她犯傻，也忍不住嘴角抽搐。

她终于克服阵阵酸麻感，一手举伞，一手提保温盒，凑到车窗前。

看来伞的作用并不大，宋致宁想，这人连刘海都湿透了，狼狈地一缕一缕贴在脑门上，本来就不怎么打眼的长相，这么看来更丑了。

"大……大哥，听说你下午吃锅贴吃吐了，对不起，我做了一份新的给你，"小姑娘当然不知道他的心理活动，话说得结结巴巴地努力把手里的保温盒往车里递，"没有加多余的东西，就是可能有点儿冷了，你可以热一下……"

"还有别的事吗？"宋致宁摆手打断她的话。

这种戏码每年都要在他面前上演千百次，演的人不腻，看的人都腻了。

程忱愣住。她好像天生反应比别人慢一点儿，被这么劈头盖脸地一问，顿时无措，连标志性的笑容也没了："啊，没别的事，我是说，你的钱……"

"要还给我是吧？"

女孩毫不迟疑地摇了摇头："啊，不是，我是来谢谢你的，钱我全都花掉了。"

宋致宁："……"

"钱全用来给店里买材料了，我想再改进几个口味。怎么了，你要……你要拿回去吗？"

宋致宁没反应过来。

大抵是手举累了，也不管他乐不乐意接，程忱越过仍呆愣着的宋少，把保温盒放在车里的储物格上，稳稳当当地卡住。

从他的视角，他甚至可以看清楚女孩头顶的发旋儿，有个隐约的小星星发箍，长睫颤颤，一副认真又固执的模样。

"吃完了如果你有时间，"她最后说，"记得再光顾，给……给我反馈哦！谢谢你，这……这一份是免费的，我走啦！"

小蘑菇伞复又被撑高，强撑的笑容在男生奇异的目光下逐渐消失不见，她垂头丧气地一扭头，迈开步子就走，越走越快，最后恨不得能跑起来。

"喂。"

那颜色华丽的跑车在这时倒车，停在她身边。

程忱被它拦住去路，不情不愿地抬起头，恰好对上宋致宁那双似笑非笑、颇招桃花的桃花眼。

他勾了勾手指。

260

她疑惑地凑过头去。

下一秒，他身上的外套携风带雨地罩了她满头满脸。

"穿着回去，省得阿婆下次唠叨，说我给你穿小鞋。"

"哦，哦。"

宋致宁气笑了："哦什么哦？你就算不说谢谢宋先生，是不是也该说一声谢……"

"哦，哦，谢谢大哥。"

"我叫宋致宁。"

"我叫……程忱。"

"知道了，赶紧回家吧。"

他撂下这句话，随意地一摆手，很快车窗向上严丝合缝地关拢。

程忱愣在原地，目送他远去。之后，她若有所思地抬手，摸了摸罩在头顶的风衣。

今天好像遇到了一个好人，她想。

这个人虽然说话怪怪的，做事又很凶，眼神却很温柔，是个笑起来很好看的哥哥。

番外三　无期

HOW AM I SUPPOSED TO LOVE YOU

　　去年这个时候，我见过一个哥哥。

　　他的爸爸来找父亲，说起话来好凶好凶。

　　但他可厉害，可聪明，会变魔术，一打开手掌心，就能变出一颗漂亮的朱古力味糖果。

　　我缠着他要他变糖果，那天他走之前，一共给我变了七次糖果，比七龙珠还要神奇，我开心极了，于是背着父亲把那些糖偷偷藏在铅笔盒里，藏了很久很久。

　　可惜后来它们全熔化了，铅笔盒里黏糊糊的。

　　更可惜的是，樱花开了又落，那个哥哥再也没来过。

　　　　　　　　　　　　　　——1995 年，洛川一珩国小日记。

　　"洛一珩，我要是跟你说对不起，你会不会打我？"

　　"会。"

　　"那对不起。"

262

"……"

"喂，小屁孩，你怎么不打了？"

"懒得打。你那么想走就走吧，死在外面了，不用回来见我也好。你不把我当人，我又何必上赶着帮你？"

洛一珩在很多年后的夜里想起宋思远，想起他时处境微妙。

彼时的洛大明星，一侧是海关入境处的"钟绍齐"入境登记复印件，一侧是屏幕亮堂的手机。就在两分钟前，他刚刚挂了一个电话。电话里，他邀约"失了忆"的陈大师去 NY 时装周给自己做造型。

这趟去时装周，是他早就想好的请君入瓮计策，也是一盘不赢即死的生死局。

这么严肃的时刻，当事人却在想一个暌违多年、音容模糊的好友，实在有点儿不着调。

他被自己逗笑，在这样无须人知的深夜里，喝着酒，脑子里的思绪翻来覆去，最终指向某个熟悉又陌生的名字。

他以为自己很久没有想起过这个人，可脑子里一直都有。

他叹息一声，似笑非笑地打量着手里的酒杯，又看向垃圾桶里斑驳的糖纸，这才后知后觉，那个人已经故去很多年。

再遇见宋思远，说来也巧，宋笙带着他来找自己，希望自己为她手里的地产项目拉个有力的代言人。

他们约在一个热热闹闹的火锅店里，几乎是在看到宋思远的第一眼，洛一珩就认出了那张童年中记忆深刻的脸。

这张人畜无害的娃娃脸配上无论何时都高自己半个头的身高，他实在是记了很多年。多年前初相见，他甚至不知道宋思远的名字，只知道叫人哥哥，如今却跟着宋笙叫对方一声"小三叔"。

宋思远何其聪明，寥寥数语便拉近了彼此的距离。

合作期间，两个人可谓默契十足。

哪怕对方比自己年长，又是个深谙世俗规则、话里话外都是试探的男人，洛一珩依旧为这种"难逢敌手"的知己感以及少年故友重逢的宿命错觉而深感愉悦。

只可惜，事实残酷地向他证明，聪明过头的人的确不值得深交。

对方一达成目的，做的第一件事就是把他的联系方式删了个一干二净。

洛一珩发誓自己一定要讨个公道。

话虽如此，待冤家路窄，私下见着宋思远一脸受了伤的苦瓜样。据说刚被婚约对象一脚踹开，他明明只是过来给自家兄弟周湛撑场子，却没忍住同情心起，装作漫不经心地踱到宋思远的桌边。

不想，店里的灯光太暗，路人太多，他挤在人群中，竟精准地撞翻了对方放在小吧台上的两杯威士忌，发出"噼里啪啦"一阵脆响。

宋思远无语良久，揉着太阳穴，眉心微蹙地抬头看着他，看了好半天。

生得一张小白圆脸、高龄三十有五、身板瘦削的小三叔宋思远送给了他一句话："讨打是不是？"

"……"

"赔钱。"

洛一珩有些心虚地轻咳了两声。

好在自己裹得严严实实的，也不怕被人拍，洛一珩索性一屁股坐到他身边。思忖着你做的事可绝不比我厚道，于是他又来了底气，跷着二郎腿，扭过半边身子，凑近对方的脸庞说道："你也不先看看我是谁？真不知道谁才是债主。"

这醉汉被他说得来了脾气，眯了眯眼，挑起眉，打量他露在外头的眉与眼，又毫不客气地伸手把他脑门上微长的额发拨得一团乱，还不罢休地要掀他的口罩。

洛一珩反应过来，就把他的手拍开。

"喂！"

"哦，我说是谁。"宋思远听见他气恼的声音，愣了一下，忽地笑出声来，轮廓柔和的娃娃脸显出几分戏谑的意味，"原来是我欠了个大人情的洛大明星……"

"你也知道你欠了我个大人情？"洛一珩翻了个白眼，"利用完了就丢是吧？"

"我付钱了。"

"你那叫商业报酬。"

宋思远歪了歪头："那不然呢？商业报酬之外，还要给人情费？"

"……"

"好吧，那你说，多少钱？"宋思远朝他挪了挪，表情诚恳地问，脸上瞧不出一点儿醉意，话也说得有理有据，"当然，要减掉这两杯威士忌的钱。"

"你！"

"我？"

洛一珩气得脸红鼻子歪，结结巴巴半天，抖不出一个完整句子来。

宋思远有些犯困，眼睛不大睁得开，却笑了，神秘兮兮地右手握拳抵在左手掌心里，抬了抬下巴："苹果味、水蜜桃味、甜橙味，你最喜欢哪一种？"

"我不是小孩子了。"

"喜欢哪一种？"

"水蜜桃。"

宋思远又笑了。

那笑容还像洛一珩第一次见他，那时的宋思远或许才十三四岁，那时的他的笑容没有太多差别。

那时他叫洛川一珩，外语说得磕磕巴巴的，经常被附近的小朋友欺负。有一天他带着伤回家，发现家里来了个陌生的哥哥。这个哥哥抱着手臂等在庭院的樱树下，看见了他，向他招了招手，把他叫到身边去。

"大人们在屋面谈事，我陪你玩。"这个哥哥这样说，"你脸上这是怎么了？谁欺负你了？哥哥帮你欺负回去。"

他才不信，防备地抱紧书包蹲在地上，不发一语。

一双好看的手却伸到他眼前，右手成拳抵住左手掌心，问的是跟刚才一模一样的问题。他禁不住小声地给出答案后，对方给他变出了一颗朱古力糖果。

"小朋友，不要苦巴巴的一张脸，"那哥哥笑得依稀露出两颗可爱的虎牙，"你长得这么可爱，要多笑才会讨人喜欢。好了，下一个问题，西瓜味、咖啡味、还是哈密瓜味？"

洛一珩攥住那颗哈密瓜味的糖果，神色变得柔和。

宋思远托着下巴，忽地伸手将他一头精心吹好的蓬松头发揉成一团鸡窝，好像故意要看他"显出原形"。

"我很疼宋笙，"宋思远轻声说，"她要我帮忙，我不可能不帮，但也就这样了。毕竟没人会想无缘无故地蹚浑水。洛一珩，咱们各走各的路，互不干涉，今天我也当没见过你。"

"为什么你这么一说，好像我们在演什么警匪片？"

"谁知道呢？"宋思远笑得弯腰，"说不定就是？毕竟，千防万防，家贼最难防。"

如若故事的暂停键就在此，或许真能如宋思远所说，他们各走各的路，互不干涉，只可惜上苍往往不遂人愿。

"我哥被人砸了脑袋……麻烦你们赶快过来！地址是……"

这一场闹剧，后来紧跟着闹出不小的风波，把周、宋、姜等几个大家族搅得天翻地覆，尤其是宋思远本人，虽是受害者，因为在家里地位尴尬、身份敏感，在老爷子那里吃了不少苦。

然而，洛一珩也没捞着好处。

作为勉强救了宋思远一条小命的"恩人"。天可怜见，他也不过是个吃了闷亏的局外人，被删除联系方式的是他，被轻松哄成小孩顺带打算一扫帚赶出"局"的也是他。不想，因为老友周湛的冲动之举，他也被宋家一众小心眼的长辈列入了黑名单。

在台上光鲜靓丽，下了台，一没人脉二不屈就的他，只能冷着张脸看经纪人点头哈腰地拼命给人道歉。

人人都知道他得罪了宋家人。

要不是他还有一张脸，有一群长情的粉丝，这会儿也不知道会待在哪个角落里生灰。

偏偏周湛闯了祸后就被关在家里，一点儿忙也帮不上。

洛一珩成了现成的替罪羔羊。

经纪人脸色一天比一天黑，旁敲侧击地问他："您年轻气盛，您是'大爷'，能否纡尊降贵地去宋家赔个礼道个歉？"

某日下午，他蔫蔫地把自己裹得严严实实，跑到医院楼下买了个果篮。

顶着大太阳，在住院部楼下做了半天心理建设，他做贼心虚般顺着打听来的病房号找上楼去。

"是你啊。"宋思远抬头看见是他，也没太惊讶，抬了抬下巴指了指病床旁边的小圆凳子，瞟了一眼果篮，吩咐道："给我削个苹果吧。"

"你倒是挺会支使人。"洛一珩摘下口罩，坐到病床边，不情不愿地从果篮里摸出个苹果，熟练地削着苹果皮，"脑袋没事了？"

"原本智商就不高，影响也不大。"

宋思远翻着财经杂志，视线落在几个熟悉的名字上，笑着问："怎么又来找我？"

这话说得，跟他乐意似的。

洛一珩也笑了："不是你们家人先找人封杀我的？"

"有这事？"

"你平时是不是不看电视？"洛一珩脸色一沉，"我上的两个常驻节目都被换了，黄金档，最热门的那种。"

"哦？"宋思远稀奇地打量了他一眼，"展示才艺？你考主持人证了吗？有没有外籍优惠？"

洛一珩拒绝回答："对不起，是我在周湛面前说了不该说的话，他为我出头。"

"那倒算不上，"宋思远淡定地摇了摇头，"周湛原本也看不惯我，甩了我的未婚妻，现在是他的未婚妻了。"

"那你能不能帮我跟你的家人说说，让他们针对人也找对对象？"

宋思远当然听出他话里话外的郁闷之意，笑了笑，点头说："好。"顿了顿，宋思远又补充道："毕竟你叫我一声哥，我也该报答一下你大人不记小人过，送我上医院的救命之恩。如此，咱们就算扯平了。"

病房门倏然被人从外面推开，一个身量娇小的姑娘拎着沉甸甸的饭盒进来。一个照面，洛一珩瞬间认出眼前的人便是那天一起吃饭的宋笙，此刻仍默默无闻的宋家二姑娘，一时走也不是坐也不是，傻在原地。

"洛一珩？"宋笙看到他，抿了抿唇，很快端起笑脸，"我们仨又坐一起了，也好，也好，你来了，一起吃个便饭吧。"

"小二姑娘。"一旁的宋思远幽幽地搭腔，"可没见人请人吃病号饭的。"

"人家都没挑三拣四，你怎么先拆我的台？"

"因为我才是病号本人，"宋思远又笑了。不知为什么，对着宋笙，他似乎连笑都显得更加真心实意一些。他伸手指着自己后脑勺上的纱布，委屈巴巴地扁嘴，"就不能让我安心吃顿饭？再说了，这小子到这里来，任务已经完成了。"

"你就这么嫌我？"洛一珩戳在一旁，突然冒出一句话。

宋思远没说话，但是意思相当明显。

宋笙有些奇怪。洛一珩冷笑一声，迈开长腿出了房门。病房里，只剩下这没有血缘关系的叔侄二人。宋笙满头雾水地摆餐桌、递饭盒，余光一瞥，突然看见宋思远面带疲惫地揉了揉眉心。

宋思远低声说道："那家伙，我小时候见过。"

"嗯？"

"他们家来头不小。虽说他为人低调，照样……是个危险角色，能不招惹，以后就别招惹了。"

"小三叔，我还以为你天不怕地不怕，原来还会怕一个小明星呀？"宋笙难得抓到他的把柄，没有什么危机感不说，这会儿居然笑出声来，"刚才他不是找你帮忙的？哪里危险了？而且，他不是还帮咱们拍广告了？"

"说不准他是不是装的。"

"我看是你疑心太过。不说了，吃饭吧。说不定我们以后还能跟他合作，别闹得太僵。"

是吗？

洛一珩当时就站在病房门外，两个人的对话，他听得一清二楚。

说不上是愤怒还是不甘，打这日过后，他反倒来劲了，私下里联系了宋笙，打着帮忙的旗号抢了对方的活儿，每天屁颠屁颠地往医院里送饭，美其名曰：良心不安。

宋思远想赶他走，每次都被他堵了回来。

时间长了，宋思远一看见他来就忍不住唉声叹气："你叫我一声哥，还真赖上了？"

是真赖上了，洛一珩想，许你害我差点儿提前结束职业生涯，还在背后说我的坏话，就不许我沾沾你们宋家的光？

他在病床旁边啃苹果背台词、吃香蕉背台词、切西瓜背台词。

宋思远不厌其烦，不得不提前出院，并大手一挥，给他的新戏投资若干资金，意在告诉他见好就收，以后别联系了。

"你很怕我？"洛一珩在电话里笑他，"哥，我又不是什么洪水猛兽，你不至于见面就提醒我跟你划清界限吧？我爸是我爸，我是我，我就是个小明星而已。"

"有点儿，"宋思远回答他，"有些东西就是靠血缘传承的。"

"那人又不能选择自己的出生，我也不想的，"洛一珩说道，"有得选的话，谁想在异国他乡天天被人堵在厕所里？谁想结结巴巴地说什么日本话，每天点头哈腰地鞠躬坐地板？"

"……"

"哥，"洛一珩说，"不要失联吧，我在国内连个亲人都没有。"

"……"

"哥，"洛一珩再接再厉，"小时候你给我变的糖，我藏在铅笔盒里放了好久，后来都熔掉了，我一颗都没吃到。我过得很惨，不只是那天被人欺负，每天都在被人欺负。我爸说我太懦弱，回家就教训我，训到我会还击为止。他又不知道，双拳难敌四手，我不是不想反击，而是根本赢不了。他从来不问。"

"洛一珩，"宋思远忽然叹了口气，"我只是个跟你有一面之缘的陌生人。"

"你是魔术师。"

"我只是不想你耽误大人聊天。我第一次去日本，想他们尽快谈完，我晚上就可以去逛街。"

"你跟我说'哥哥帮你欺负回去'。"

"但我食言了，就是敷衍你而已。"

电话瞬间被挂断了。

宋思远没有失落，一脸如蒙大赦的表情，继续工作。

270

不想，没过三分钟，电话又打进来，挂断了又打来，挂断又打来。

他脸上不由得戴上"痛苦面具"，满腹挣扎地接起电话，果不其然，电话那头传来熟悉的声音："哥。"

洛一珩说："哥，加个微信吧，以后好联系。"

"我现在叫你滚还来不来得及？"

"哥，除了水蜜桃味，我觉得话梅味的糖也挺好吃的。"

只能说，那时的洛一珩很年轻，也不怕事。

宋思远虽比他年长十来岁，可有着一张娃娃脸，又惯和气待人，此刻完全没法威慑洛一珩，只能无奈地随他。这个便宜弟弟倒好，今天想起来游乐园门票打半折邀他回忆童年，明天惦记上从没吃过街口的麻辣烫，非拉着他去体验。

宋思远烦得不行。

又一次推诿不成，宋思远黑着脸坐在路口吃麻辣烫，对洛一珩说："每次我看到你，都会想起我在你家门口等我爸……等我养父的那天。你跟你父亲长得很像。我爸跟我说，你们这一家人都是三白眼，冷血；薄唇，无情；还有鼻子……"

他每数一样，洛一珩的笑容就收回去一点儿。

宋思远低下头，懒洋洋地拿筷子挑起几根方便面："有时做人是没得选的。你跟我都一样。"

他这话不单单是对洛一珩说的。

隔了好半天，宋思远又补充了许多："宋笙是我看着长大的，我很疼她。前几年我过得浑浑噩噩，很浑蛋，她给我收拾了不少烂摊子，如果我哪天有什么帮得到她的地方，我会拼尽全力去帮。"

"为什么要跟我说这些？"

"不知道。"宋思远习惯性地笑，"大概就是跟你相处久了，讨厌归讨厌，但我们俩确实很像。"

"同类相斥？"

"算是吧，算是吧，"宋思远说，"希望你念在我没少在你身上浪费时间的份上，以后要是出什么事，第一，不要怪宋笙；第二，我如果刚好不在，你能帮到她的，就搭把手。你都叫我哥了，按辈分，她也算是你的侄女。"

洛一珩"嗯"了一声。

宋思远便当他听进去了。

对宋思远来说，他在宋氏举步维艰，不仅被迫对外披露养子的身份，和周家的矛盾又因未婚妻之事加深了，此刻他是尽人皆知的弃子。

也就只有洛一珩往他身边凑。

五月，宋思远出国公差，遭遇了袭击，同时，宋笙被绑架。

赶来英雄救美的江瑜侃登上头条。为救宋笙受伤躺进医院的宋思远门庭冷落。

陪在他身边的，只有连夜飞来、顶着俩黑眼圈的洛一珩。

"微信上给你发了俩表情包，还发了一个段子，三个小时都没回复，又不是睡觉的时候，怕你出事，就来了。"

宋思远愣了愣。

洛一珩耸了耸肩膀，熟练地坐到病床边，捞起一个皱巴巴的苹果，专心致志地削起苹果来："你说你是不是天生劳碌命？这才多久，已经进了两次医院。"

他技术了得，削下的果皮如精巧的弹簧，丝毫未断。他想找果盘，无奈遍寻不着，只得拿刀随意削下一块，用刀尖戳着果肉递到宋思远嘴边，打趣道："有没有看过那个什么小品？不差钱？"

"嗯？"

"人最怕的事，不是人活着却没钱了，而是人死了，钱还没花完，大概是这个意思。"洛一珩问，"而且，哥，中国人不该是最讲究中庸，说做人不能太好高骛远吗？"

宋思远低头吃苹果，当没听到他的话。

洛一珩也没接着往下说，有些话说得太多便招人烦。他打量着这间病房的陈设，去了一个街区外的华人超市，买回不少调味品和米面粮油，笨手笨脚地做起饭来。

"你没工作吗？"宋思远问，"你不是喜欢站在镁光灯底下的感觉？沉寂太久可不好。"

"就算我走了，宋笙也不会回来照顾你的。"

"我不是这个意思。"

"那你是什么意思？"洛一珩正给手上的烫伤处涂药膏，闻言轻佻地吹了声口哨，"哥，我说真的，连我都不在意，你不过是个外人，又何必太把自己当回事？宋笙已经攀上江瑜侃这棵大树，前途不可限量。如果我是你，现在就该多想想退路。"

"我还能有退路吗？"

洛一珩动作一顿。

宋思远忽然叹了口气，吹着碗中的白粥。许久，他很温柔、很温柔地说："洛一珩，这段时间谢谢你，但是你走吧。"

"……"

"因为照顾我而耽误的演出费，回头我让人打进你的卡里。"

宋思远下了逐客令。

洛一珩沉默着，沉默着，忽地暴起，双眼通红地摔了端着的粥碗。碎瓷片四溅，一片狼藉。

"宋思远！"他揪住宋思远的衣领，压抑多日的愤怒，夹杂着对即将到来的命运的恐惧，如山洪暴发，他厉声呵斥，"你做得还不够吗？

"为了宋笙，你把自己的婚姻给她做筹码！为了宋笙，你不惜做整个海市的笑柄！现在，你明知这里是个坑也往下跳，你还心甘情愿!

"她呢？她和江瑜侃琴瑟和鸣，将来定是人人羡慕的江夫人。现在的她手里握着数不尽的筹码，有一座又一座的靠山，已经不是从前那个连拍个广告都要求爷爷告奶奶到处找关系的小姑娘了！你还不明白吗？现在危在旦夕的是你！你自己！你就是个明晃晃的靶子！"

"宋思远，"他几乎哽咽，咬牙切齿地说，"宋思远，会死的，你会被害死的……你说你怕我，但是江瑜侃，但是宋家那些人，哪一个不比我可怕？你在虚张声势什么？你只是一个空架子啊……要不你现在就跟我回国，要不就听我的话，不管你还有什么计划，马上停掉它！""……"

"回答！"

"……"

"不要不说话……"

"……"

"你说话！"

他紧咬着牙关。

沉默折磨的往往不仅是一个人，可最受折磨的永远是最先松手的那个人。

他终究无力又无望地松开手，看着宋思远从容地整理衣领，颓然地坐回原地。

良久，病床上的青年笑了。

"我再教你一句中国人的古话，"他说，"人生不如意事十之八九，可与人言者并无二三。从前，我只会和家里的小二姑娘说说心里话。我看着她孤苦伶仃地长大了。你爱一个人，和她爱不爱你、她过得好不好、她未来如何，其实没有什么关系。你爱她，也愿意让她过得好。"

"……"

"回家吧。"宋致宁说，"我现在多了一个能说话的人，不枉走这一遭了。"

对宋思远的印象，有时很深，有时很浅。

深的是过去，浅的是现在。后来我才意识到这是一种忘记的前兆。于是，我开始不断尝试回忆，才发现原来宋思远经常笑。

笑容似乎成了贴在他脸上的一张面具，难过时他要笑，开心时也要笑，算计人时笑，就连自知危在旦夕时也笑。

他就像宋笙人生中一个在合适时间登场，又自知卑劣而退场的配角。我却只想，为什么不让我早点儿出现在他的生命中，又或是让他在我的生命里存在得更久一些？

我本想要看到他得偿所愿，却看到了他不得善终。

他想要我远离诡谲风波，我却背道而驰，走进了死局中心。

——2010 年，洛一珩写于私人博客。

"喂，走之前留个纪念品给你。"

"你这算是精神损失费还是别的？亡羊补牢之类的？"

"那你要不要？"

"……"

"以后不要随便一发脾气就打人，还有，叛逆小孩不讨人喜欢的……接着。"

一颗水蜜桃味的糖果飞出，满脸不情愿的洛一珩精准地接住了，稳稳攥进手心里。

那时的洛一珩，还是个会因为无法改变某些人或某些事，而没出息到哭得鼻头通红的少年。

他惶惶而无地自处般站在病床边，任由夕阳余晖透过窗沿参差不齐地洒落在他的额角和眉心上，留下斑驳阴影。

病床上的宋思远抬头，平和地说道："人的路都是自己选的，不要因为我而去恨任何人。"

洛一珩回神，愤愤地抹了抹鼻子，背过身，从兜里掏出自己从不离身的墨镜、口罩行头，动作粗鲁地戴好。

爱逗他的小三叔不忘提醒他："放心，国外暂时还没人认得你，你不用裹得这么严实。"

"我乐意，关你什么事？"

宋思远笑了："不关我的事。我只是提醒你，记得保持呼吸通畅，年轻的时候多哭一哭，对身体好。还有……"

"嗯？"洛一珩顿住。

"没什么，一路顺风，长命百——"

这话换来的是一个摔门而去的背影。

青年人就是有朝气。

宋思远低头，搅动着自己的那碗白粥。

白粥冷了，更难喝了，向来挑剔的小三叔却一口一口喝光了某人的这一片心意。

窗外的太阳没了踪影，某个聒噪得总是停不下来的小青年，也不知道这会儿已经到了哪里。

宋思远几不可闻地叹了口气，拿起手机拨了个电话号码，将手机抵在耳边："是我。"

"周湛是不是也来了？好，那……确认洛一珩回国以后就行动。"

"理由？"他捏了捏眉心，又笑，"没有理由。"

这一年，洛一珩二十二岁，宋思远三十五岁。

洛一珩那天离开病房时很是狼狈，上气不接下气，一腔的憋闷情绪堵在胸口，隐隐作痛，怎么也纾解不了。他一片真心喂了狗，人家根本不领他的情。

这感觉一别经年，依旧鲜艳如昨。

心里硌硬，他自觉应当和不识好人心的"故人"划清界限，却还能装作一副什么都没发生、"绝不是我输了"的倔强样子。

回到海市的洛一玙，在舞台上依然耀眼，依然是万千粉丝欢呼应援的"C–U–K"队长、是 Karol 洛、是朋友们的"阿卡"。

同时，海市商场被宋思远翻起滔天巨浪。

可惜，这个沉默了十年的纨绔子，出没在各种上不得台面的场合的败家儿，动用全部力量，也只是为自己的落幕提前排演了一出足以名垂商史的……功败垂成戏码。

宋思远败在太相信宋笙，败在宋笙最后关头选择了江瑜侃，背弃了他。

十年苦心经营，在峰回路转里溃败，宋家小三叔孤零零地置身战场中央，四周惊涛骇浪，人人的筹码都能摞成山。

他手里的最后一个筹码，他的小二姑娘，已经归顺敌方。

真是太可笑了。

洛一玙在聚会上，从周湛嘴里听得前因后果，笑得前俯后仰。

"宋笙是被抱错了，但至少是宋家的金枝玉叶，那个小三叔算什么？以前大家看在宋达的面上敬他三分，这次宋达都发话了，宋思远啊不过是抱到自己家养的人，往上一查，三代都穷得掉渣。宋思远有什么资格跟阿湛他们斗？他啊，连给咱们这群人提鞋都不配。"

"宋思远真不知道自己有几斤几两？还真当自己是三少啦？这下最开心的就是宋致宁了，宋家就剩他这一个三少了，再也不会被搞混了。"

"哈哈哈，别，别，别，你们把宋思远说得也太惨了吧？他不就是被扫地出门，宋达的老婆还是很喜欢他的好吧，他手里还有百分之七的恒成股份呢……怎么说也比他真真正正的老祖宗要好到不知道哪里去吧？哈哈哈哈，这几天这戏一出接一出的，我要笑死了。嗯？阿卡，你怎么了？这么早就走？"

"有点儿不舒服，"洛一珩擦了擦眼角刚才笑出来的零星泪水，摆手敷衍道，"你们接着玩，我今天先走了，吃好喝好啊，我请客。"

一阵口哨声、欢呼声响起，洛一珩拎起挂在沙发上的薄外套往身上一裹，又戴上口罩和帽子，往外走去。

结完账，取了车，坐在车上，他看着窗外发了一会儿愣，才发动车子。

深夜的街上无人又无车，他一路疾驰，晚风狂乱，把他的额发吹得一团糟。

漫无目的地在宋家大院门口晃了几个来回，被大院的警卫示警了几次，洛一珩才恍然回神，灰溜溜地打道回府。

不想众叛亲离的宋家小三叔，在他家别墅小区外头，后背抵着雪白墙壁，长腿没地方放一般微微屈起，正装模作样地玩着手机。

数秒后，车子停在距离那人数米的街边。

洛一珩掀了自己的鸭舌帽，晃了晃脑袋。

两个人的眼神在空中交会，一个愕然，一个从容。

宋思远向他走来，轻叩两下车窗。

洛一珩足足花了五秒钟平复情绪，一副全然不知内情地嘲讽道："无家可归了？"

宋思远干脆地回答："是啊。"

"来找我，你忘了前段时间怎么劈头盖脸地骂我的了？你是不知道'狗咬吕洞宾，不识好人心'这句话怎么写的吗？"

宋思远微微一笑，不置可否："那我走。"

他说走就走，无奈身子没转过半圈，这位宋家小三叔便如自己所预料的那样，被沉不住气的少年拦住了。

洛一珩的音调扬高了八度："我什么时候赶你走了？我是在问

你，之前不还说要让我离你们这群人远点儿，还赶我走，现在你又打的什么鬼主意？拖我下水？这次你又准备给多少精神损失费？”

“谈钱的话，怕是要让你失望了。”宋思远如实相告，“我打算借你家住一段时间。你放心，住进去我就不出门了，不会给你添麻烦。我想避几个月的风头。”

洛一珩直接气笑了。

面前的人许是心事重重，下巴长出些青色的胡楂，却不显老，不知道的人还以为他是哪里来的二十出头的落魄大学生。

宋思远说："我欠了你的人情，未来一定找机会还你。"

洛一珩反问："你还得清吗？"

宋思远又笑了。

"哥。"洛一珩说，"你总在做吃力不讨好的事。"

2010年的秋天，宋思远在他家里住了整整三个月。

宋达病重垂危，恒成前途风雨飘摇，宋思远手里百分之七的恒成股份成了宋笙和宋如茵争夺的关键所在。

宋如茵是宋致宁的母亲，也曾是最疼爱宋思远的姐姐，疼爱了他整整三十年；宋笙是宋思远放在心尖上的小姑娘，是他在宋家最疼爱的掌上明珠。

宋家更是宋思远不愿再承认，却永远甩脱不开，是养育他，带给他所有光荣与沉痛的地方。

洛一珩很清楚这一点，但还是问了："可不可以别回去？"

"……"

"回去了，你要帮谁？你不帮宋如茵，就是不孝；你不帮宋笙，对不起你的心……她们没了恒成还能活，你何必冒这个风险？"

他说得那么严肃，那么着急。

宋思远只是漫不经心地把玩着脖子上的项链，对他的话左耳朵进右耳朵出。

洛一珩喉口一哽，索性不说了。

宋思远这才抬起头，问他："说够了？"

"……"

"那就不回去了，听一回你的。"

"唉？"洛一珩说不惊喜是假的。

难得表情正经的宋思远还像小时候哄他那样，从兜里摸出一颗漂亮的朱古力糖果："给你，补偿的，别生气了。"

他如此平静，完全看不出欺骗的嫌疑。

洛一珩心口一松，没忍住接过糖果，欢天喜地地剥开糖纸，将糖含在嘴里，蔓延出来的巧克力和糖精的双重甜度，甜得他眉眼弯弯。

下一秒，他眼前一晕。

宋思远接住洛一珩，大人哄耍赖的小孩般低声说着："你可以接着生我回去的气，但这颗糖，是让你不要气我骗你。"

洛一珩的意识逐渐模糊，宋思远的声音时远时近。

"我不会有事的，宋笙不会……我阿姐……她当我是她的亲弟弟，也不会把事做绝。我手里的股份是妈留给我的，她害怕一群孩子为了权力不顾亲情，就把这股份给了我。我不是宋家人，但受了宋家人的恩，有我的责任。"

这是他的责任，也是他早就被注定的命运。

拼命睁开的双眼终于熬不住合上了，洛一珩拼尽全力想要拽紧的宋思远的衣袖，在下一秒脱手。

洛一珩屈服了。

不知道睡了多久，他醒来的时候，手里虚虚握着一颗糖。

宋思远一直挂在脖子上的戒指项链，放在他的手边。

他抓过项链躺在床上，倏地摊开五指，背着光将手举起，打量着那条项链。

不知怎么的，他一眨眼，眼泪便落了下来，糖也是苦的。

　　"嘀——嘀——嘀——"

　　"喂？"

　　"喂，请问哪位，我是阿卡的经纪人，是工作联系的话，可以等会儿打我的电话，号码是——"

　　"我找他，让他接电话。"

　　三天后，片场，洛一珩正在拍摄广告，因为接连走神，已经拍了五个小时却无进展，导演怒火攻心，整个片场人人自危。这个时候，洛一珩被经纪人刘姐叫到一边，要求接个莫名其妙的电话。

　　"我看他那语气有点儿恐怖，还是你来接一下。阿卡，是不是周少那边……"

　　"给我吧。"

　　号码是陌生的，甚至不是本地电话号码。

　　"喂，你好，那个……工作联系的话麻烦……"

　　"洛一珩，"电话那头的人径自打断他的话，问，"能不能再帮我一个忙？"

　　他一下便听出了是宋思远的声音。

　　"不是，你什么意思？！你一声不吭地走了，什么消息也没有，我问谁都说没看到你，现在打电话给我，又开口就是……"

　　宋思远话音带笑："对不起，下次不会了。"

　　他一放低姿态，洛一珩的火气马上消了大半，洛一珩竟还主动揽活："行吧。哥，你现在能给我打电话，是不是事情处理得差不多了？那……那你说，要我帮什么忙？还有，你什么时候……回来？或者我去找你，你现在到底怎么样了？哥？"

　　宋思远轻笑一声："你不用来找我，我离你很远。

　　"至于帮忙，我也不知道是大事还是小事。我想来想去，也只剩下你能帮我……我想你帮我看看，宋家以后会是什么样子？值不值得，我会不会亏本？"

洛一珩愣住。

"太阳快下山了，从我这窗户看外头，火烧云还挺好看的，明天应该会是个大晴天。"

"宋思远，你……"

一阵剧烈的声浪打断了洛一珩惊慌失措的疑问，耳边近乎轰鸣的阵阵回音，不断提醒着、不断提醒着他——

手机跌在地上，摔碎了。

如同他的心。

宋思远究竟是个什么人？我一直也没看清楚，我对他的了解多半基于少时的回忆，后来相处的时间也不算长，过于浅薄，不够深刻。所以我总在其他宋家人的身上找他的影子。

宋笙像他，可惜少了一点儿从容；宋致宁像他，可惜差得太远。

宋家的每个人都有点儿像他，当然，每个人都不会是他。

我希望我做到了他对我的一切期望。

这样，他亏欠我的，总要来还。

——2019 年，洛一珩手写。

宋思远的葬礼那天，洛一珩跟着最早的那批人一起入了场。

身份上他够不着宋家的门槛，还是沾了周湛的光，才得以走过那盖着黑布的玻璃棺。据说他的遗体有碍观瞻，为免惊扰客人，就这样遮着。

洛一珩面无表情地绕过那玻璃棺。

整个过程奇快无比，好像所有人都只是走流程，一滴眼泪都没流地放下鲜花，很快离场。

他也把情绪藏得很好。

"喂，你还好吧？"只有一个人发现了他的不对劲。

他抬起头，看着那张酷似宋思远，却又多了几分轻佻的脸，是宋致宁。

宋致宁眼圈微红，难掩悲伤之态。

洛一珩回道："没事……三少。"

回到家后，洛一珩脱下那一身繁重的黑西装，开始在家里漫无目的地游荡。他默默地吃饭、洗澡，孤零零地看电视，来回摁着那几个播放着娱乐节目的频道。

四周的灯全黑，唯有电视的荧光投射在他的脸上，照出他凝重的表情。

突然，他漫不经心地用手指轻轻拭去落下来的眼泪。

电视里的综艺节目里，搞怪的女主持人演着夸张的小品。西瓜砸在她的脚边，她发了疯一样拿起就啃，啃完了不忘记面对镜头，展示自己花了妆的脸，咧开一个灿烂的笑容。

所有的观众都被逗得开怀大笑，洛一珩也笑，越是笑，头越低，腰越弯。最后，他把脸埋在手心里。

"宋思远，什么火烧云，那天根本就没有火烧云，天也没有晴。"

你到死，都在骗我。

多年后，电视上突然播报的新闻打断了洛一珩的计划。

洛一珩回头，看清新闻标题的瞬间，目眦欲裂。

宋氏陵园被盗。

他割断了绑住宋致宁的绳子，啐了口血，扭头就往外跑。

不知道用了多久，洛一珩赶到宋氏陵园门外，用自己过去向宋笙要来的通行证，赶赴宋思远墓前。

墓地一片狼藉。

冒着大雨，他跌跌撞撞地扑到碑前。墓穴中的骨灰盒侧翻着，竟然没有一个人来帮忙整理。

　　任谁都看出这是一个引他来跳的陷阱，可他还是不管不顾地来了："没事，宋思远，我……我帮你，哥，我帮你，没事，没事了……不会淋雨，不会冷……哥，我会帮你的……"

　　骨灰盒出乎意料的轻，很显然，这只是个空盒子。

　　"别翻了，在这里。"

　　从墓碑后绕出的宋二小姐，即将成为江太太的宋笙撑着一把黑伞，怀里抱着雕刻精致的骨灰盒出现。

　　"着急有着急的办法，但我还没有没良心到让小三叔这么狼狈。"她语气平静地说，"那个盒子也不是假的，只是小三叔死的时候没有娶妻，我按照他的遗愿和宋家的规矩，多备了一个。"

　　她在伞下，妆容精致，面容温柔。

　　他在雨中，一身湿透，满是泥垢。

　　洛一珩没有搭腔。

　　"没事了，"他在自己的衣服上擦干净手，小心翼翼地接过女人递过来的骨灰盒，抱在怀里，细细擦去上面的泥点，"哥，没事，我会处理好，没事了，你信我……"

　　许久，宋笙将手中的伞遮在他的头顶，自己站在了雨中。

　　"洛一珩，我知道我没资格说你，如果小三叔还在，他不会同意你做这些事。他始终站在我们宋家这边，你知不知道？"

　　洛一珩看着她。

　　雨幕中，她被雨水冲得睁不开眼，撑伞的手也微微发颤，却执拗地等着一个回答，好像在竭尽全力地证明自己没错，也像是在说服自己。

　　他看得一清二楚，不由得笑出声来："我知道，那又怎么样呢？我知道，他就是为宋家死的。宋笙，你摸着自己的良心回答我，你拿着他的股份，会不会觉得心虚？"

"……"宋笙握紧了伞柄。

"我只会向一个人道歉，那个人不是你。"

他抱着骨灰盒站起身，退开半步，避开了那把伞。

"我会为我自己做的事付出代价。我没有你这么幸运，宋笙，无论什么时候，你也好，陈昭也好，总有很多人希望你们赢。我多希望也有一个人盼我赢。"

"……"宋笙沉默地看着他。

"那个人真的还在，他也会是第一个揪着我的领子，让我别对你出手的人，所以，没什么意义。"

洛一珩的语气冷静而绝对，不需要别人反驳，他也彻底碾碎了双方的期待。

他们的第一次见面仿佛还在昨天，时光荏苒，一眨眼，那个少不更事、永远莽撞的阿卡就变了模样。

她叫住了转过身想要把骨灰盒安置回原地的洛一珩："骨灰盒你可以带走，我想小三叔也不想躺在这里。把他交给你，我很放心。"

洛一珩扭过头："你什么意思？"

"没什么，"她的声音愈来愈低，"只是我想起来我听说过的一个小故事，当年我觉得是假的，现在看来好像是真的。"

那个故事里，运筹帷幄的宋家小三叔原本可以用最完美的计划结束这一切。

只是他晚了十分钟。

那十分钟，据说他是用来送一个人回家，不让那个人被卷入。

"理由？"在传回的同步录音里，他这样说，"没有理由，我送送……我弟弟回家。"

"你走吧。"宋笙背过身去，背影在雨中飘摇，肩膀微微抽动，"带小三叔走吧，他这一辈子太累了……我对不起他。"

而更多年后，洛一珩定居 R 国数年，再度低调回国，恰好撞上了宋家三少的婚礼。

流水席从恒成地产门口摆到万豪酒店，服务员更是沿路派发喜糖。

婚礼办得这么隆重，洛一珩也沾了光。

远远地，他看见宋致宁与新娘亲吻，看见他们交换戒指。

最后宋三少如此发言："我为了娶她吃了一百个洋葱，我这辈子再也不吃洋葱了，老婆做的除外。"

说完他就哭，真是没半点儿长进。

人们哄堂大笑，洛一珩也笑得直不起腰来。

轮到新娘发言，她扬起右手，展示那枚不怎么起眼的白金戒指，声音甜甜的，话却说得颠三倒四的："嗯，致宁跟我说，这是奶奶留下的戒指，他、二姐、大姐，还有小三叔一人一枚，当年奶奶还告诉他们，戒指从来没算过尺寸，谁戴上了，就是谁的命，就是谁的'有缘人'。我……我从来不信命，可我戴上了这枚戒指，所以，我……我觉得我会是个……好妻子。我会努力，会努力照顾他、爱他。"

"我也只给你戴过，老婆。"

"嗯嗯，我知道！所以那……那比如我……我以后要研究一百种让洋葱好吃的办法，让你以后再也不挑食了，你答应吗？"

"老婆，那个……"

宋致宁没想到自己的深情告白换来这样一种疼爱，说起话来都结巴了，一副敢怒不敢言的苦恼样。

围观众人笑得更开怀。

这样热闹的场景，谁也没有发现，刚才还挤在人群中的那个帅小伙不见了踪影。

那天，宋致宁收到了一个红包，里面是一张银行卡，还夹着一张字条。

"新婚快乐。兄弟一场，念及当年被你揍过，兄弟情就打个折吧，密码是你的生日。到处流浪，没多的了。勿念，祝幸福，百年好合。"

宋致宁一时之间有些哽咽。

一旁的妻子问他是谁，他才回过神来，把那字条和银行卡攥在手里，攥了许久。

"不太熟，一个……一个好人吧。"

宋思远出事那天，是阴天。

整个车厢灼热得令人窒息，无论怎么都逃不了了，他索性打了个电话。电话那头的小青年生气地大呼小叫，一切都没变，这家伙总是傻乎乎的，明明有那么惨烈的童年，却只要被哄一哄，就轻易地原谅了一切。

真好啊。

他擦了擦眼睛，贴着手机，很温柔地说："太阳快下山了，从我这窗户看外头，火烧云还挺好看的，明天应该会是个大晴天。"

明天是晴天就好了。

如果有可能，等一切都过去，我们一起去晒晒太阳。

一个暖洋洋的天气，跟朋友一起肩并肩地晒太阳，是不是很好啊？洛一珩。

这个世界，因此更值得铭记，更值得爱，并长久活下去吧？

他好想试试啊。

如琢

HOW AM I SUPPOSED TO LOVE YOU

十七岁那年，洛如琢乘渡轮去香市念书。

彼时她芳姿初成，美目生辉。记得她临出门时，母亲还特意为她选了条颜色清新的雪纺裙，颈上系着嫁去 F 国的表姐刚邮来送她的丝巾。

那缎子似的一头黑发看似无意、实则精心打理着披在肩上。前几日，母亲请来城中最知名的理发师给她烫过，和路边那些规规矩矩蓄一头及耳短发的女学生可不同。

总之，无论何时打眼一看，她都是人群中最时髦的那个。

她登船那天，家里的阿嬷和管家一行十七八人，浩浩荡荡地将她送到码头。气派十足的架势，很快引来不少陌生男人搭讪。她也不烦，施施然地将行李放在地上，便礼貌地和几个人搭起话来。

白玉似的一张面庞或疑惑或笑，都惹人怜爱。唯有背过脸去不看人时，她才会莫名其妙地泄出几丝忧愁与迷茫之色。

旁人都只当她是求上进而来念书，但她心里其实清楚，这回是专程来嫁人的。

果然，在香市读了没几日书，父亲的电话便一个接一个地打来，问她是否如约去过李家，又是否和李叔叔家那位二少爷、她小时候定过娃娃亲的青年见过面了。

"你啊，做事可要抓紧。"

越到后面父亲说的话越重，甚至忍不住直接在电话里训她："别整天忙着看那花花绿绿的大世界，忘了你的正事。如琢，学费现在贵，家里又是什么情况，你难道不知道？"

"我知道。"

"所以如琢啊……"

"只是在学校里，我适应起来有些难，也没有认识的人，"她小声说，"前两天，好不容易托人递信给李家，告诉他们我到了香市，但那边没有半点儿回信。我想他们也许……"

"也许什么？"父亲听出她的委屈，忽叹了一口气，"不管什么，你总该找个机会亲自去见一见他。你也晓得，你妈妈只爱花钱。家里有没有钱，她都要和人争个派头。加上你弟弟在国外念书，钱也是像流水一样往外跑。爸爸年纪大了，生意压力实在很大。"

她将一切听在耳中，捏紧话筒没说话。

数分钟后她挂断电话，失魂落魄地走出教职员室，脑海中依旧回荡着父亲最后那句意味深长的教诲："既然怎么都要嫁，嫁一个有钱人，总比跟着穷光蛋受苦好吧？"

至此，她不得不再想办法，绞尽脑汁地找个和李家人搭上线的机会。她掰着手指数日子，又熬过半个多月，赶上了李家四小姐李卿言的十八岁生日派对。她作为对方的同校同学，专程备了一份厚礼上门，也终于与自己那久闻其名未见其人的未婚夫见了面。

虚长她三岁的李二公子，如传闻中一般一表人才，温文有礼。

只是三言两语地寒暄过后，她反倒有些无所适从，分不清对方究竟是绅士礼仪，还是未婚夫妻间本该有的亲昵感。

眼神飘忽之间，她恰好瞄到不远处的李四小姐。少女模样秀丽，正拉着一众交好的千金在花园里拍照留念。

她看在眼里，迟疑片刻，最后操着一口蹩脚的当地话向未婚夫建议："对了，不如我们也拍一张照片？"

洛如琢小声道："我父亲也想见见你，但他因为家里的事，现在还过不来。有张照片的话，他或许会放心一些。"

"也好。"

"那我们现在……"

"可不可以请你稍等一下？我现在还需要招呼一下其他客人。你时间方便的话，洛小姐，等忙完之后，有空我们再照相。"

也是，她毕竟只是个"客人"。主人家把话说到这地步，她只得识趣地端起酒杯离开。

没多会儿，眼见李二公子先是去和自家小妹合影留念，又和一众亲戚朋友、商会伙伴举杯对饮，她正郁闷今天或许又要无功而返，旁边却没一个认识的熟面孔可以说话，肩膀突然被人从后面轻轻拍了一下。

"嘿。"

她循声回过头去。

身后一个陌生少年摆弄着脖子上挂着的笨重相机，又向她笑着招手。虽说这人看着没个正形，打扮得亦并不庄重。白衬衫和西裤都没熨平，西服的袖子直折到手肘，活像是睡到日上三竿被人临时捉来充数的。但模样生得俊俏风流，比之香市红极一时的电影明星也毫不逊色。

她有些呆，又觉得他和待人疏离客套的李二公子一点儿不同，一双桃花眼逢人便笑，倒亲近得很。

她正要开口问他是否有什么事，他反倒先一步抢过话茬，笑着问："小姐，刚才是不是你说要拍照留念？"

"啊……"

"二少爷叫我先过来帮你。"

她不由得愣了愣，心里明白大概是李二公子不愿赏脸，所以找个年轻的小照相师来敷衍，却不好多说什么，强撑着笑脸拍完照，还好心多给了对方十元钱小费。

而他都收下，又顺口问了句她叫什么，说之后洗好照片便给她送来，要有个称呼才好。

"所以，方便告诉我你的名字吗？"

"洛如琢。"

"如琢？哪个琢？"他记着笔记，闻言歪了歪头，眼睛又一眨不眨地望着她，话里忽带了几丝兴味，"难道是啄木鸟的啄？"

"《诗经·淇奥》里说道，'有匪君子，如切如磋，如琢如磨'。这个'琢'。"她熟练地解释着，说完不忘多问一句，"那你呢？你叫什么？"

"嗯……你可以叫我里昂。大家都这么叫。"

他说着，认认真真地把她的名字记在了随身携带的小笔记本上。

作势要走时，他似乎突然想到什么，回过头，一本正经地对她说："其实现在派对大多像这样无聊啦。想来想去，做什么都不如吃饱肚，吃回本，起码不枉费准备礼物那么辛苦。洛小姐，你说是不是？"

这打趣里藏着不掩饰的安慰。

她一时忍俊不禁，忽然生出了几分小女孩般撒娇的心思，又指着裙衫为自己"辩解"："但毕竟都准备了呀。你看，新裙子。"

说着说着，她黯然地低下了头。

"只是都没人欣赏啦。"人都聚集在花园里，陪李四小姐赏花加拍照，她也是仗着没别人听到，才鬼使神差地说出了句真心话。说罢，她勉强微笑道："所以你说得对，早知道穿简单些啦，不然吃完甜点还要收腹，勒得快喘不过气了。"

　　说完，她忍不住怀揣着莫名其妙小心翼翼的心情抬头看去，唯恐对方露出嫌弃或愣怔的表情，却只见他手掌掩住半张脸，左边嘴角笑得冒出一颗深深的酒窝。

　　那之后过了约莫一周，她果然收到一封厚重信件。她拆开信封，里头是一沓彩色照片，而每张照片背后，都毫不例外地用油墨笔写上了她的名字，小楷娟秀，字如其人。

　　她看完，问送信的人里昂是否很忙，又问照相馆开在哪里，她下次或许还可以照顾生意。

　　她原以为这位"同事"会热切地为里昂的生意推销，不承想，那人神神秘秘地笑了笑，莫名其妙地夸了一句她长得漂亮，说什么有缘总会遇见，摆手离开了。

　　她虽有些怅然，但经不住父亲频频来电催促，只得继续把心思扑在如何和李二公子接触上。不想一来二去，她除了在学校里给自己招来不少异样眼光和听到不少奇怪的风言风语，基本无功而返。

　　父亲从不掩饰对她的失望，给她的生活费一个月比一个月少。

　　为了生计，她不得不开始在报纸杂志上投稿。写的无非是些风花雪月、漫无边际的少女心事。只因文笔优美，她倒也得到些轻飘飘的赏识。

　　或许"里昂"也正是因此才再度想起她，所以才有了他们的第二次相遇。

　　那日下着蒙蒙细雨，傍晚时，她从图书馆中出来，忽听到一声快门声响，循声望去，远远便看见对方站在梧桐树下。他手中举着相机，再度"咔嚓"一下按下快门，拍下了她惊诧的表情。

　　他们冒雨去吃大排档，桌上一人一份牛肉河粉和柠檬茶。热火朝天的锅气和人声中，里昂忽然笑着说："我其实一眼就猜到那文章作者是你。"

她问他为什么，他说那首《诗经·淇奥》，他回去便翻来读了。

"瞻彼淇奥，绿竹猗猗。有匪君子，如切如磋，如琢如磨，瑟兮僩兮，赫兮咺兮。有匪君子，终不可谖兮。你的名字叫如琢，笔名取了'竹猗'两个字，很好猜吧？"

"或许是重名呢？如琢也好，淇奥也好，都不是我的专利。"她笑着争辩，"而且我们只见过一次，你又不了解我，就不怕猜错？"

"那不可能。"

"嗯？"

"除非世界上有第二个人叫如琢，喜欢《诗经》，又遇见了一个爱拍照的男生，并且对方对她一见钟情了。"

她听到一半，一口柠檬茶便险些喷他满脸，脸陡然红透。

对方仍是笑着，扯了纸巾来给她遮掩不说，顿了顿，又补充道："不过还好我看完了整部小说。让我说的话，故事倒是没有掺假，的确如此。"

"那个，我……"

"别担心。我来也只是要问，大作家，准备什么时候把后面的故事也搬进现实？"

毫不夸张，她就在这一句话后坠入爱河。

甚至很多年后午夜梦回，她总会梦到那一刻的"里昂"——也就是钟礼扬的脸。

他那时那样年轻，眉目含情，她试想过无数次他们之间另外的结局，然而一切轮回毫无例外都会断在这里，最后走向她熟悉的发展和结局。无论重来多少次，她总会败在那样不掩饰的试探之下，如父亲所说，她忘记了所有她本该担负的"责任"。

哪怕后来知道了钟礼扬的真实身份，热恋的幕布顷刻间被家族间的利益倾轧彻底掀开，变得渺小而无足轻重的她，仍努力尝试过和钟礼扬握紧手走下去。

只是他们最终失败了而已，并不是选错或做错。

分手时，她已经知道自己怀孕，却没有告诉钟礼扬，只是在某个平平无奇的早晨，吃完早餐时问他："如果我们之间有一个孩子的话，"她轻轻说，"你会想他叫什么名字？"

钟礼扬的眼泪瞬间就掉了下来。

或许他想说他们之间不会有孩子，也不会有未来。那段时间，他无数次向她道歉，挣扎又挣扎，最后还是不得不听父亲的要求。他是钟家的独子，必须顾及整个家族的利益，他们四年多的恋爱时光，在"钟家"这两个赫赫大字面前几乎不值一提。

但他收拾了情绪，抬起脸来时，除了眼眶红红，模样仍像她最初见她时清俊如海报中的电影明星。然后他微笑，说叫邵奇怎么样？

"克绍箕裘，齐家治国平天下。"

即便他们不会有未来，他似乎依旧对他们本该到来的孩子抱有"继承祖辈余荫"的祝福和事业光明的祝愿。

她点点头，说这个名字很好。顿了顿，她又说："如果我们之间用不上，也不要给别人用好不好？"

钟礼扬说好。

那天早上，压抑的气氛浓得化不开，她如往常般送他出门，看他从公寓尽头的楼梯上消失。

他们从此没有再见。

七个月后，她生下钟邵奇。彼时，整个香市沉浸在钟、李两家的世纪婚礼的热闹中，而她羸弱得几乎站不起身，抱着刚离开保温箱、看着虚弱且奄奄一息的孩子，乘着渡轮，头也不回地离开了这座纸醉金迷的都市，回到了海市。

话又说回来，当年她虽没能和李家人结亲，不知道钟礼扬的身份时便和他在一起，甚至气病了父母亲。不过后来父亲知道钟礼扬原是钟家的继承人，倒从中捞了不少好处。

洛家明面上仍富贵，只是对待她这落魄回来的女儿，尤其是怀里还抱着个孩子的女儿，态度却显得过分微妙。

她待了没一年，提前分走了两成家产，又离开家去自立门户。

可惜她没有什么生意头脑，生意做得不温不火。

好在她在社交场上倒是无往不利。

她最终变成了自己当初不愿显露的、长袖善舞的样子。恨意日渐堆积，她也越发下定决心要把邵奇培养成一点点都不像钟礼扬的孩子。

钟礼扬无心学习，所以钟邵奇必须课业全优。

钟礼扬恣意任性，所以钟邵奇必须懂事早熟。

钟礼扬不拘小节，所以钟邵奇必须八面玲珑。

她的孩子优秀得让所有人眼红，有时她却有些恍惚地想问自己，这样的结果到底是不是她真正想见到的？

她甚至没有告诉过钟邵奇，他的父亲曾经来找过他，无数次地想要和他见一面。在他满眼艳羡地望着对门和父亲拍皮球的小孩时，她三分钟前才挂断了钟礼扬打来的电话。

毕竟纸包不住火，事情发展到那时候，许多人心里清楚钟邵奇是怎么来的，又流着谁家的血。

她还在等着"报应"到来的那一天，打定主意绝不松口。

"你以为你是谁，做事全凭心意？你想扮普通人和女孩恋爱，所有人都配合你不揭穿；你想要回到家里，所以那些打乱你的人生的人必须适时退场；后来你又想到她，想到孩子，所以一句话就要他们回心转意？"

她在电话里声音冷淡，一字一顿地质问。

钟礼扬没有反驳半句，只是从最初的哀求，变成求她不要伤心，最后又问她："要怎样你才会开心一些？"

"把原本应该属于邵奇的东西还给他。"

"……"

"如果你真的当他是你的儿子，是你最爱的儿子，"她近乎恶毒地说，"你就应该知道要还什么东西给他。你给不了我，至少要给他吧，里昂？"

她只知道钟礼扬和李卿言有个孩子，比邵奇要小上三岁，叫钟邵坤。很久很久以后的后来她才知道，那孩子是抱养来的，并不是钟家正儿八经的孩子。但一切已太迟。

收到钟礼扬和钟邵坤发生车祸的消息那天，她清楚地记得那时是下午两点，她正在书房里看书，看的是张爱玲的《小团圆》。

管家叫她接电话，她心里莫名其妙地"突突"直跳，刻意拖着时间不愿去。最后她不得不接过话筒，电话那头的钟老爷子声音平静地告诉她礼扬已重伤不治去世。顿了顿，他讽刺般送给了她一句话："恭喜你，终于得偿所愿了。"

她沉默着没说话，挂断电话后的第一反应却是直接打电话叫钟邵奇回家。

他不接电话，她就坐在书房里自虐，云雾缭绕间她的脑袋几乎空白一片，实在说不上那一刻的感觉是悲伤，是庆幸，还是一种更复杂的情绪。

没来由地，她突然又想起和钟礼扬最后见的那一面。临出门时，他其实追问了她一句："其实，如果我不是钟家人，只是一个很普通、很普通的男人，是穷摄影师里昂，现在要带你走，你会不会跟我走？"

她说："我最开始认识你的时候，你不就是吗？"

钟礼扬平静地看着她没说话，沉默了很久，才开口反问："你真的什么都不知道吗？"

那一眼、那句话背后似乎有更多更多的潜台词，一瞬间把她隐藏的所有面具戳破，让她想起，自己为什么不试图联系"里昂"，却突然想到去报社投稿。因为在学校里，她听到人们讨论钟家"小太子"，说他最爱扛着相机到处跑，说他有空没空便会匿名给某日报投照片；想起自己为什么哪怕知道钟礼扬姓钟，仍然故意不对家里说。她心里有怨怼，有对父亲一碗水不端平的恨意，至今也从未消散。

她做的所有事，都不至于恶毒，却都有算计。连她的孩子，她都算计了。她心里很清楚，邵奇的邵字是钟家下一辈分的字。她用了所有漫不经心却足够醒目的办法，提醒他们这个孩子的存在。

只要这个孩子还在，钟家便不得不供着她，和她的孩子一样，一生都供着她。

钟礼扬或许懂了三分，或许全都领会了，可到那一刻依旧没有戳破，只是问她："如果我普通，你会不会愿意跟我走？"

后来他问："要怎样你才会开心一些？"

他果然全都按照她的心意做到了，她的余生都有了保障，她再也不会过少年时那种颠沛流离、寄人篱下般的黯淡生活。但这一刻，她突然觉得自己丢掉了某个很重要、很重要的瞬间。

当年，她拆开装照片的信封，一张张照片翻过去，翻到底才发现第一张照片上是她在来港的渡轮上，被海风吹乱鬓发的侧脸。

他们早已遇见了。

也是从那一天起，他们后来所有的相遇都不只是天意。

甚至——

"我终于还是输给了你。因为我想要一个完全不像你的孩子，却偏偏让他随了你最难随的一点。"

很多年后，她作为旁观者，看完了邵奇与"陈小姐"的故事。她做过恶人，做过无声的推动者，亦甘愿做自私的母亲，仍没能够让故事按照她想象中本该发展的路发展。

她看到有情人终成眷属，看到他们跨越时间、跨越人海依旧选择彼此，看到所有的阻碍原来都可以被破除时，总会不可控制地想起自己的人生。

她身边本来也有一个这样的人，她想，她也遇到、拥有过这样一个人。

但原来她还是输给了命运，也输给了钟礼扬。

到晚年时，她终于动身去了 M 国。

在那里，她才知道原来钟礼扬三十多年前真的已买好一所公寓，为他们的未来做准备。那公寓并不大，两室一厅，墙壁斑驳，依稀可见当年墙上喷涂的字样：LEO LOVE ZHUO（礼扬爱琢）。

阳台上摆着落灰的藤椅秋千。她爱看书，秋千架旁还有一个小书架，起初是空的，随着时间推移，被她用一本又一本书籍逐渐装满。

书选得很杂，什么样的都有，她也什么都看，平静地过完了自己的余生，并在垂垂老矣时，不团圆地读完了那本《小团圆》。